# 엄마가 좋아,
# 아빠가 좋아?

마루별 장편소설

fio
ret

# 엄마가 좋아, 아빠가 좋아? 2

**초판 1쇄 인쇄** 2022년 10월 7일
**초판 1쇄 발행** 2022년 10월 31일

**지은이** 마루벌
**발행인** 오광백
**편집** 편집부
**표지·내지디자인** 디자인그룹 헌드레드
**내지편집** 오정인
**제작** 조하늬

**펴낸곳** (주)삼양출판사 · 피오렛
**주소** 서울시 강북구 도봉로 173
**대표 전화** 02-980-2112 / **팩스** 02-983-0660
**편집부 전화** 02-987-9393 / **팩스** 02-980-2115
**블로그** blog.naver.com/dan_gul
**출판등록** 1999년 3월 11일 제9-00046호

ISBN 979-11-283-7182-0 (04810) / 979-11-283-7180-6 (세트)

**fioret** 은 (주)삼양출판사의 로맨스 판타지 문학 브랜드입니다.

# 엄마가 좋아,
# 아빠가 좋아?

마루별 장편소설

2

fio
ret

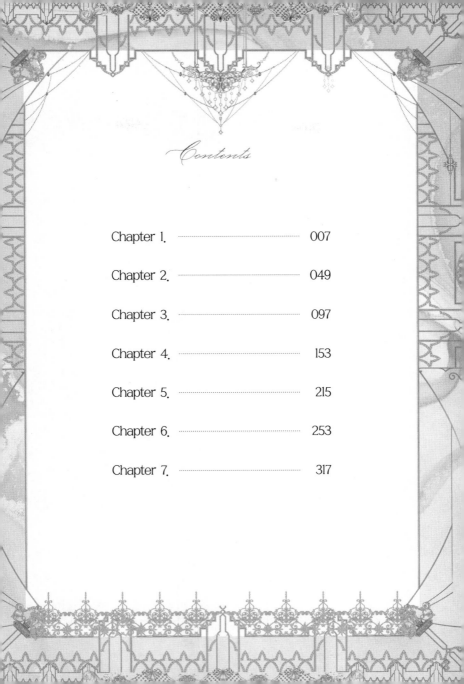

# Contents

*Chapter 1.*

디아나는 무수한 시선이 꽂히는 걸 느낄 수 있었다. 그녀를 보고 놀란 이들이 서로 속삭이느라 바빴다.

'떨린다.'

반사적으로 가슴팍을 더듬으려던 디아나가 멈칫했다. 오늘은 커다란 사파이어 목걸이를 하고 있었다. 이것도 어머니의 유품이라는 점에서는 똑같았지만…….

'아니, 유품이면 말을 해 주시지.'

처음 목걸이를 봤을 때는 사파이어의 크기에 놀라고 주변을 장식한 촘촘한 다이아몬드 장식에 압도되었다. 착용했을 땐 그 무게에 짓눌리는 느낌이었다. 화려한 만큼 무거웠다.

그리고 그녀가 무겁다는 감상을 나타내자마자 디자인이 변경되어 돌아왔다. 그렇게 가볍게 모양이 바뀌고 나서야 어머니의 상징 같은 목걸이라는 걸 알았다.

그래도 아무리 똑같이 어머니의 목걸이라고는 하지만 펜던트를 몸에서 떼어 놓는 건 어쩐지 불안해, 몰래 목에 걸어 놓고 앞섶 아래에 숨긴 참이었다.

'아쉽지만…… 어쩔 수 없지.'

목걸이에 대한 생각을 털어 내며 홀을 쭉 둘러보았다. 그녀의 눈 높이로는 살필 수 있는 반경이 한정되었지만, 상관없었다.

'역시 그 사람은 없네.'

노히바덴 대공의 커다란 키라면 수많은 인파에서 홀로 우뚝 서 있을 테니. 그 존재감을 놓칠 리 없었다.

그리고 디아나는 그가 없다는 사실에 안도하는 자신을 깨닫고 화들짝 놀랐다.

"오흐리드 백작."

가장 먼저 다가온 사람은 롬벨 후작 부인이었다.

"생일을 축하해요. 백작."

"연회에 참석해 주어 고맙소."

"올해는 정말 특별하겠군요."

롬벨 후작 부인의 시선이 디아나를 향했다. 디아나가 방긋 웃었다.

"손녀가 데뷔하는 날이니."

그녀의 정체를 예측하던 이들을 향해 못 박는 말이었다. 롬벨 후작 부인의 말에 주변의 이들이 침묵했다.

"내 손녀도 함께 오려 했는데, 그제부터 약한 고뿔 기운이 돌더군요."

"약한 고뿔이래도 가벼이 넘기면 안 되지."

대부인이었다. 대부인이 작게 기침하고 말을 이어 갔다.

"모두 궁금해하는 것 같으니, 한 번만 소개하지."

대부인이 그녀에게 다가오라고 손짓했다. 심장이 쿵쾅거리는 소리가 머릿속을 울리는 것 같았다.

"디아나. 인사하렴."

순간 사위가 조용해지는 느낌이었다. 모두 그녀를 주시하고 있는 것만 같았다. 왜 '것만 같았냐'면, 너무 떨려 정신이 하나도 없었기 때문이다. 디아나는 최대한 화사하게 웃으며 드레스 자락을 잡았다.

찰칵, 어디선가 플래시가 터졌다.

"안녕하세요, 디아나 오흐리드라고 합니다."

오흐리드.

당당하게 소개할 이날을 기다려 왔다. 짧은 침묵이 감돌고 모두 소리 죽여 웅성거렸다. 쉽사리 입을 떼지 못하는 모양새였다.

소녀를 보자 그동안 가지고 있던 의문이 절로 풀렸다. 오흐리드 저택을 들락날락하던 정체불명의 소녀. 15년 동안 실종된 소백작의 딸, 백작의 외동 손녀였다면 이해하지 못할 일이 아니었다.

디아나는 누군가 포문을 열길 조용히 기다렸다.

"너무 필리파를 쏙 닮아 다들 놀랐나 보군."

할아버지가 먼저 말문을 틔웠다. 그제야 누군가 감탄이 가득한 목소리로 답했다.

"어머나, 손녀딸의 존재를 이렇게 감쪽같이 숨겨 놓다니. 상상도 못 했네요."

"정말 소백작과 정말 놀랍도록 쏙 빼닮았군요."

"그러게요. 정말 소백작이 어려졌다고 해도 믿겠어요."

"백작님, 축하드려요."

그사이 누군가가 물었다.

"그러하면 소백작은 어딨소? 오늘 연회에는 나오지 않는 것이오?"

눈치가 없는 것인지 개인적인 의문이 먼저인 건지 알지 못했지만, 이 또한 이 자리에 있는 사람들의 커다란 의문이었다.

"돌아가셨어요."

이상한 소문이 퍼지기 전 이런 자리에서 못 박기로 했다.

"어머님은 제가 어릴 적에 돌아가셨어요. 그리고 할머니께서 저를 찾아오셨어요."

정확히는 헤르만이 먼저 그녀를 구했고, 다음에 할머니를 만난 것이었지만 복잡한 건 모두 걷어 냈다.

'어차피 헤르만은 이제……'

입술을 살짝 깨문 디아나가 바닥을 내려다보았다. 헤르만에 대한 생각 때문이었지만 주변에 있는 이들에게는 어머니를 잃은 슬픔을 애써 참는 가녀린 모습처럼 비쳤다.

"그것참 이상하군요. 어쩌다 돌아가셨는지 알 수 있겠……."

그리고 그 모습은 이렇게 눈치 없이 캐물으려는 사내를 향한 비난의 눈초리로 이어졌다.

"아니, 나는 그저, 그냥……."

사내는 자신을 향한 눈초리에 당황하다 우물우물 말을 흐렸다.

"제, 제가 괜한 질문을 했군요."

헛기침한 중년의 사내가 허둥지둥 자리를 떴다. 사내를 쫓아낸 이들은 이구동성으로 그녀를 향해 위로의 말을 건넸다. 그녀에게 안쓰러운 감정이 집중되었다. 몇몇은 동정 어린 눈으로 그녀를 보았다.

"……괜찮아요. 모두 감사해요."

어머니의 죽음은 오래됐기에 슬프긴 해도 말할 때마다 상념에 젖을 일은 아니었다. 하지만 그 사실을 다른 이들은 이를 알 리가 없었다. 그들은 모친의 죽음을 슬퍼하는 소녀에게 소백작에 대해 캐묻는 걸 무례로 여기게 되었다.

대부인이 손을 잡아 왔다. 장갑을 끼고 있음에도 대부인의 손은 무척 차가웠다. 디아나가 걱정스럽게 손을 덮었다.

"정말 잘해 줬다."

대부인이 또 작게 기침했다. 디아나가 속삭이듯 물었다.

"대부인, 손이 너무 차요. 괜찮으세요?"

"아직은 괜찮단다."

이 자리에는 오흐리드와 관계가 좋은 이들이 대부분이지만, 방금 캐물으려던 중년의 사내처럼 악의적으로 구는 이가 없진 않았다.

하지만, 이제 더는 디아나를 걱정하지 않아도 될 것 같았다. 분위기는 호의적으로 넘어왔다. 대부인이 몸을 숙인 디아나의 뺨을 쓰다듬었다.

"내 너를 믿겠다."

초대했지만 인사 올 정신이 없어 보이는 드미트리 오발론을 본 대부인이 속으로 혀를 찼다.

"정말 괜찮으신 거죠?"

이렇게 디아나와 비교하니 더 한심했다. 드미트리 오발론은 어미의 손이 차가운지도 모를 터였다. 연통도 없이 들이닥친 아들은 연회를 여는 이유를 계속 캐묻다가 답이 성에 차지 않자 화를 내며 저택을 뒤엎었다.

"어서 들어가세요. 고생하셨어요."

대부인은 수심에 가득 찬 증손녀의 어깨를 다독였다. 시녀가 대부인의 휠체어를 돌렸다.

"대부인께서는 이만 가 봐야 할 듯하오."

백작 부군이 대신 인사를 하며 대부인을 배웅하러 나섰다. 연회를 주최한 백작이 연회가 시작하자마자 자리를 비우긴 애매했다.

"오발론 남작은 몰랐나 보군."

에스테반이 기꺼운 얼굴을 했다. 에스텔 또한 십 년 묵은 체증이 내려간 듯 싱글벙글했다. 죽일듯 노려보는 시선을 모를 수 없었다. 특히 그들처럼 제삼자로 지켜본다면.

붉으락푸르락하는 낯빛의 오발론 남작이 오흐리드 백작을 당장이라도 찢어발길 듯 노려보았다.

카밀로가 오발론 남작에게 속삭였다. 둘이 무슨 얘기를 하는지 전혀 들리지 않았지만, 굳이 대화를 알지 못하더라도 그들의 상황을 알 수 있었다.

"뭐? 설마……. 잠깐 그것보다 에스테반."

"에스텔, 왜 그래?"

"저 애 드레스……."

"드레스가 뭐? 오흐리드 백작의 손녀치고는 디자인이 수수하네."

첫 데뷔를 하는 소녀의 드레스라면 채도 높은 화사한 색, 나풀거리는 프릴, 앙증맞은 리본 장식 등이 일반적인 선택이었다.

그러나 소녀가 입은 드레스는 화려함과는 거리가 멀었다. 디자인도 단순했다. 비대칭으로 흘러내려 나풀거리는 치맛단이었지만 단순한 원피스 형태에 가까운 드레스였다. 그런데.

"미친 거 아니야?"

"에스텔."

놀란 로베르트가 에스텔의 말을 막았다. 하지만 에스텔은 오히려 더 성을 냈다.

"아니, 오라버니! 저 드레스 좀 봐 봐요!"

"드레스? 왜?"

"저 드레스 다 나그한 비단으로 만든 거라고요!"

"나그한 비단?"

로베르트마저도 경악해 소녀를 보았다. 새파란, 빛에 따라 오색으로 변하는 푸른 비단. 나그한 비단은 손바닥만 한 크기로도 그 값을 따지기 힘든 귀물이었다.

나그한 비단은 남쪽 끝자락의 한 섬에만 사는 산호 조개에서 나오는 염료로 염색한 비단이었다.

딱 한 달 동안 아주 적은 양만 채취 가능했다. 물량이 극히 적었기에 돈을 쏟아부어도 사기가 힘들었다. 그 희소성에 값은 매해 천장을 찍었다.

보통은 손수건이나 장식 정도로만 썼다. 이마저도 가지고 있는 이들은 소수였고, 이를 지닌 이들은 다른 이들의 부러움을 샀다.

그런데 그 비단으로 만든 드레스?

드레스를 재단하는 데 보통 필요한 비단의 양이……

황족이자 공작가가 외가인 그들의 재력이 부족한 적은 없었다. 하지만 저 나그한 비단은 재력을 넘어선 그 이상이었다.

로베르트마저도 침을 꿀꺽 삼켰다.

"설마……. 아무리 오흐리드 백작이래도 그건 무리지."

"아니에요. 확실해요. 제가 착각할 리가 없잖아요. 오흐리드 백작이…… 와, 그게 가능한 거였어?"

"저 정도면 얼마지? 아니, 값을 매길 수도 없을 텐데."

에스테반이 떨떠름하게 말했다.

"오흐리드 백작이 많이 아끼는가 보군."

로베르트가 가까스로 평정을 되찾고 말했다.

이를 보며 에스텔이 꼴좋다는 듯 웃었다.

"마르가리타 황후가 나그한 비단 양산을 그렇게 자랑하던데 —"

앞으로 그 자랑이 쏙 들어갈 걸 생각하니 또다시 즐거워졌다. 저 아이, 디아나 오흐리드의 등장만으로 황후가 받은 굴욕이 한둘이 아니었다.

이 자리에 황후가 있었다면 얼마나 좋았을까! 상상하니 너무 아까웠다. 충격은 짧았고, 감탄은 그보다 조금 길었고, 만족스러움은 가득했다.

소녀의 존재는 황후에겐 불이익이고, 그들에게는 엄청난 이득이었으니까. 손 안 대고 코 푼 격이었다.

"오흐리드 백작이 오발론 영애를 입적할 리가 없다더니. 이 말이었군."

"에스테반, 너 얼마 전에 세니르한테 속았다고 길길이 날뛰지 않았어?"

"그거야 2년을……! 아, 됐어."

에스텔이 목소리를 낮춰 물었다.

"그런데 친부는 누구지?"

"글쎄. 이 자리에 없는 걸 보면……."

에스테반이 그 사정이 어련하지 않겠냐는 눈빛을 했다. 에스텔이 목소리를 한층 더 낮췄다.

"사생아?"

"아마도. 소백작이 결혼했단 소리는 못 들었으니."

"하지만 무슨 상관이겠어."

에스테반과 에스텔이 눈을 마주하고 고개를 주억거렸다.

저 소녀에게 적법한 혼약 맹세를 한 부부 사이에서 태어난 아이와 그렇지 않은 아이의 차이점에 대해 말할 수 있는 이가 과연 이 제국에 있을까? 아니올시다였다.

에스테반이 고개를 돌려 로베르트를 보았다. 그러곤 움찔 놀랐다.

"형님?"

"……아, 에스테반?"

뒤늦게 로베르트가 에스테반을 돌아보았다. 평소와 같은 사람 좋은 미소였다. 에스테반은 반사적으로 안심했다. 그가 알던 형님의 모습이었다.

'잘못 본……거겠지?'

에스테반은 머릿속에서 로베르트의 얼굴에 서렸던 탐욕 어린 눈빛을 지워 냈다.

"슬슬 가셔야죠."

"아, 그래. 연회의 주인공과 인사하러 가야지."

로베르트가 호쾌한 웃음을 지으며 나섰다.

\* \* \*

높은 탑 꼭대기에 사내가 홀로 서 있었다.

"곧."

"모른다."

"아니."

누군가 그를 지켜보았다면 정신 상태를 의심해 볼 수도 있었다.

*[가 보지 않아도 되겠어?]*

하지만 사내는 혼자가 아니었다. 사내 말고는 그 존재를 보거나 들을 수 있는 이가 없다시피 했기에 크게 다르지는 않았지만.

"괜찮다."

*[몰래 들어가서 보고만 오는 건 어때?]*

 찰나 사내의 눈동자가 흔들렸다. 그와 친밀한 자가 아니라면 알 아채지 못할 정도로.
"됐다."
 하지만 인내했다. 어차피 그의 계획대로 되기 위해서는 오흐리 드에서 디아나가 필리파의 딸임을 인정해야 했다. 사내는 차분한 시선으로 일반적인 시력으로는 보이지 않을 건물을 보았다.

*[인간의 호적은 너무 복잡해.]*

 홍염이 불만스럽게 날갯짓했다. 사내의 인내로 재밌는 일이 벌 어지지 않을 것에 불만을 표하는 것이었다.

*[어떻게 그걸 모르지? 냄새가 똑같은걸.]*

 사내가 홍염을 흘끗 보았다. 홍염이 부리를 갸웃했다가 곧 쩍 벌 렸다.

*[지금 냄새난다고 해서 화내는 거야?]*

"……."

*[이걸 인간들 말로 어이가 없다고 하지.]*

"……."

*[그런데 네 딸은 너를 싫어하던걸.]*

홍염의 말에 사내는 매섭게 제 손을 내치던 소녀의 모습을 떠올렸다. 반사적이었다. 눈썹을 꿈틀한 사내가 낮은 목소리를 했다.
"아직 잘 몰라서 그렇다."

*[잘 알면 안 싫어하고?]*

"넌 대체 누구 편이냐."

*[그야 당연히 노히바덴의 편이지.]*

새도 웃을 수가 있음을 보이는 모습이었다. 그리고 악마의 속삭임처럼 사근사근하게 말했다.

*[어차피 그 아이는 네가 필요할 거야.]*

"그게 무슨 말이지?"

*[그야 곧…….]*

순간 사내가 검을 쥐어 잡았다. 홍염은 순식간에 사라졌다. 빠르
게 다가오는 마력을 느낄 수 있었다. 반사적으로 검을 휘두르려던
그가 힘을 풀었다. 그의 앞까지 순식간에 쏟아져 온 마력은 익숙했
다.

어둠 속에서 작은 쥐가 나타났다.

사라졌던 홍염도 다시 나타났다.

*[헤르만이 드디어 도착했구나.]*

어둠 속에서도 불길하게 빛나는 푸른 눈을 한 검은 쥐가 쪽지를
뱉어 냈다.

커다란 몸을 숙인 사내가 쪽지를 주웠다. 몸만큼이나 커다란 손
에 들린 쪽지가 아이들 장난감처럼 보였다.

홍염이 목덜미를 빼 밀고 쪽지를 같이 보았다. 홍염이 물었다.

*[뭐라 쓰여 있는데?]*

침묵하던 사내가 입을 열었다.

＊　　＊　　＊

오흐리드 저택의 경비가 진땀을 닦았다. 아직도 오려는 이들이 줄 서 있었다. 그나마 몇 시간 전에 비하면 훨씬 줄어들었다.

그가 경비가 된 이후로 오흐리드 저택이 이렇게 소란스러운 건 처음이었다. 대저택을 밝히는 빛은 정원을 넘어 정문의 철창까지 닿았다. 그리고 그 철창 근방에 수상하기 짝이 없는 검은 그림자가 나타났다.

마차는 아니었다. 경비가 창을 쥐었다. 그렇다고 말도 아니었다. 그림자가 순식간에 가까워졌다. 경비의 긴장감이 최고조일 때 그것이 멈췄다.

검고 커다란 형체는 짐승과 사람으로 구성되어 있었다. 그리고 짐승은 일반적인 생명체로 보이지 않았다.

경비의 신호에 달려온 기사들이 상대를 보곤 당황했다.

"아, 토할 것 같아."

짐승에 탄 사내가 굴러 떨어지듯 내려왔다. 사내가 타고 왔던 짐승은 그 자리에서 스르륵 가라앉듯 사라졌다.

그 모습에 경비가 경악했다.

평소라면 절대 타지 않았다. 눈에 띄는 것도 문제지만 승차감이 정말 별로였다. 하지만 이번에는 어쩔 수 없었다. 이 이동 수단이 가장 빨랐으니까.

입을 틀어막고 한참 서 있던 사내가 느리게 몸을 바로 세웠다. 안색이 하얗게 질려 있었다.

"죽는 줄 알았네."

핏기 없는 얼굴을 쓸어내린 사내가 저택으로 걸어갔다. 놀란 경비가 그 앞을 막아섰다.

사내가 눈썹을 치켜들었다. 겁에 질린 얼굴의 경비가 입을 열었다.

"초, 초대장이 없으시면 들어가실 수 없습니다."

"아."

사내가 품속에 손을 집어넣었다.

"으, 씨."

사내의 움직임은 불편해 보였다. 짜증 난 기색의 사내가 품에서 봉투를 꺼냈다.

경비의 낯이 꺼멓게 죽었다. 사내가 혀를 차며 경비에게 봉투를 내밀었다. 받아 든 경비가 봉투를 열었다.

꺼내 든 종이는 은은한 빛을 뿜어냈다.

확실히 오흐리드의 인장이 찍힌 연회 초대장이었다.

"자, 잠시만 더 확인해 보겠습니다."

확신했으면서도 경비가 시간을 끌며 뒤편의 기사를 흘끔거렸다.

초대장과 독특한 탈 것으로 신분은 확실히 증명됐다. 오히려 그렇기에 더 들여보내도 되는지 알 수 없었다. 오흐리드 경비로 일한 몇 년간 들은 풍월이 적지 않았다.

"뭐야? 언제까지 확인할 거야?"

"그, 그것이."

"비키지?"

사내가 경비의 손에서 채간 초대장을 흔들었다.

"여기 초대장 확인했잖아."

"그게, 잠시만 기다려 주십시오."

경비가 식은땀을 뻘뻘 흘리며 답했다. 아까 안에 뛰어 들어가는 기사를 보았다. 금방 답이 올 터였다. 그때까지만이라도 어떻게든 버텨야…….

사내의 눈빛이 점차 가라앉았다.

"비켜. 시간 없어."

"그, 저 잠시만 기다려 주십시오."

"비키라고 했다."

사내의 입매가 비틀렸다.

"시간 없어 죽겠는데, 옷도 갈아입고 아헨에서 초대장도 챙겨 오고, 나는 이렇게 예의를 갖췄는데 왜 그쪽은 자꾸 개같이 구는 거지? 응?"

사내의 청회색 눈이 서슬 퍼렇게 빛났다. 경비의 얼굴이 사내보다 더 하얗게 질렸다. 사내가 뻣뻣하게 굳은 경비의 어깨를 밀쳤다. 경비는 밀쳐진 대로 그대로 물러났다.

"한 번만 더 내 앞을 가로막으면 소환수의 밥으로 만들어 버릴 줄 알아."

\*　　　\*　　　\*

디아나가 입가를 꾹꾹 눌렀다. 계속 방긋방긋 웃고 있었더니 입가에 경련이 일어날 것만 같았다. 제인이 그녀의 손을 막았다.

"아가씨 얼굴 만지시면 안 돼요."

디아나가 울상을 지었다.

"하지만……."

"조금만 더 참으세요."

데이지가 그녀의 머리 장식을 재빠르게 빼내고 빗어 내렸다. 쟁반을 든 네리아가 귀엽다는 듯 웃었다.

"많이 힘드시죠?"

"가면 쓰고 있을 때가 더 편했던 것 같아요."

그녀를 샅샅이 훑어보며 가치를 매기는 듯한 시선들. 말 한마디조차 편하게 할 수 없었다.

할아버지나 세니르와 함께 다니며 시선에 익숙해졌다고 느꼈다. 하지만 가면을 벗은 맨얼굴에 바로 꽂히는 느낌은 또 달랐다.

네리아가 수박과 얼음을 잘게 간 주스를 내밀었다. 쪽— 빨아 마시자 머리가 띵할 정도로 차가운 음료가 목구멍을 타고 내려갔다.

제인이 부드럽게 말했다.

"저는 그래도 아가씨가 얼굴을 보여서 너무 좋아요."

"저도요. 제가 이날을 얼마나 기다렸는데요! 드디어! 내가 모시는 아가씨가 누군지 자랑할 수 있어!"

네리아가 주먹을 불끈 쥐며 소리쳤다. 디아나가 푸핫— 하고 웃음을 토했다. 조금만 늦었어도 주스를 흘릴 뻔했다.

"주변 사람들은 제가 오흐리드가에서 일하는지 아니까 자꾸 아가씨에 대해서 물어보드라구요."

"네리아가 그래서 집에 안 간 지 꽤 됐잖아요. 자꾸 물어본다고."

"그 정도였어요?"

"네에. 하지만 아가씨께서 신경 쓸 일은 아니랍니다. 아가씨는 연회에 집중하셔야죠."

"에휴."

디아나의 한숨에 네리아와 제인, 다시 머리 장식을 달고 있던 데이지까지 까르르 웃었다.

하녀의 위치는 모시는 이의 지위와 연결됐다. 오흐리드가의 하녀라는 것만으로도 얕잡힐 일은 적었다.

하지만, '그래서 누굴 모시는데?'라는 말에 답을 못하는 건 다른 문제였다.

'네 주인은 죄지은 거라도 있니? 왜 누구라고 말을 못 해?'와 같은 약 올리는 뻔한 말에도 '아니거든!' 이런 말로밖에 반박할 수 없었다.

"티나, 고 계집애 이번에 만나면 콧대를 꽉 눌러 버릴 거예요."

티나는 네리아의 친구로 공작 영애의 하녀였다. 몇 번 들어서 그녀도 이름을 외웠다.

"친구라면서요."

"친구여도 얄미운 건 얄미운 거라고요."

"입술연지는 다 마시고 칠할게요. 입술만 칠하면 끝이에요."

디아나가 남은 음료를 쭉 빨아 마셨다.

'그러고 보니 연회 중반이 넘었는데 아직도 뵙질 못했네.'

오발론 남작과 남작 영애.

오발론 남작은 그녀에게 작은 외할아버지였고, 오발론 영애는 오촌 친척이었다.

'참석을 안 했나?'

그러면 더 이상했다. 오흐리드 백작의 생일 연회에 세니르의 약혼녀인 오발론 영애가 참석 안 했다니.

'드디어 세니르의 약혼녀를 보나 했는데.'

제인이 화장을 마무리하고 물러섰다.

거울을 보자 산호색으로 칠해진 입술이 보였다. 입꼬리를 올려 방긋 웃음을 지어 보았다. 머리 장식부터 드레스 자락까지 모두 처음과 같은 모습으로 정돈된 그녀가 거울 속에서 웃고 있었다.

"그런데 혹시……."

말하던 디아나가 입을 다물었다. 네리아가 고개를 기울였다.

"아가씨?"

"아니에요. 이제 다시 가 볼게요."

복도를 걸어가며 디아나가 큰 한숨을 내쉬었다.

'올 거라면 연락했겠지.'

그리고 하나 더, 헤르만이 현자라는 걸 숨긴 건…….

'누군가 시켰어.'

확실했다.

할머니? 할아버지? 아니면 세니르? 적어도 하녀들끼리 결정해 그녀에게 숨긴 건 아니었다.

생각에 잠긴 그녀가 커다란 기둥이 나란히 늘어선 회랑을 지나

친 때였다. 누군가 그녀의 손목을 잡았다.

"……!"

화들짝 놀란 디아나가 거세게 뿌리쳤다. 마구잡이로 내친 손에 뭔가 맞고 날아가는 느낌이 들었다.

— 쨍그랑

유리잔이었다. 산산이 조각 난 유리 조각이 바닥으로 떨어졌다.

"잠깐, 잠깐! 나요. 오흐리드 영애."

비명을 지르기 직전이었다. 폐부에 가득 담긴 숨이 내보낼 곳을 잃었다.

디아나가 느리게 상대를 보았다. 양 손바닥을 보이며 물러난 청년. 이 사람이 왜 여기에? 탁, 숨을 내쉬었다.

"로베르트 저하?"

"미안하오. 내가 놀라게 했나 보군."

로베르트가 멋쩍게 웃었다.

"불러도 답이 없기에."

"부르셨다고요?"

"그렇소. 음, 저 기둥을 지나올 때부터 불렀다오."

디아나는 로베르트가 가리킨 멀찍이 떨어진 기둥을 보고 살짝 눈을 크게 떴다. 꽤 오래 전부터 부른 듯한데 전혀 듣지 못했다.

로베르트가 고개를 살짝 숙였다.

"이렇게 놀랄 줄 몰랐군. 사과하지."

"괜찮습니다."

로베르트와는 아까 연회 홀에서 통성명을 했었다. 에스테반과 같은 어머니를 둔 손위 형제. 하임베르덴의 2황자. 황태자의 자리를 두고 경쟁하는 유력한 후보자였다.

디아나는 잡혔던 손목을 매만지며 주변을 살폈다. 붉은 포도주가 돌바닥 틈에 스며들고 부서져 내린 유리 조각에 반짝이며 빛을 반사했다.

"다친 곳은 없나."

"없는 듯해요. 저하께서는요?"

"음, 없는 듯하군."

다행이었다. 마침 회랑 옆의 정원을 지나가는 하인이 보였다. 깨진 잔과 와인 자국 청소를 부탁했다. 하인이 멀어지자 디아나가 다시 입을 열었다.

"절 왜 부르셨나요?"

"그야, 그대와 친밀해지고자 불렀는데…… 이리 되어서야 밉보이지 않았으면 다행이군."

로베르트가 서글서글하게 웃어 보였다. 사람 좋아 보이는 얼굴이 확실히 에스테반에 비교해 부드러운 분위기였다.

마침 그가 에스테반 이야기를 했다.

"그러고 보니 에스테반이 첫 만남에 꽤 무례했다고 전해 들었네."

"아……."

엘─코르테 라운지에서의 만남. 확실히 예의 바르진 않았다. 처음부터 끝까지 무시로 일관하다 세니르와 이야기해야겠다고 내쫓았으니.

"내가 대신 사과하지."

"로베르트 저하께서 사과하지 않으셔도 돼요."

디아나가 손을 내저었다.

오늘 인사한 에스테반은 그 일에 대해 입도 뻥끗하지 않았다. 할머니 곁이라 말투는 정중했지만, 첫 만남을 기억했기에 그 모습이 꾸며 낸 것임을 알았다.

"그래도 손위 형제로서 나라도 사과하고 싶군. 미안하네."

그러나 로베르트는 정중하게 고개 숙였다. 디아나는 약간 놀랐다.

"저하! 이러지 마세요."

고개를 든 로베르트가 민망하다는 듯 입가를 매만졌다.

"친어머니가 일찍 돌아가시고 사방이 적뿐인 황궁에서 자란 탓인지. 에스테반이 좀……."

에스테반의 친모인 전 황후는 에스테반과 에스텔을 낳고 얼마 지나지 않아 사망했다. 공식적인 발표는 출산 후유증이었으나, 그 사망 과정에 의문이 꽤 많다고 했다.

"그래도 내겐 더없이 소중한 동생이라네."

분위기가 꽤 풀어졌다. 문득 기억났다는 듯 로베르트가 말했다.

"그러고 보니 영애도 어머니가 돌아가셨다 했지. 많이 힘들었겠군."

"이제는 괜찮습니다."

"그래도 쉽게……. 음?"

그때 복도 맞은편에 세니르가 나타났다. 그녀를 향해 곧게 오는 모양이 처음부터 그녀가 목적인 듯했다.

"이거 오흐리드 영식 아닌가."

진짜 오흐리드의 핏줄이 나타났으니 호칭이 더 애매해진 상황이었다. 오흐리드 후계자의 이름을 대놓고 부를 수도 없고, 그렇다고 그를 지칭할 다른 호칭이 있는 것도 아니었다.

와중에 몇몇은 세니르가 오흐리드 백작에게 버림당할 거라 얘기하며 꼴좋다고 말하기도 했다.

"로베르트 저하를 뵙습니다. 아가씨, 여기 계셨군요."

손을 내민 세니르가 그녀를 부드럽게 에스코트하였다.

디아나는 순식간에 로베르트에게서 떨어졌다. 갑자기 멀어진 거리에 로베르트가 너털웃음을 지었다.

순간 할머니의 당부가 떠올랐다.

'황족과 단둘이 있을 상황을 피하랬는데……!'

괜한 오해를 불러일으킬 수 있다며 할머니가 직접 언급해 준 사실을 잊어버리다니.

뒤늦은 깨달음에 입술을 짓씹었다.

"입술 지워지십니다."

그때 세니르가 속삭이듯 말했다. 디아나가 입술을 깨물던 걸 멈췄다. 세니르가 반달로 눈을 곱게 접었다.

"괜찮습니다. 아가씨."

"……네?"

"아가씨는 아가씨가 하시고 싶은 대로 하셔도 됩니다. 나머지는 제가 신경 쓰면 되니까요."

머릿속을 읽기라도 한 것 같은 말에 디아나가 눈을 동그랗게 떴다.
세니르가 에스코트를 위해 받쳐 들었던 그녀의 손이 점차 올라갔다.

"아가씨를 위해 봉사하는 것이 제 기쁨이니까요."

그리고 그 손등에 세니르의 입술이 닿았다.

"흡."

지, 지금 뭐라고, 아니 뭘 하는 거지?

그녀의 눈동자가 지진이라도 난 것처럼 흔들렸다.

"그…… 어……."

그때 기막히다는 목소리가 구원처럼 정적을 깨트렸다.

"허 참."

로베르트였다. 눈을 가늘게 뜬 로베르트가 세니르를 보며 고개
를 내저었다.

"앞에 사람 있소."

세니르가 매끄럽게 웃으며 한발 물러섰다.

그제야 막힌 숨이 터졌다. 심장이 아주 펄떡펄떡 요동치는 것이
가까운 세니르는 물론이요, 로베르트까지 그녀의 심장이 뛰는 소리
를 들을 수 있을 것 같았다.

"영애에게 뭐 하는 거요."

"손등에 입을 맞췄지요. 문제 될 건 없지 않나요."

세니르가 아주 뻔뻔하게 답했다.

문제 될 건 없었다. 기사가 레이디에게, 가문의 일원이 후계자나
가주에게, 에스코트를 신청하며, 여러 이유와 함께 손등에 입을 맞
추곤 하니까.

그런데, 그런데…….

"그리 야살스럽게 웃으면서?"

"음……."

세니르가 그녀를 돌아보며 화사하게 웃었다.

"아가씨는 좋아하시는 것 같은데요."

이번에야말로 정신이 번쩍 들었다. 세니르는 어쩌다 가끔 장난을 치곤 했는데 이 또한 그와 비슷한 지독한 장난 중 하나였다.

그런데 왜 하필, 오늘 여기서!

이를 악문 디아나가 세니르를 쏘아보았다.

"이른 중는 치지 말으여."

너무 이를 악물어선지 발음이 샜다. 입을 가린 세니르가 순종적으로 고개를 숙였다.

하지만 그녀는 저 손을 치우면 웃고 있을 거라는 걸 장담했다. 로베르트가 머리를 짚으며 주변을 살폈다. 디아나도 뒤따라 주변을 둘러보았다. 다행히도 그 짧은 사이 누가 오진 않았다.

안도의 숨을 내쉰 디아나가 물었다.

"세니르, 저는 왜 찾아온 거예요?"

"그건……."

세니르가 답하기 전 그들 사이를 누군가의 외침이 꿰뚫었다.

"오라버니!"

소리친 이는 에스텔 하임바르덴.

로베르트의 동생이자 에스테반의 쌍둥이 남매로 하임바르덴의 1황녀였다.

로베르트와 같이 연회 홀에서 통성명했었다.

"에스텔, 드레스를 입고 뛰면 위험하잖니."

"아이 참, 대체 어디 계셨던 거예요? 한참 찾았네! 아니 그런데…… 다들 왜 여기에 모여 있지요? 영식은 오발론 영애는 어쩌고?"

에스텔이 세니르를 보고 고개를 갸웃 기울였다.

"에스텔 저하를 뵙습니다. 오발론 영애는 이미 돌아가셨습니다."

"어머, 벌써?"

그 대화에 디아나가 눈을 동그랗게 떴다.

'오긴 왔구나?'

그런 디아나를 본 에스텔이 눈을 가늘게 떴다. 디아나가 가볍게 무릎을 굽혔다.

"에스텔 저하를 뵙습니다."

"오흐리드 영애를 여기서 마주칠 줄 알았다면 오라버니와 함께 산책 나올 걸 그랬어."

"말씀하실 것이 있으셨나요?"

"그건 아니지만…… 오흐리드 영애와 오붓하게 대화할 기회가 쉽진 않으니까."

에스텔이 눈웃음을 지었다.

"제 궁에서 간소한 티 파티를 열 생각인데. 어때요, 영애."

디아나가 어색하게 웃었다. 어떻게 거절하지 고민할 찰나 로베르트가 나섰다.

"에스텔. 영애가 부담스럽겠구나."

"어차피 한배를 탈 사이인걸요. 친하게 지내면 좋잖아요?"

"그보다 날 찾은 이유가 있을 텐데."

"아! 맞아."

손바닥을 마주쳤으나 화려한 장갑에 소리는 없었다.

"그러고 보니 영애는 알고 있을지도? 영애의 손님이라던데."

"제 손님이요?"

디아나가 고개를 갸웃 기울였다.

에스텔이 모르냐는 듯 눈을 동그랗게 떴다.

답은 세니르에게 나왔다.

"헤르만 레체프 님이 오셨습니다."

*　　*　　*

홀 안의 분위기는 묘했다. 한창 시끌벅적해야 할 시간이었다. 그러나 기이한 기대감을 담은 숨죽인 대화 소리만 소곤소곤 들렸다.

그 가운데 어울리는 것 같으면서도 전혀 어울리지 않는, 외따로 서 있는 한 사내가 있었다.

옅은 잿빛 머리카락. 찌푸린 얼굴 아래 청회색 눈동자. 약간 말랐지만 3년의 세월에도 크게 변한 것 없는 얼굴.

사내가 그녀를 보았다.

잿빛 머리 사내의 입꼬리가 어색하게 말려 올라갔다. 그러나 곧 입가를 매만지며 다시 찌푸린 얼굴로 돌아왔다. 고개를 젓고 입을 뗐다.

"오랜만이야."

전혀 달라진 것 없는 목소리.

"……."

입을 벌렸지만 무슨 말을 해야 할지 아무 생각이 들지 않았다. 그러니까…….

"아가씨."

그녀의 팔꿈치를 부드럽게 잡아 쥐는 손길에 순간 정신이 들었다. 그제야 자신이 숨조차 쉬고 있지 않았다는 걸 깨달았다. 디아나가 그녀의 정신을 깨운 이를 보았다.

"세니르."

걱정스럽게 그녀를 본 세니르가 속삭였다.

"자리를 따로 마련하겠습니다."

그러자 먹먹했던 귓가에 주변의 속삭임이 조금씩 들려왔다.

'오흐리드 백작이 현자 헤르만 레체프를 초대하다니.'

'소백작과 친교가 남달랐으니 초대할 만한데. 노히바덴 대공과도 친분 깊지 않아요?'

'여자랑 남자가 어떻게 친구가 돼요? 분명…….'

'……2년 동안 모습을 보인 적 없지 않아요? 실종 상태라고 하던데.'

부채 아래 눈동자만 내놓은 귀부인과 수염을 만지작거리는 신사들이 음흉하게 눈을 빛냈다.

디아나가 고개를 당당하게 들며 태연한 표정을 지었다. 그녀와 눈을 마주친 이들이 움찔 놀라며 시선을 피했다.

＊　　　＊　　　＊

　디아나는 테이블에 시선을 고정한 채 고개를 들지 않았다. 침묵
이 방 안을 가득 채웠다.

　"……."

　"……."

　반가운 감정은 밀물처럼 왔다가 썰물처럼 빠져나갔다. 물으로
드러난 감정의 바닥에서 있는지도 몰랐던 분노가 피어올랐다.

　틈이 날 때마다 아헨의 저택을 방문했었다. 텅 빈 우편함을 확인
하고, 믿기지 않아 아헨의 우편국을 가서 혹시 편지 온 것이 없냐
묻기도 여러 번이었다.

　이마저도 나중에는 불가능했다. 오흐리드 공주라는 별명의 그녀
가 게이트를 이용해 어딘가로 향하는 걸 캐내려는 이들이 생겼기
때문이다.

　'편지 한 통이면 충분했는데.'

　얼마나 걱정했는데, 얼마나 불안했는데. 헤르만은 자신이 걱정
할 거라 여기지 않은 걸까?

　아니면 그녀의 존재는 헤르만에게 티끌만 한 걸지도 몰랐다. 약속
을 하고 지키지 못해도 상관없을, 금세 그 존재를 잊어버리는…….

　네리아가 쟁반 위에 찻잔을 받쳐 들고 다가왔다. 미셸이 쟁반을
받아 테이블에 잔을 내려놓았다.

　쪼르륵, 찻잔을 채운 네리아와 미셸이 한쪽에 조용히 자리 잡았
다.

헤르만이 입을 열었다.

"둘이서 얘기하고 싶군."

미셸이 의견을 구하듯 그녀를 보았다. 디아나가 고개를 끄덕였다.

"문 앞에서 대기하겠습니다. 무슨 일 있으면 바로 불러 주세요."

곧이어 네리아와 미셸이 나가는 소리가 들렸다.

크게 숨을 내쉰 디아나가 입을 열었다. 하지만 시선은 테이블에 고정한 채였다.

"건강해 보이셔서 다행이에요."

"먼저…… 미안해."

"아니에요. 사과하실 필요 없어요. 무사하셔서 다행이에요."

하지만 어떻게 헤르만에게 화를 낼 수 있겠는가. 디아나는 입술을 당겨 가까스로 미소를 지었다.

"그래도 미안."

헤르만이 착잡한 낯으로 재차 사과했다.

"정말 미안해."

"……."

"내가 많이 늦었지."

디아나는 숨을 삼켰다. 차마 헤르만을 바라보지 못하고 말을 고르고 골랐다.

"제가……."

억울했다.

"제가……."

그녀만 혼자 바보같이 안달복달하며 걱정한 것 같아 서러웠다. 왜 연락을 하지 않았느냐 따지는 말들이 머릿속을 맴돌았으나 결국, 나온 건 가장 연약한 말이었다.

"……얼마나 걱정했는데."

막상 미안하다는 말을 듣자 원망은 파도에 쓸린 모래성처럼 무너졌다.

디아나는 두 손에 얼굴을 파묻었다.

"미안해. 울지 마."

"안, 울어요."

디아나가 손가락 사이로 헤르만을 쏘아보았다.

"안 울 거예요."

"그, 그래."

헤르만이 얌전하게 답했다.

\* \* \*

첫 만남에서도 느꼈지만, 헤르만은 사람을 달래는 데 절망적일 정도로 재능이 없었다.

"사정이 있었어."

디아나가 식은 찻잔을 들고 어서 계속 말하라는 듯 헤르만을 보았다.

창백한 안색의 헤르만이 말을 머뭇거렸다.

"놀라지 말고 들었으면 좋겠어."

오른손을 들었던 헤르만이 멈칫하더니 왼손으로 머리를 쓸어넘겼다. 몇 번 입을 뗐다가 닫기를 반복하던 헤르만이 깊게 한숨을 쉬었다.

　'대체 뭐기에 이렇게 뜸을 들이지?'

　디아나는 불길함을 느끼며 입술을 축였다.

　"네 친부를 찾았어."

　"……누구요?"

　"네 친아버지."

　"……."

　"내가 동대륙에 간 건 네 친부를 찾기 위해서였어."

　"네?"

　"테세비츠 베일 노히바덴. 노히바덴 대공이 네 친부야."

　이미 한 번 들은 거라고 그나마 두 번째는 덜 놀라웠다. 디아나는 굳은 낯으로 헤르만을 보았다. 약간 느리게 되물었다.

　"제 친부를…… 알고 계셨어요?"

　"처음 만날 때부터 의심 가는 사람이 있었어."

　"그런데 왜……?"

　"이런 건 확실히 해야지. 그래서 사실관계를 확인하고 알려 주고 싶었어."

　그리고 상당히 침착한 디아나의 반응에 헤르만이 눈을 가늘게 떴다.

　"너도 알고 있었어?"

　"사실은 어제 만났어요."

"뭐?"

"친부라고 주장하는 사람을요……."

그자가 노히바덴 대공이었지. 새삼 현실감 없었다.

"하지만…… 확실한 건가요? 어머니는 미혼이셨다고 알고있어요."

"네 펜던트, 필리파가 준 거라고 했지?"

헤르만이 무얼 지칭하는지 바로 떠올렸다. 어머니의 유품.

"그 펜던트의 짝이라고 해야 될까, 똑같이 생긴 게 하나 더 있어."

"네?"

그런 말은 처음이었다.

"그리고 테세비츠가 가지고 있지."

테세비츠? 처음엔 헤르만이 누굴 말하는지 알아듣지 못했다. 테세비츠가 노히바덴 대공의 이름임을 뒤늦게 깨달았다.

"필리파와 테세비츠가 연인의 증표로 맞춘 거야. 그걸 네가 물려받았다고 할 때부터 반쯤 확신했어."

상식적으로 선물을 준 연인이 친부가 아니라면 그 선물을 딸에게 물려줄 리 없었다.

"하지만……."

헤르만이 차분하게 그간의 이야기를 했다. 처음 만났을 때 테세비츠가 친부임을 의심했던 것부터, 하지만 확실히 한 후 내게 알려주려 했던 것―

"……동대륙에 간 거였는데 생각보다 일이 꼬여서 지금 돌아오게 된 거지."

헤르만의 설명을 듣는 내내 왜 그렇게 행동할 수밖에 없는지 빠르게 납득했다. 그리고 놀라운 사실도 알 수 있었다.

"대공님이……13년이나 엄마를 찾아다녔다고요?"

"그래."

그녀가 헤르만을 처음 만났던 시절의 나이와 대공이 어머니를 찾아 헤맸던 기간이 정확히 일치했다. 즉, 어머니가 그녀를 임신하고 사라진 직후부터 대공은 연인을 찾아다닌 것이다.

대공이 동대륙에 있던 것도 어머니의 흔적을 찾아서였다니. 어렴풋이 어머니가 어릴 적 그녀를 다른 대륙에서 낳았다는 이야기를 한 것이 떠오르기도 했다.

'그게 무슨 이야긴가 했더니.'

어머니는 그녀를 낳고 한동안 몸조리를 한 후 다시 서대륙으로 넘어왔다고 했다.

모두 믿기 힘든 이야기였다.

'그런데 결국 남은 건 죽었다는 비보와 있는지 몰랐던 딸의 존재.'

무슨 심경이었을까.

겨우 정리한 생각과 마음이 한층 더 혼란스럽게 얽혔다. 분명 어젯밤에 더는 신경 쓰지 않을 거다. 그녀의 가족은 오흐리드뿐이라고 다짐했는데, 그 마음이 무색해졌다.

"일단…… 모두 알려 주셔서 감사해요. 헤르만. 조금 더 얘기하고 싶지만, 다음에 다시 만나요. 저는 할머님을 만나 봐야겠어요."

"뭐? 갑자기 오흐리드 백작을?"

"네. 친부가 확실해졌으니, 모두 말씀드리고 의견을 구해야죠."

"내 말을 믿는 거야?"

디아나가 그런 당연한 말을 왜 하냐는 표정으로 헤르만을 보았다. 신뢰 가득한 눈빛에 헤르만이 약간 감동하였다. 그러나 디아나는 의심스러운 표정으로 변했다.

"혹시 거짓말이었어요?"

"아니?"

"뭐예요, 놀랐잖아요!"

거짓이라고 했으면 진짜 이번만큼은 진심으로 화를 낼지도 몰랐다. 디아나가 벌떡 일어났다.

"디아나 잠깐⋯⋯!"

말리듯 손을 뻗던 헤르만이 신음을 토하며 얼굴을 일그러트렸다.

놀란 디아나가 방향을 틀었다.

"무슨 일이에요, 헤르만? 괜찮아요?"

"괜찮아. 별거 아니야."

잇새를 문 헤르만이 왼손을 내저었다. 그 모습이 자못 이상했다.

'뭔가 이상해.'

이질감이 들었다. 곧 그녀의 눈에 아까부터 움직이지 않는 헤르만의 오른손이 보였다. 그러고 보니 헤르만은 내내 왼손만을 사용했다. 움직임도 부자연스러울 정도로 뻣뻣했다.

"헤르만, 어디 안 좋아요?"

"아니, 후, 괜찮아."

일그러졌던 헤르만의 얼굴이 차츰 원래대로 돌아왔다. 순간 묘한 냄새를 맡았다.

'약 냄새?'

흐릿하게 지나가 확신할 수는 없었다. 하지만…… 디아나가 헤르만이 빼려던 손을 붙잡았다. 그러자 헤르만이 크게 신음했다. 디아나도 깜짝 놀라 손을 뗐다.

'살살 잡았는데?'

이 손길이 아플 정도라고?

"어디 다친 거예요?"

"아니야. 괜찮……."

헤르만의 소매를 걷던 디아나가 그대로 굳었다.

단단히 감긴 붕대에 핏물이 희미하게 비치고 있었다. 곤란한 얼굴의 헤르만이 잡힌 손을 잡아 뺐다.

"별거 아냐. 좀 다쳤어."

"조금이라고요? 이건, 아니, 일단 의사를……."

"잠깐 디아나."

반사적으로 말리기 위해 손을 뻗었던 헤르만이 다시 신음했다.

"헤르만!"

몸을 움츠리듯 숙인 헤르만의 팔꿈치가 찻잔을 밀어냈고, 그대로 넘어진 찻잔이 테이블 아래로 떨어졌다.

쨍그랑 —

곧바로 문을 두드리는 소리가 들렸다.

"아가씨. 깨지는 소리가 났는데 괜찮으신가요?"

"거기……!"

헤르만이 다급하게 그녀의 팔을 붙들었다. 그러곤 아무 말도 하지 말라는 듯 고개를 저었다.

＊　　　＊　　　＊

헤르만은 끝끝내 상처를 의사에게 보이기 거부한 채 떠났다. 돌아가 치료한다고 했지만, 걱정이 이만저만 아니었다. 그러나 곧 그럴 정신도 없어졌다.

자정이 넘어서야 연회는 파장할 기미를 보였다. 돌아갈 이들을 태우기 위한 마차로 저택 입구가 한바탕 몸살을 앓았다.

소수의 몇을 제외한다면 참석한 이들을 모두 만족시키는 연회였다.

사교계를 아니, 더 나아가 제국을 뒤흔들 스캔들이었다. 그것은 연회에 참석한 이들을 모임의 중심으로 만들기 충분했다.

한동안 연회 때의 이야기를 직접 듣고자, 얘기하고자 할 이들이 넘쳐 날 테니.

그 소란의 중심인 디아나는 아무도 없는 복도에 가만히 서 있었다. 연회 뒷정리에 아직도 불이 환한 서관과 달리, 멀찍이 떨어져 있는 본관은 연회와 전혀 관련 없다는 듯 고즈넉했다.

잠시 그러고 있었을까, 엇박자의 발걸음이 들렸다.

"할머니."

"본관으로 올 때 마차를 타지 않았다며."

"오늘은 왠지 조금 걷고 싶었어요."

"연회 내내 서 있었을 텐데 다리 아프진 않고?"

"네. 괜찮아요."

생각할 거리가 너무 많아 다리가 아픈지도 몰랐다. 그리고 먼저 돌아와 챙겨야 할 것도 있었다.

"그래, 산책하고 싶다면 상관은 없다만 꼭 호위를 데리고 다녀야 한다."

"집 안인데요?"

할머니가 희미한 웃음을 머금었다.

"그래. 우리 집이라도 말이다."

디아나가 작은 한숨을 내쉬었다.

"처음 할아버지를 뵈었을 땐 호위를 내켜 하시지 않던 이유를 몰랐는데 지금은 알 것 같아요."

할머니가 귀엽다는 듯 그녀의 머리를 쓰다듬었다. 디아나가 배시시 웃으며 할머니의 손에 고개를 맡겼다. 눈을 감고 할머니의 손길을 즐기던 디아나가 말했다.

"조심할게요."

할머니가 부드럽게 디아나의 손을 잡았다.

"그래. 내겐 이제 너밖에 없다."

장갑을 벗은 맨손을 응시하던 디아나가 굳게 마주 잡았다.

"엄마가 계셨으면……."

그녀와 닮았으나 훨씬 성숙한 얼굴의 초상화가 허공을 바라보고 있었다. 어머니의 초상화는 내일 여기서 치워졌다.

역대 백작의 초상화가 걸린 복도. 이곳에서 내려온다는 건 실종되었던 소백작의 사망을 공식적으로 인정한다는 뜻이었다.

"제 데뷔를 보고 좋아하셨겠죠?"

"그랬겠지."

묻고 싶었다.

그녀를 가졌을 때 무슨 생각을 하였냐고. 대공님과는 어떤 관계냐고. 그를 진정 친부로 여기고 그가 바라는 대로 해야 하는 거냐고.

그리고 할머니께도 묻고 싶었다.

'제 친부가 노히바덴 대공이라는 걸 아셨어요?'

하지만 적어도 오늘은 아무 말도 꺼내지 않기로 했다.

"생신 축하드려요."

그리고 디아나가 다른 손으로 들고 있던 것을 꺼냈다. 고급스러운 벨벳 상자였다. 할머니가 살짝 눈을 크게 떴다.

"이건 제가 드리는 생신 선물이에요."

"분명…… 소란통에 잃어버렸다고 하지 않았느냐."

디아나가 소리 없이 가볍게 웃었다. 할머니가 탄식하곤 어처구니없다는 듯 웃었다.

"거짓말이었구나. 발칙하기는."

그렇게 말하면서도 할머니의 만면엔 미소가 가득했다.

노히바덴 대공님을 마주쳐 비밀 외출은 완전히 들켜 버리고 말았지만, 선물은 성공적으로 숨겨 냈다.

선물을 받아 든 할머니가 조심스럽게 상자를 열었다.

"브로치구나."

"값나가는 건 아니에요."

루비는 꽤 좋았지만, 다이아몬드 크기가 작아 그리 값나가진 않았다. 그렇다고 해도 오흐리드 기준이었지만.

"루비라…… 에메랄드는 지긋지긋했는데. 아주 마음에 드는구나."

녹색과 금빛이 가문 색이기에 할머니가 받는 선물은 에메랄드 일색이었다. 녹색에도 이렇게 많은 종류가 있구나, 놀라울 정도였다.

"이리 오거라."

할머니가 팔을 벌렸다. 디아나가 그 품에 쏙 들어갔다.

"내 너에게 말하지 않은 것들이 몇 있다."

디아나가 품에서 할머니를 올려다보았다. 할머니의 시선이 허공 어딘가를 떠돌았다.

"네가 오흐리드에 적응하고 나이가 차면 알려 줄 생각이었는데……."

할머니가 가만히 그녀의 머리를 쓸었다.

"시간이 정말 빠르구나."

허공을 떠돌던 시선이 그녀를 향했다. 할머니는 속을 알 수 없는 얼굴이었다.

"네가 없을 땐 지독히도 흐르지 않았는데."

어머니에게 오랜 세월 매여 있던 할머니.

그리고 이와 같았던 대공님.

모두가 가여워, 울고 싶어졌다.

"그만 가자꾸나."

디아나가 말없이 고개를 끄덕였다.

다음날, 주요 신문으로 시작해 잡지와 가십지 등 언론이라 부를 만한 거의 모든 곳에서 오흐리드 백작 영애에 관한 기사를 실었다.

**[오흐리드 대부인의 손을 잡고 등장한 소녀의 정체. 디아나 오흐리드]**
**[오흐리드 백작의 외동 손녀의 누구도 예상 못 한 깜짝 데뷔.]**

연회에 초대되었던 기자가 직접 쓴 호의적인 기사들이 있는가 하면,

**[오흐리드 백작의 숨겨진 패, 손녀의 등장에 오발론 남작과 영애 황 급히 자리를 뜨며 침묵]**
**[실종되었던 오흐리드 소백작, 사망으로 밝혀져. 사인은 마차 사고. 하지만 남는 의문들]**
**[오흐리드 영애와 함께 등장한 오흐리드 후계자. 앞으로의 거취는?]**
**[2년 만에 공식 자리에 모습을 드러낸 헤르만 레체프. 오흐리드 영애 와 어떤 관계?]**

자극적인 가십도 쏟아져 나왔다.
하지만, 그 어떤 곳도 디아나 오흐리드가 필리파의 딸임을, 백작 의 손녀임을 의심하지 않았다.

## *Chapter 2.*

달칵, 짙은 색 머리를 땋아 묶은 하녀가 침실에 들어왔다. 하녀는 발걸음 소리를 숨기지 않고 창가에 다가가 커튼을 걷어 냈다.

어둡던 침실에 정오의 볕이 눈부시게 들어왔다. 침대에 파묻혀 있던 소녀가 짜증스러운 신음을 냈다.

하녀는 개의치 않아 했다. 하녀가 캐노피 안의 소녀를 향해 성의 없게 말했다.

"보르도 영애, 일어나셔야 해요."

미동 없는 침대를 흘끔 본 하녀는 더는 깨우지 않고 그대로 방을 나왔다.

그리고 잠시 뒤, 누군가 문을 열어젖혔다.

"아티시아!"

그리고 곤히 잠들어 있던 소녀를 흔들어 깨웠다. 그 손길에 곤히 잠들어 있던 아티시아가 인상을 찌푸리며 눈을 떴다.

"……아, 누가……?"

"엄마?"

치켜 올라갔던 눈매가 내려왔다.

"아직도 준비하지 않고 뭘 하는 거니? 당장 일어나렴."

"아, 엄마아 ― 나 너무 졸 ―"

베개에 다시 얼굴을 묻으려던 아티시아의 어깨를 남작 부인이 붙잡았다. 남작 부인이 단호하게 말했다.

"당장 일어나. 아니면 영지로 내려가든지."

"……."

단호한 말에 아티시아가 얼굴을 일그러트렸다. 그러나 남작 부인은 아티시아에게 더 관심을 두지 않았다. 남작 부인의 그녀 뒤에 서 있던 하녀를 향해 한숨을 쉬었다.

"아니, 내가 미리 깨우라고 하지 않았나?"

"깨웠는데요."

하녀가 건성으로 답했다. 남작 부인이 아티시아와 똑같이 눈썹을 치켜들었다.

"이게 깨운 거야? 그런데 왜 아직도 자고……."

"일어나질 않으시더라고요."

하녀가 귀찮은 기색으로 남작 부인의 말을 잘랐다.

"아티시아가 잠이 많고 투정이 심하니 잘 달래서 깨우라고 대체……."

화를 내던 남작 부인이 중간에 입술을 꾹 깨물었다.

"됐으니 세안할 물을 좀 가지고 와 줘요."

만약 남작가의 하녀였다면 이 자리에서 경을 쳤을 텐데. 보르도 남작 부인이 답답한 속을 애써 내리눌렀다.

신세 지고 있는 가문의 하녀에게 화내 보았자 소용없었다. 화를 내도 그때뿐, 오히려 하녀장에게 달려가 모함하길 반복했다.

안주인에게도 말하길 몇 번, 하지만 달라지는 건 없었다. 하녀들의 괴롭힘만 교묘해질 뿐이었다.

'어쩌다 이리된 건지.'

보르도 남작가는 최근 2년 새, 가세가 급격하게 기울었다. 제도 타운 하우스도 팔 수밖에 없었다. 아티시아가 울고불고 난리를 쳤지만, 어쩔 수 없었다.

타운 하우스를 판 초반에는 호텔에 머물렀지만, 이젠 그조차 힘들었다.

이 때문에 현재, 보르도 남작 부인과 아티시아는 제도에 타운 하우스가 있는 스카일 자작가에게 신세를 지고 있었다.

스카일 자작 부인과 보르도 남작 부인은 어릴 적 친우였다.

하지만 당시 스카일 영애였던 친우가 혼인할 때 단교했다. 친우의 혼인 상대가 평민이었기 때문이다.

가문을 이을 만한 사내가 없던 스카일 자작 가문에서는 데릴사위를 들였다. 거기까지는 괜찮았다. 하지만 하필이면 상대가 유명한 상단주였다.

천박하게 작위와 딸을 돈에 팔았다니!

보르도 남작 부인은 그리 생각했다.

수준에 맞지 않아 연락을 끊었었지만, 지금 같은 상황에서는 어쩔 수 없었다.

보르도 남작 부인과 아티시아를 타운 하우스로 초대한 이가 스카일 자작 부인밖에 없었기 때문이다.

"여기 세숫물이요."

하녀가 놋쇠 대야를 가져왔다.

비척비척 일어난 아티시아가 손을 담갔다가 소리 질렀다.

"뜨겁잖아!"

인상을 찡그린 하녀가 손가락을 담가 온도를 확인했다.

"이 정도면 괜찮죠."

"너 지금……!"

"제가 바빠서 이만 물러가겠습니다."

"너 이리 오지 못해? 누가 마음대로 나가래!"

그러나 하녀는 아랑곳하지 않고 방을 나갔다. 남작 부인이 머리 아프다는 듯 이마를 짚었다.

"엄마!"

"아티시아, 머리가 울리니 조용히 하렴."

"하지만 엄마도 봤잖아요!"

"시간 없으니 적당히 준비하고 오렴."

방방 뛰는 아티시아를 두고 남작 부인도 방을 나갔다.

믿었던 어머니의 반응에 아티시아가 충격받은 얼굴을 했다. 아티시아가 홀로 남은 방에서 짜증 어린 소리를 질렀다.

"애프터눈 티가 대체 뭐라고!"

점심과 저녁 사이 간단한 다과를 곁들여 차를 마시는 시간을 애프터눈 티라 했다. 일반적으로 휴식 시간이기도 했고, 게으른 귀족 같은 경우 아침을 겸하기도 했다.

그리고 스카일 자작가에서는 일주일에 두 번 애프터눈 티를 가졌다. 그 시간만큼은 모두 모이는 것이 스카일 자작가의 암묵적인 약속이었다.

스카일 자작가에 온 아티시아는 처음에 이를 무시했다.

자작가 따위에게 관심도 없었고, 피곤했다.

그녀가 세 번 연속 참석하지 않자 스카일 자작은 약간 기분이 상한 기색을 내비쳤다.

「보르도 영애가 이렇게 몸이 좋지 않다면 영지로 내려가서 치료에 집중하는 것이 좋지 않겠소?」

황실 연회에 밤새 참석하고 몸이 좋지 않다며 티타임에 참여치 않던 그녀에게 에둘러 말한 것이었다.

무시당했다는 창피함에 얼굴이 벌겋게 달아올랐다.

하지만 스카일 자작에게 쏘아붙일 수는 없었다. 스카일 자작가에서 나간다면 더는 제도에 머물 방법이 없었다.

"뭐야? 아무도 안 왔어?"

서둘러 준비를 하고 나갔건만, 자리엔 남작 부인만이 있었다.

아티시아의 얼굴이 일그러졌다. 집사가 평온하게 말했다.

"어제 연회에서 늦게 귀가하셔서요. 조금 늦으시나 봅니다."

"아티시아."

남작 부인이 가만히 있으라며 아티시아에게 눈치 주었다. 아티시아는 부글부글 끓는 속을 삼키며 자리에 앉았다.

잠시 기다리자 먼저 자작이 먼저 들어왔다. 그가 자리에 앉으며 말했다.

"아내와 딸은 잠시 마무리할 것이 있어 조금 늦을 거라더군요."

자작의 말을 들은 아티시아의 낯이 굳었다. 하지만 아무도 그녀에게 관심을 기울이지 않았다.

"신문 좀 가져오게."

집사가 신문과 함께 그제야 간식이 나왔다. 자작의 차가 반쯤 비워졌을 때 자작 부인과 영애가 함께 들어왔다.

"오늘은 무화과 타르트네요?"

자작 영애의 가벼운 목소리에 아티시아가 뾰족하게 말했다.

"늦으셨네요."

"네. 초대장을 쓰는 데 시간이 좀 걸렸어요."

자작 영애는 태평하게 답하며 앉았다. 늦은 걸 전혀 신경 쓰지 않는 모습이 아티시아의 분을 키웠다.

남작 부인이 아티시아가 허튼 말 하지 못하도록 먼저 운을 뗐다.

"누굴 초대하신 건가요. 미엘디아 양?"

"오흐리드 영애께 보냈어요."

순간 남작 부인의 얼굴이 굳었다. 그러나 애써 태연하게 표정을 가다듬었다.

스카일 자작가 사람들은 아티시아가 엘—코르테에서 오흐리드와 빚었던 마찰에 대해 전혀 몰랐다.

당시 외국에 나가 있었기 때문이다.

"오흐리드가에는 영애가 없잖아요? 오발론 영애를 말하는 건가요?"

"앗, 아직 모르세요?"

"무얼 말하는 거죠?"

남작 부인이 살짝 기분 상한 티를 내며 말했다. 이에 자작 부인이 미엘디아에게 타이르듯 말했다.

"어제 황실 무도회에 가셨으니 모르실 거란다."

"맞다. 그렇죠? 오흐리드 연회에 오셨으면 좋았을 텐데!"

천진난만한 말에 남작 부인이 떨떠름하게 웃으며 찻잔을 들었다. 자작 부인이 딸의 말에 설명을 덧붙였다.

"어제 연회에서 오흐리드 백작이 손녀딸을 공개했답니다."

"손녀딸이 있었어요?"

"네! 모두 남작 부인처럼 놀라더라고요. 이름이, 디아나! 디아나 오흐리드예요."

찻잔을 든 남작 부인의 손이 멈췄다.

"잠깐, 지금 뭐라고요?"

그리고 지금껏 관심 없어 보이던 아티시아가 갑자기 끼어들었다.

"뭐가요?"

"방금 말한 이름이요."

"오흐리드 영애요?"

"그럼 방금 다른 이름이라도 말했어요? 다시 한번 말해 보라니까요? 이름이 어떻게 된다고요?"

짜증 가득한 아티시아의 모습에 자리에 있던 모두가 놀랐다. 놀란 미엘디아 대신 스카일 자작 부인이 답했다.

"디아나 오흐리드랍니다. 아티시아 양, 갑자기 왜 그러지요?"

설마, 아니겠지.

하지만 치솟는 불안감에 아티시아는 쉽사리 답하지 못하고 입술을 깨물었다.

아티시아가 목소릴 높였을 때부터 주시하던 스카일 자작이 본인이 보던 신문을 내밀었다.

"레이디 아티시아, 여기 신문에 있으니 직접 확인하시지요."

아티시아가 최대한 아무렇지 않은 얼굴로 신문을 받아 갔다.

그러나 애써 가다듬은 얼굴이 무색하게 바로 굳었다. 아티시아의 눈동자가 신문 1면의 반 이상을 차지한 사진에 고정되었다.

"뭐야 이게⋯⋯?"

\* \* \*

와르르 봉투들이 쏟아졌다. 길게 하품하던 디아나의 눈이 동그래졌다.

"이게 다 뭐에요?"

"아침에 아가씨 앞으로 온 초대장이에요."

"초대장이요?"

연회가 끝난 지 아직 하루도 안 지났는데? 그녀의 의문을 읽기라도 한 듯 네리아가 뿌듯한 낯으로 말했다.

"그만큼 아가씨에게 관심이 많다는 뜻이죠."

"맞아요. 만약 아가씨가 초대에 응하기라도 한다면 엄청난 관심을 받지 않겠어요? 다들 자신의 파티에 오길 바라고 서둘러 보낸 거죠."

"지금 뜯어보시겠어요? 아니면 한쪽에 치워 놓을까요?"

짧게 고민한 디아나가 의자에 앉으며 말했다.

"머리 말리는 동안 볼게요."

욕실에서 빠르게 씻고 나오자 그새 네리아가 편지 분류를 모두 마쳤다.

"여기 페이퍼 나이프요."

미셸에게 페이퍼 나이프를 건네받은 디아나가 봉투를 뜯다 멈칫했다.

'쓰기 너무 아깝다.'

섬세한 넝쿨 조각 중앙에는 커팅된 토파즈가 영롱하게 빛났다. 실사용을 위해서가 아니라 장식하려 만들어졌다고 해도 무리가 없었다.

'뭐, 여기 있는 모든 것들이 그렇지만.'

마저 봉투를 뜯자 안에서 향기가 확 풍겼다. 초대장에서 나오는 향이었다. 초대장은 이를 쓴 자의 센스와 부를 과시하는 수단 중 하나라고 배웠다.

글씨체가 얼마나 유려한지, 잉크는 무얼 썼는지, 초대장의 재질, 포장 등의 사소한 모든 것이 가문의 격을 나타내며 이걸로 신경전을 벌이기도 한다고 했다.

이번 오흐리드 백작가의 초대장에선 말 그대로 빛이 났었고.

'밤에 보고 진짜 깜짝 놀랐지.'

어떠한 염료를 바른 거라고 했었다. 초대장을 보는 것만으로도 신기했다. 그리고 이번에 집은 것은 곱게 말린 꽃을 인장에 함께 찍어 놓은 초대장이었다.

네리아가 가문을 설명했다.

"스카일 자작가예요. 남부 지역에 잉센국 중심으로 큰 상단을 경영하고 있어서 오흐리드와 관계가 좋아요."

"기억나요. 어제 가족 내외가 모두 참석했었거든요."

이렇게 바로 기억나는 자가 있는가 하면 '이 사람과 인사를 했던가?' 하고 가물가물한 쪽도 있었다.

그리고 연회에 참석하지 않은 가문도 있었다.

"이건 ……파브레 백작가네요."

테시오르의 가문.

학술원으로 돌아가야 했던 테시오르를 포함해 파브레 백작가의 사람들은 모두 연회에 참석하지 않았다.

그녀와 연이 있던 파브레 전 백작 부인은 돌아가신 지 오래고, 파브레 백작은 거의 마주치지도 않았다. 그녀를 알아보지 못할 확률이 높았다.

'……역시.'

그녀 이야기는 없었다. 할아버지와 파브레 백작이 같은 클럽으로 연이 있으니 파브레 백작가의 티 파티에 그녀를 초대하고 싶다는 내용이었다.

테시오르 이야기도 없었다.

'테시오르가 왔다 갔는지도 모르는 것 같은데…….'

데이지가 그녀의 상념을 끝냈다.

"아가씨, 다 끝났어요."

어느새 머리를 말리고 세팅까지 다 끝냈다. 벌써 시간이 이렇게 지났나 놀란 마음으로 일어난 디아나는 한쪽에 모인 하녀들을 보고 고개를 갸웃 기울였다.

"다들 뭐 해요?"

"아가씨 기사를 오리고 있어요."

"기사를 오린다고요?"

"네! 스크랩이요!"

제인이 신문이 조각이 붙은 책자를 펼치며 보여 줬다.

"여기 한번 보시겠어요? 이번엔 베타사 신문이 제일 잘 나온 것 같아요!"

신문에서 잘라 낸 사진은 아주 절묘했다. 할머니의 손을 잡고 당당하게 곧은 자세를 취하고 있는 소녀가 있었다. 디아나가 눈을 동그랗게 뜨고 스크랩북을 건네받았다.

"언제부터 모은 거예요?"

정말 예전 사진도 있었다.

아니, 이건 내가 처음으로 엘―코르테 갔을 때 아냐? 아티시아를 마주쳤던…….

벌써 그 일이 흐릿하니 아주 오래전처럼 느껴졌다.

"이렇게 보니 이 스타일이 아가씨께 잘 어울리는 것 같아요?"

"그래요?"

잠시 얘기하고 있을 때 노크가 들렸다.

"제가 나가 볼게요."

문과 가장 가깝게 앉아 있던 네리아가 일어났다.

"아가씨, 작은 도련님이 오셨어요."

네리아의 뒤를 세니르가 따라 들어왔다. 다들 언제 떠들었냐는
듯 다들 조용해졌다.

"무슨 일이에요?"

"바쁘신가요."

"아니요."

"다행이군요. 백작님이 아가씨를 찾으십니다."

"할머니가요? 아직 애프터눈 티는 멀었는데."

고개를 갸웃거리는 그녀에게 세니르가 손을 내밀었다. 세니르에
게 손을 얹은 디아나가 소파에서 일어났다. 디아나가 하녀들에게
나갔다 오겠다고 손짓하며 방을 나섰다.

"집무실로 가나요?"

"그렇습니다."

잘됐다. 그녀도 할머니께 말해야 할 것들이 있었다. 어제 연회로
피로하실 것 같아 애프터눈 티 시간까지 기다리려 한 건데 빠르면
그녀야 좋았다.

"파브레 영식은 어젯밤 학술원에 잘 도착했다더군요."

"다행이네요. 그리고 고마워요."

"무얼요. 저번에도 말씀드렸다시피 아가씨께 봉사하는 건……."

"그만! 그만! 말하지 말아요!"

"……."

디아나가 때마침 도착한 집무실로 후다닥 들어갔다. 안으로 들어가자 할머니뿐만 아니라 굳은 낮의 할아버지와 처음 보는 이가 함께 있었다.

"디아나, 왔구나."

분위기가 별로 좋지 못해 보였다. 먼저 있던 이가 조용히 방에서 물러갔다. 피로한 표정의 할머니가 디아나에게 앉으라 손짓했다.

"네게 알려야 할 것 같아 불렀다."

"네. 말씀하세요."

"노히바덴 대공이 친권 인정 소송을 걸었다."

*　　*　　*

"이번 일은 노히바덴 대공이 너무 성급했습니다. 조용히 해결하는 방법도 있을 터인데."

"로베르트, 조용히 해결하기 위해 노력했겠지요. 노히바덴 대공이 소란을 좋아하는 이는 아니지 않나요?"

로베르트가 지그시 입술을 깨물었다.

"대공이 그럴 분은 아니지요."

오흐리드의 편을 들어주는 것도 중요했지만, 그렇다고 노히바덴 대공을 깎아내리기는 부담스러웠다.

그 틈에 황후가 자애롭게 웃으며 말을 이어 갔다.

"오흐리드가와 노히바덴가의 골이 워낙 깊은 걸 그대도 알지 않습니까. 우리가 노히바덴 대공의 판단에 대해 왈가왈부하는 건 조심해야 합니다."

하지만 여기서 쉬이 물러날 순 없었다. 디아나, 그 소녀가 오흐리드가 아닌 노히바덴이 된다면 처음으로 되돌아갔다.

다시 오발론 영애를 중심으로 오흐리드를 계승 싸움에 이용하는 모습을 봐야 한다니. 지그프리트와 황후만 좋은 일이 되도록 내버려 둘 수 없었다.

"하지만 황후 폐하. 노히바덴 대공가이지 않습니까, 우리 황가와는 연이 깊은데 어찌 이 정도의 첨언도 못 한단 말입니까."

"첨언과 간섭은 구분되어야 할 겁니다. 로베르트."

"황후 폐하께서는 얼마 전에도 노히바덴 대공께 결혼할 영애를 주선하고서 이제는 간섭이라고 하십니까."

로베르트 또한 쉬이 지진 않았다. 황후는 살짝 당황했지만 이를 티 낼 만한 풋내기는 아니었다. 로베르트의 말을 황후가 반박하고, 다시 황후의 말을 로베르트가 반박했다.

그리고 이 모든 대화를 지그프리트가 파리한 낯으로 들었다. 아니, 듣고 있는지도 확실치 않았다. 꿔다 놓은 보릿자루처럼 그저 서 있었다.

이를 힐끗 본 황후가 속으로 혀를 찼다. 그러나 겉으로는 표 내지 않으며 말했다.

"그러니 더 노히바덴 대공가를 신경 써 주어야 하지 않겠나요."

"황후 폐하, 우리 황가는 신하들의 중심에서 모든 가문을 공평하게 판단해야 합니다."

"로베르트, 노히바덴 '대공'입니다. 가문의 격으로만 따져도 오흐리드와 비교가 되지 않아요."

"어찌 오흐리드를 가문의 격만으로 따진단 말입니까? 그들만큼 작위가 무의미한 가문이 없지요."

과연 끝이 있는가 싶은 대화였다. 황후는 노골적으로 노히바덴 대공의 편을 들었고, 로베르트는 이에 반대로 오흐리드의 대변인이라도 된 모양새였다.

"로베르트, 노히바덴 대공가를 생각하세요. 노히바덴 대공이 홀몸으로 어느덧 불혹에 가까워요. 이제라도 후계가 나타난 걸 기꺼워해야 하지 않겠나요."

"아직 대공의 딸임이 확실하지 않습니다. 황후 폐하. 마치 황후 폐하께서는 오흐리드 영애가 대공의 딸이길……."

— 쾅

황제가 팔걸이를 내리쳤다.

"그만, 그만, 그만!"

황제의 일갈에 쉬지 않고 떠들던 둘이 입을 조가비처럼 다물었다. 그리고 휘청이던 지그프리트는 손으로 입을 틀어막았다.

"또 시작이야? 또? 노히바덴과 오흐리드, 또!"

날개 달린 사자가 장식된 황금 의자에 앉아 있는 황제가 머리를 짚었다. 로베르트와 황후가 황제의 일갈에 입을 다물자 알현실은 황제의 씩씩거리는 숨소리만 들렸다.

그때 지그프리트가 발언을 원한다는 듯 손을 들었다.

"오, 그래. 지그프리트."

일그러졌던 황제의 얼굴이 반기듯 펴졌다.

"좋은 생각이라도 있느냐."

그러나 지그프리트가 입을 열자마자 황후의 얼굴에는 그늘이 짙어졌다.

"아, 아바마마. 소자 몸이 좋지 않아…… 우웁!"

황제의 곁에 그림자처럼 있던 시종장마저 절로 탄식했다.

전날 얼마나 술을 들이부었는지 쏟아부은 향수 냄새 사이로 술 냄새가 폴폴 풍겼다. 창백한 안색은 술병의 여파였다.

황제는 말을 잃었고, 쏠리는 속을 참아 낸 지크프리트가 더듬더듬 말을 이어 갔다.

"……이, 이만 물러가도 되겠……."

"가거라."

황제가 당장 꺼지라는 듯 손을 휘휘 저었다. 지그프리트가 뒷걸음질하는 둥 마는 둥 하며 알현실을 빠져나갔다. 황후는 아무렇지도 않게 '어제 연회가 늦게 끝났나 봅니다.'라고 진언했다.

황제는 자신의 다른 아들을 향해서도 말했다.

"로베르트, 너도 나가 보거라."

"예. 소자 물러가겠습니다. 하임바르덴의 태양에게 무궁한 영광이 있기를."

인사도 생략한 채 허둥지둥 나가던 지그프리트와는 전혀 다른 모습이었다. 목덜미를 문지르던 황제가 흡족하게 웃었다.

이를 지켜보던 황후가 보이지 않게 입술을 깨물었다. 둔중한 알현실 문이 닫히는 소리가 들렸다. 황제가 보좌에 몸을 깊게 묻었다.

"……언제 정신을 차릴는지."

잠시 침묵하던 황제가 읊조렸다.

"사내란 게 젊었을 때는 향락을 즐기고 그러지 않습니까."

황후가 근심치 말라는 듯 말했다.

"그걸 지금 편이라고 들어주오? 황후가 그렇게 싸고도니 지그프리트가 정신을 못 차리는 게 아니오!"

하지만 오히려 그 말이 더 황제의 화를 부추긴 모양이었다.

"로베르트나 에스테반은 사내 아니오? 대체 언제까지 저리 채신머리없이 지내게 할거요!"

"……."

입술을 달싹였으나 궁색한 핑계밖에 떠오르지 않았다. 결국, 황후는 입을 다물었고, 시종장이 황제에게 재빠르게 찬물을 가져다주었다.

잔을 단번에 비운 황제가 한층 진정한 목소리로 말했다.

"황후의 초조한 심정은 아오. 하지만, 그대는 하임바르덴의 황후요. 한쪽의 편을 노골적으로 들면 귀족원에서 항의할 것이오."

제도 고위 귀족들이 모이는 귀족원에서의 오흐리드의 힘이야 맞설 자가 없었다. 그들이 움직이면 황제도, 황후도 귀찮아졌다.

"하나, 폐하. 오흐리드 백작에게는 후계자로 내정한 이와 조카인 오발론 영애가 있습니다. 하지만 노히바덴 대공가는 이대로라면 정말 가계가 끊어질 수 있습니다. 저의 걱정이 한갓 이익을 위해서라고는 생각지 말아 주십시오."

황후가 보기만 해도 가슴이 아릴 정도로 처연하게 말했다. 이에 황제가 한층 더 누그러졌다.

"황후, 노히바덴의 후계는 걱정할 필요 없소. 내 선대 대공과 약조한 게 있으니, 지금껏 대공에게 혼인하라 채근하지 않은 것이오."

황후의 얼굴에 의문이 서렸으나 황제는 더 설명하지 않고 시종장을 보았다.

"오흐리드 백작과 노히바덴 대공에게 입궁을 명해라."

＊　　＊　　＊

"여기가…… 아니, 여기에서 헤르만이 머물고 있다고요?"

디아나는 당황하여 세니르를 보았다. 세니르는 알고 있었는지 태연한 낯이었다.

"예. 여기가 현자 헤르만 레체프의 집입니다."

"어떡하죠?"

"하인이 없는 모양이군요."

"하인만 없는 건 아닌 것 같아요……."

저택을 바라보는 디아나의 눈동자가 이리저리 흔들렸다. 제도의 중심가에 가까운, 위치도 좋고 규모도 꽤 큰 저택이었다. 그러니까 관리만 잘 되어 있었다면.

높은 철창 사이로 잡초들이 잔뜩 자라 우거진 것이 보였다. 잡초들 사이로 조각상과 죽지 않고 버틴 꽃나무들이 이곳이 한때 정원이었다는 것을 알리고 있었다.

세니르가 철문을 슬쩍 밀자 소음과 함께 문이 열렸다.

"열려 있군요. 그냥 들어가면 될 것 같습니다."

"네?"

그리고는 바로 앞장서 들어갔다.

"조심하세요."

세니르가 손을 내밀었다. 치맛자락에 마른 풀이 다닥다닥 붙어왔다. 잠시 후 저택 앞에 거의 다 왔을 때 현관이 열리며 안에서 사람이 나왔다.

"헤르만!"

디아나가 헤르만을 빠르게 살폈으나 팔은 망토에 가려져 어떤 상태인지 알 수 없었다. 헤르만이 눈을 가늘게 뜨고 바라보았다.

"뭐야, 누가 왔나 했더니 너였어?"

그리고 그녀 곁의 세니르를 보곤 입매를 비틀었다.

"게다가 백작의 개도 있고."

"……네?"

디아나가 귀를 의심했다. 문틀에 기대고 선 헤르만은 바로 전에 폭언을 한 사람이라곤 보이지 않았다. 그리고 세니르 또한 무척 태연했다.

"내 집에 언제부터 개새끼가 멋대로 들락날락하게 됐는지 아주 신기해?"

그리고 잘못 들은 줄 알았던 말은 진짜였다. 놀란 디아나가 소리쳤다.

"헤르만! 지금 무슨 말을 하는 거예요!"

"뭐가?"

그녀의 말에 오히려 헤르만이 영문을 모르겠다는 듯 한쪽 눈썹을 치켜들었다.

"아니, 사람에게 개라니요? 대체…….."

그러나 오히려 세니르가 그녀의 말을 막아서며 부드럽게 달랬다.

"아가씨. 저는 괜찮습니다."

헤르만이 이를 갈며 말했다.

"내 앞에서 같잖은 짓 하지 말고, 당장 안 꺼져?"

"백작님의 선물만 전달해드리고 가겠습니다."

"하! 선물? 서언물?"

그 빈정거림에도 세니르는 아무렇지 않아 보였다. 오히려 속상해하는 건 디아나였다.

"정말 왜, 왜 그래요. 헤르만."

헤르만이 안절부절못하는 디아나를 보고 혀를 차고 세니르를 향해 손가락을 까딱였다.

"너, 나랑 얘기 좀 하지."

"헤르만! 무슨 얘기를 하려고요?"

"디아나, 넌 잠시만 기다려라."

"헤르만!"

헤르만은 디아나의 외침을 뒤로하고 세니르와 함께 저택 안으로 쑥 들어갔다.

'또 험한 말을 하는 건 아니겠지?'

디아나는 마른침을 삼키며 걱정했다. 옅은 한숨을 내쉬며 앉을 곳을 찾아 둘러보던 디아나는 경악했다.

"집이……."

바닥은 걸음걸이대로 발자국이 남을 정도로 먼지가 쌓여 있었다.

벽에 걸린 촛대에 잔뜩 쳐진 거미줄과 누군가 뜯어 간 것처럼 보이는 샹들리에와 가구 장식들…….

"이건 폐가인데?"

\*          \*          \*

"그러니까. 제도를 비운 사이에 관리인이 사망하고, 그 관리자가 대리로 관리를 맡겼던 이가 헤르만과 연락이 안 되니까 관리비와 집 안의 패물을 들고 도망쳤다고요?"

방만한 자세로 마차에 기대 있던 헤르만이 고개를 까딱 끄덕였다.

"……현자도 사기를 당하는군요?"

"뭐 2년이나 연락이 안 됐으니."

"그럼 집은 이제 어떡해요?"

"일단 청소할 사람을 불러서 치우고 새 관리자를 구해야지. 제도에 온 지 얼마 안 돼서 그럴 정신이 없었어."

목적지에 도착한 마차가 멈췄다. 음식점의 간판을 슥 본 헤르만이 만족스러운 낯을 했다.

"제도 사람 다 됐네. 여기는 어떻게 알았어?"

"가끔 와서 먹었어요. 헤르만도 알아요?"

"유명하잖아."


**[테이슬로]**


문을 열고 들어가자 인사를 하던 직원이 그녀를 알아보곤 놀란 얼굴을 했다.

"어서 오십시오."

떨리는 눈동자의 직원이 후다닥 안으로 달려갔다.

"그, 그게. 잠시만, 기다려 주십시오. 지배인님을 불러오겠습니다."

그 모습을 무심히 보던 헤르만이 그녀를 돌아보았다.

"그런데 여기 예약해야 하지 않나?"

"아, 괜찮아요."

"예약했어?"

"아뇨, 그건 아니고 제 자리가 있어요……."

"뭐? 자리가 어떻게 있어?"

디아나의 목덜미가 붉게 달아올랐다. 이런 얘기를 직접 입 밖으로 꺼내게 될 날이 올 줄이야.

"이 건물이 제 거예요……."

"……."

"……."

"너 열다섯 살 아니냐?"

디아나가 보일 듯 말 듯 고개를 끄덕였다. 열넷 생일 선물이었다. 헤르만이 허리를 짚고 천장을 보았다.

"그래, 오흐리드다 이거지. 아주 물량 공세를 했구만."

"네? 무슨 공세요?"

"저……영애?"

그때 누군가 그녀를 부르는 가느다란 소리가 들렸다. 디아나가 소리가 들린 방향을 보았다.

머리에 귀여운 리본 장식을 매단 소녀였다. 소녀는 디아나가 자신을 돌아보자 반색했다. 그리고 자신감을 가진 듯 서둘러 다가왔다.

헤르만이 슬쩍 몸을 기울여 물었다.

"친구야?"

"연회에서 인사했었어요."

"그냥 아는 사람이군."

디아나가 그 가차 없음에 피식 웃었다가 소녀가 다가오자 표정을 관리했다.

"아, 안녕하세요. 그, 연회에서 뵈었었는데 혹시, 저 기억하시나요?"

나긋하면서도 약간 굴리는 발음은 남부에 오래 머문 사람의 특징이었다. 헤르만과 비슷했다.

"기억해요. 스카일 자작 영애, 맞죠?"

"어머, 기억해 주실 줄 몰랐어요."

스카일 자작 영애가 감동한 얼굴을 했다. 꽤 기억에 남은 영애였다. 서로 쏙 닮은 모습의 스카일 자작가 사람들이 연회에 모여 도란도란 얘기하는 모습이, 그녀도 어머니가 살아 있었다면 저렇게 함께했겠구나, 라는 생각을 하게 만들어서였다.

"가족과 온 건가요?"

"아뇨, 친우랑 왔어요."

답하면서도 미엘디아가 헤르만을 힐끗거렸다. 디아나가 헤르만을 소개했다.

"헤르만 레체프 님이세요."

"안녕하세요. 스카일 자작가의 미엘디아예요. 이름 높은 허, 현자님도 이렇게 뵐 줄 몰랐어요."

일반적으로 세계탑의 마법사만 되더라도 귀족 작위를 지닌 것과 비슷한 취급을 받았다. 그런 세계탑에서 최고의 실력자 열두 명에게만 내려지는 현자라는 칭호.

군사나 영지는 없지만, 현자의 칭호는 대공과 공작 그 사이쯤으로 여겨졌다.

─그렇게 배우긴 했는데, 정말로 스카일 자작 영애가 헤르만과 만난 것을 영광인 것처럼 굴자 약간 신기했다.

그런데 그런 헤르만의 집이…….

상처도 있으면서 그런 폐가와 같은 곳에 머물고. 정말 괜찮으려나? 하루 이틀 치워선 끝날 것 같던데,

"그런데 오흐리드 영애는 현자님과 어쩌다 같이 오셨나요?"

미엘디아의 눈이 과도하게 반짝거렸다. 마치 헤르만을 동경하는 것처럼······.

"디아나?"

헤르만의 목소리에 디아나가 퍼뜩 정신을 차렸다.

"아, 헤르만은 제 후견인이세요."

"어머, 와, 현자님이 후견인이라니."

미엘디아가 동그랗게 뜬 눈으로 입을 가렸다.

"그, 제가 학술원에 다니고 있어서요. 거기에서도 현자님의 이름이 높거든요."

헤르만이 그제야 좀 관심을 보였다.

"학술원을 다닌다고?"

"네. 올해 데뷔탕트를 치르려고 잠시 휴학했어요. 이렇게 뵙게 되어 영광이에요."

그때 직원이 부르러 갔었던 지배인이 서둘러 다가왔다.

"어서 오십시오. 오흐리드 영애, 헤르만 레체프 님!"

그 커다란 목소리에 헤르만이 인상을 찡그렸다. 아니나 다를까 근처의 시선 순식간에 모였다. 소란스러워지기 전에 먼저 나섰다.

"안으로 안내해 주세요."

"알겠습니다."

당장 다가올 것처럼 일어나던 이들이 아쉬운 탄식과 함께 다시 앉았다.

디아나가 미엘디아를 돌아보고 인사했다.

"그럼 이만, 즐거운 식사 시간 되세요."

"공부 열심히 해라."

"앗, 네, 네!"

미엘디아가 헤르만과 디아나를 응시하다 아쉬워하며 자리로 돌아갔다. 그런 미엘디아를 몇몇은 부러워했다. 가장 먼저 디아나를 알아채 인사까지 하였다며.

"화장실 갔다 온다더니 언제 오나 했네요."

자리에 돌아온 미엘디아가 먼저 앉아 있던 일행을 보았다.

"아티시아."

테이슬로는 세 달 전부터 예약이 꽉 차 있을 정도로 인기가 좋은 곳이었다. 오늘 자리를 예약할 수 있던 것은 취소한 자리를 운 좋게 잡은 행운이었다. 하지만 안타깝게도 두 자리뿐이었고, 그래서 가족 모두가 올 수는 없었다.

"빨리 와요. 제가 여기에 오길 얼마나 고대했는데."

아티시아도 테이슬로는 처음이었다. 서버가 채워 준 물 잔을 든 아티시아가 불만스러운 얼굴을 했다.

"그런데, 이름값에 비하면 너무 소란스럽지 않아요?"

"아, 방금 온 사람들 때문에 그럴 거예요. 저도 여기서 마주칠 줄 몰랐어요. 심지어 인사도 받아 주시고……."

"누구길래 그래요?"

아티시아가 심드렁하게 물었다. 지금 보니 미엘디아의 낯이 상기되어 있었다. 별거 아니겠지. 항상 미엘디아는 별것도 아닌 것들에 호들갑을 떨었으니.

"현자 헤르만 레체프 님하고, 오흐리드 영애요!"

― 탁

아티시아가 테이블에 물 잔을 세게 내려놨다.

"테이슬로에 식사하러 왔나 봐요."

넘친 물이 아티시아의 손을 적셨다. 아티시아가 눈을 치켜뜨고 물었다.

"누구요?"

"현자, 헤르만……."

아티시아가 미엘디아 말을 자르며 짜증스럽게 냅킨에 손을 닦았다.

"아니, 현자 말고요. 누가 왔다고요?"

"오흐리드 영애요?"

미엘디아로서는 영문을 알 수 없는 짜증에 고개를 기울였다. 그러나 곧 알겠다는 듯 살짝 웃었다.

"오흐리드가에 관심 없다더니. 아티시아도 역시 궁금하죠?"

"누가 그깟……!"

소리 지르던 아티시아가 멈칫했다.

"아니, 아니지."

"아까부터 왜 그래요. 아티시아?"

미엘디아가 눈을 동그랗게 뜨고 물었다. 아티시아가 삐뚜름한 웃음을 지었다.

"그거 알아요, 미엘디아?"

"뭘요?"

미엘디아가 미간을 좁혔다. 아까부터 불만스러운 태도에 그녀
또한 살짝 기분이 상하던 차였다. 그러나 아티시아는 미엘디아의
기분 따위 신경 쓰지 않았다. 그녀가 신경 쓸 일이 아니라고 생각했
기 때문이다.

아티시아가 말을 이었다.

"디아나 그 애, 우리 집에서 하녀로 일했어요."

"네? 설마 디아나가, 오흐리드 영애 말씀하시는 거예요?"

미엘디아가 말도 안 된다는 얼굴로 되물었다. 그 표정에 자존심
이 확 상한 아티시아가 냅킨을 집어던지듯 내려놨다.

"왜요? 안 믿겨요?"

"아니, 아티시아. 아까부터 대체 왜 그러는 거예요?"

왜 그러냐고? 아티시아가 주먹을 꽉 쥐었다. 신문에서 디아나를
본 이후 며칠 동안 잠도 잘 수 없었다. 분하고 미칠 것 같았다. 억울
했다.

오흐리드 영애라니? 대공의 딸이라니!

내 수발이나 들던 주제에!


「엄마도 보셨죠? 디아나 그년이 오흐리드 영애래요! 말이 돼요?」

「나도 어처구니가 없단다. 대체 그런 아비가 누군지도 모르는 아
이를 가문의 일원으로 받아들이다니 오흐리드도 별거 아니구나.」

「아버지가 대공일지도 모른다잖아요!」

「아직 확실한 건 아니잖니? 뭐, 그래도 우리에겐 잘된 일 아니니.」

보르도 남작 부인은 오히려 잘됐다는 듯 웃었다. 그러나 아티시아는 동의할 수 없었다.

「뭐가 잘됐는데요! 차라리 그때 집에 받아 들여 주지 말고 길바닥에 뒀으면……!」

「어허! 목소리 낮추렴.」

붉게 달아오른 아티시아의 얼굴에 분에 찬 눈물이 그렁그렁했다.

「그 애도 은혜를 알지 않겠어? 오갈 곳 없는 고아를 우리가 거둬 보살펴 준 거잖니?」

「……그렇긴 하죠.」

「우리가 얼마나 잘 대해 줬는데 당연히 네 말이라면 끔뻑 죽지 않겠니?」

「……」

「걔가 하녀로 지내느라 귀족 사회에 대해서도 잘 모를 테니. 네가 잘 가르쳐 주겠다고 하면, 주제에 거절할 수 없을 테고. 안 그래?」

그래, 그깟 이따위.

아티시아가 밀어낸 의자가 바닥에 긁히며 요란한 소리를 냈다.

소음에 놀란 이들이 소리가 들린 방향을 보았다.

"디아나 걔, 어느 쪽으로 갔어요?"

　　　　＊　　　＊　　　＊

　종업원이 식전주와 메뉴판을 함께 가지고 들어왔다. 입맛을 돋울 작은 샌드위치 소가 올라간 비스킷이 함께였다.

　디아나와 헤르만이 메뉴판을 펼쳤다. 코스에는 두 종류의 메뉴가 있었는데, 매일매일 나오는 메뉴가 달랐다. 둘 중 하나를 선택하는 식으로 고르면 됐다.

　"어린 양고기에 메인은 생선으로……."

　메뉴를 고른 헤르만이 종업원을 보았다.

　"여기 와인은 없나?"

　"있습니다. 따로 메뉴판엔 없고 원하시는 라벨을 말씀해 주시면 창고에 있는 걸 내오는 식입니다."

　"그럼 그냥 적당히 아무거나…… 혹시 브리뉴산 있나?"

　"있습니다."

　종업원의 말에 헤르만이 티 나지 않게 감탄했다.

　"좋아. 그럼 그걸로. 너는?"

　디아나가 하나씩 고른 메뉴를 불렀다. 하지만 마지막 디저트 부분은 선택하기가 까다로웠다. 그녀가 한참 고심하고 있자 헤르만이 메뉴판을 뺏어 들며 종업원을 향해 말했다.

　"디저트는 그냥 두 개 다 가져다줘."

　"알겠습니다."

　"뭘 그렇게 열심히 골라? 고르기 힘들면 둘 다 먹으면 되지."

　"와 헤르만, 천재예요?"

눈이 반짝이는 디아나가 소리 없이 손뼉 쳤다. 헤르만이 어이없다는 듯 웃었다.

"그래도 뭐, 너도 많이 컸다. 처음 만났을 땐 진짜 어리바리했는데."

디아나의 뺨이 살짝 달아올랐다. 새삼 헤르만을 처음 만났을 때가 떠올랐다.

'그때 난 정말 아무것도 없었는데.'

처음으로 마법을 보고 푹신한 호텔 침대에 누워 보고, 은행이라는 곳도 가 보고, 눈 돌아가는 어머니의 유산에 집도 사고.

정말 헤르만에겐 받은 것들이 많았다.

'하지만 이젠 나도 받기만 할 필요 없어.'

디아나가 다짐한 듯 단호한 표정으로 입을 열었다.

"헤르만. 집이요."

"집?"

"네. 그냥 떠오른 생각인데, 사람을 구하고 정리될 때까지 호텔에 머무는 건 어때요?"

"……흠, 나쁘지 않은 생각인데."

조심스럽게 말을 꺼냈던 디아나가 반색했다.

"그렇죠? 집을 다시 단장하려면 한참 걸릴 거예요. 사람도 뽑아야 하고."

아헨에 있는 그녀의 집을 고치고 정리하는 데에도 며칠이나 걸렸다.

'헤르만의 집은 심지어 거기보다 훨씬 크니까.'

믿을 만한 사람을 고용해 다 맡겨 둘 수도 있겠지만, 사람 구하는 게 쉬웠다면 헤르만의 집이 저렇게 방치될 리도 없었다.

"마음 같아선 백작가로 초대하고 싶은데……."

"뭐? 됐어!"

헤르만이 그녀가 말을 마치기도 전에 파르르 떨었다. 좋아할 것 같진 않았지만 이렇게 질색할 줄이야.

"역시 싫어하실 줄 알았어요."

"알면서 뭐 하러 말해?"

"그럼 대신에요. 호텔은 제가 추천해도 될까요?"

"그냥 적당히 가면……."

"제가!"

디아나가 저도 모르게 테이블을 치며 일어났다. 헤르만이 말을 멈췄다.

"제가 고르게 해 주세요."

두 손을 맞잡은 디아나가 간절한 시선으로 헤르만을 올려다보았다. 헤르만이 고개를 기울이며 의심스러운 얼굴을 했다.

"무슨 꿍꿍이야?"

"꿍꿍이라뇨."

디아나가 억울한 얼굴을 했다.

"흠, 그래 뭐, 마음대로 해."

디아나가 먹은 것도 없는데 배부른 표정으로 다시 앉으려 할 때였다.

"아, 비키라니까요!"

헤르만과 디아나가 동시에 소란이 일어난 미닫이문 쪽을 보았다.

"영애, 이렇게 소란 피우시면 다른 신사 숙녀분께 폐가 됩니다."

"그러니까! 그쪽이 막지만 않음 되는 거잖아!"

헤르만이 얼굴을 일그러트렸다. 디아나도 미간을 찌푸렸다. 헤르만은 소란에 언짢아서였다면, 디아나는 저 목소리가 아는 사람 같아서였다.

"그냥 돌아가자니까요. 식사하러 온 분들께 무슨 민폐예요, 아티시아."

헤르만이 디아나를 돌아보았다.

"아티시아? 어디서 들어본 것 같은데……."

헤르만이 얼굴을 찌푸렸다.

"기억 안 나세요?"

디아나가 작게 웃었다. 그러나 연달아 떠오르는 생각에 금세 우울한 얼굴이 되었다.

언젠가 한 번쯤 마주칠 걸 예상했지만, 여기서일 줄이야. 무도회나 파티 같은 데서 마주칠 줄 알았는데.

"아티시아 보르도. 보르도 남작 영애요. 저한테 누가 네 아가씨냐고 막 화냈잖아요."

"……아! 뭐야, 저것들 아직도 살아 있어?"

"네?"

"오흐리드에서 알아서 해결했으려니 했더니 왜 나다니고 있는 거야?"

"그게 무슨 말이에요?"

헤르만이 여전히 소란스러운 문을 바라보았다. 너머에서 무슨 일이 벌어지고 있는지 문이 덜컹거렸다.

"영애!"

그리고 종업원의 절박한 외침과 동시에 문이 드르륵 열렸다.

"뭐야?"

헤르만이 기막혀하며 들어온 이를 보았다. 2년 새 아티시아도 조금 달라져 있었다. 그 곁엔 영문을 알 수 없지만, 미엘디아도 함께였다. 창백하게 질린 미엘디아는 당장 졸도할 것만 같았다. 아티시아가 고개를 치켜들고 디아나를 쏘아보았다. 그러나 목소리는 다른 쪽에서 나왔다.

"너 뭔데 왜 남이 식사하는 데 앞에서 소란이야? 예의는 엿 바꿔 먹었어?"

"……죄, 죄송합니다."

넘어졌던 듯 종업원이 일어나 사죄했다. 미엘디아도 함께 사과했다.

"죄송합니다. 죄송해요. 그게, 갑자기 아티시아가, 오흐리드 영애와 아는 사이라고……."

사과하는 미엘디아의 눈에 눈물이 그렁그렁했다.

"됐고, 너 같은 애들 한둘인 줄 알아? 저것들 당장 치워."

상대할 가치도 없는 쓰레기 취급에 아티시아의 얼굴이 벌겋게 달아올랐다. 아티시아가 빽 소리쳤다.

"혀, 현자님과는 상관없으니 신경 쓰지 마세요! 전 디아나한테 볼

일이 있으니까!"

디아나가 아티시아와 미엘디아를 응시했다. 미엘디아는 창백하게 질린 채 당장이라도 졸도하고 싶은 얼굴이었다.

당장이라도 달려들 기세의 헤르만을 붙잡은 디아나가 종업원에게 물러나 있으라고 손짓했다. 종업원이 당황했다.

"흥, 내가 뭐랬어요?"

아티시아가 그거 보라는 듯 새침하게 미엘디아와 종업원을 보았다. 그리고 턱을 치켜들곤 디아나를 향해 당당하게 말했다.

"오랜만이다?"

"그러게. 오랜만이야."

그 담담한 답을 들은 아티시아가 얼굴을 일그러트렸다.

"너 지금, 나한테 반말한 거야?"

"응. 왜?"

"하!"

아티시아가 기막힌 신음을 냈다.

"네가 우리 집에서 하녀 노릇할 때가 엊그제 같은데……."

"……."

그녀의 침묵을 어떻게 생각했는지 아티시아가 승리의 미소를 지었다.

"축하해."

전혀 그렇게 들리지 않았다.

"정말 사람 일 모르는 거야, 그치?"

디아나가 대충 대답했다.

"그래. 고마워."

"그렇지. 고마워해야지. 갈 곳 없는 고아 거둬서 먹여 주고 재워 줬으니 당연히 나한테 고마워하고 보답해야 되는 거 아니니?"

"보답?"

"그래!"

보답이라니. 그녀는 제대로 된 월급도 받지 못하고 새벽부터 자정까지 일했다. 쫓겨나기 싫어서. 유일하게 아는 사람들이었기에.

저택의 사람들은 아티시아를 따라 모두 그녀를 구박했고, 결국에는 아티시아의 무리한 심부름을 하다가 험한 일을 당하고 죽을 뻔하기도 했다.

'헤르만이 없었다면 정말로 죽었겠지.'

그때 누군가 그녀의 팔꿈치를 잡았다. 정신이 번뜩 들자 스스로의 가쁜 숨소리가 들렸다. 디아나가 눈을 깜빡였다.

미간을 좁힌 헤르만이 입 모양으로 말했다.

'괜찮아?'

쓰게 웃은 디아나가 헤르만을 향해 고개를 끄덕이고는 아티시아를 보았다.

"그래. 알겠어."

아티시아가 어디 한번 말해 보라는 듯 그녀를 내려다보았다. 디아나는 싱긋 웃었다.

"만약에 갈 곳 없어지면 백작가에 오도록 해. 하녀로 고용해 줄게."

아티시아의 얼굴이 일그러졌다.

"너 지금 뭐라고 했어?"

"사람 일은 어떻게 될지 모르잖아."

"뭐……!"

"푸흡."

아티시아의 말을 웃음소리가 막았다. 주먹을 쥐고 입을 가린 헤르만이 허리를 접으며 웃음을 터트렸다.

"푸하하하하."

"……."

웃음소리 뒤로 씨근덕거리는 아티시아의 숨소리만 들렸다. 한참을 웃은 헤르만이 눈물이 맺힌 눈가를 닦아 냈다.

"그래. 받은 만큼은 보답해야지."

그럼에도 아직 웃음기가 남아 있었다. 간신히 표정을 갈무리한 헤르만이 아티시아를 향해 일어났다.

"그럼 더는 용건이 없는 걸로 알지."

"아니……!"

그리고 아티시아의 어깨를 잡고 문밖으로 밀어냈다. 헤르만이 종업원을 향해 말했다.

"또 시끄럽게 하면 끌고 가. 내 이름으로 책임지지."

범죄를 저지른 것이 아닌 이상, 평민이 귀족의 몸에 함부로 손대기는 어려웠다. 아티시아를 쉽게 끌어내지 못한 이유였다. 그에 헤르만이 명분을 준 격이었다. 그의 명으로 끌고 갔다고 말해도 된단 소리였으니까.

뒤이어 헤르만이 성격 나빠 보이는 미소를 지었다.

"가게 문 닫기 싫으면, 잘해. 건물주님도 계시는데. 안 그래?"

드르륵 문이 닫혔다.

디아나가 경악을 금치 못하고 헤르만을 보았다.

"……헤르만 진짜 성격……."

"내가 뭐?"

디아나가 고개를 저었다.

"……좋다구요."

소란을 피워 죄송하다고 테이슬로에서 다시 내온 음식을 왕성하게 먹어 치웠다. 헤르만은 연회에서 돌아오고 잠든 이후 아무것도 먹지 못했다고 했다.

디아나 또한 디저트 두 그릇을 비워 내며 행복한 미소를 지었다. 내실 안에서 나오자 그들을 힐끗거리는 시선들이 느껴졌다. 누군가가 양육권 소송이, 노히바덴이 어쨌다는 듯 소곤거리는 것도 들렸다.

어디선가는 아티시아를 언급하기도 했다. 방금까지 웃던 헤르만의 낯에 짜증이 가득 서렸다.

"하여튼 입 놀리는 거 참 좋아해요."

"어쩔 수 없죠."

디아나가 씁쓸하게 웃었다. 테이슬로에서 나온 그들은 대기하는 마차로 향했다. 별안간 헤르만이 입을 열었다.

"사실 난 네가 어딜 가든 상관없다고 생각해."

갑작스러운 말에 디아나가 고개를 돌려 헤르만을 보았다.

"노히바덴이든 오흐리드든."

디아나가 입술을 꾹 깨물었다. 차마 그녀가 꺼내지 못하던 주제.

"중요한 건 네 의지지."

"그……. 음……."

머뭇머뭇 몇 번을 망설이던 디아나가 길게 한숨을 내쉬었다. 모든 겉치레를 치우고 단도직입적으로 물었다.

"헤르만은 노히바덴 대공님의 친우시잖아요."

"……그렇지."

대답하는 헤르만의 얼굴이 떨떠름했다. 진지한 상황에서도 웃음이 터질 뻔했다.

"헤르만은…… 당연히 친우의 편이지 않아요?"

친우의 편을 들며 그녀를 설득하려 들까 봐 물어보지 못했다. 어떻게 생각하는지. 만약 헤르만이 설득하려 든다면 그녀는 그의 말을 무시할 수 없었다.

"테세비츠가 불쌍하긴 하지."

"네?"

제국의 황제, 그 바로 아래 위치한다고 단언할 수 있는 대공이 불쌍하다고?

"네가 테세비츠에게 남은 유일한 가족이니까."

"아."

디아나가 손등이 하얗게 질리도록 주먹을 쥐었다.

"저밖에…… 없다고요?"

"그래."

디아나도 노히바덴가에 대해 알아보려 하지 않은 건 아니었다. 다만, 오흐리드 저택엔 노히바덴가에 대한 정보가 하나도 없었다.

기이할 정도로 깨끗했다. 세니르에게 묻자, 가문의 사이가 매우 좋지 않기에 오흐리드에서 노히바덴가와 연관된 건 예전에 모조리 치워 버렸다고 했다.

헤르만은 설명을 이었다.

"테세비츠의 조부모는 양가 다 돌아가신 지 오래에, 어머니는 아주 예전에, 선대 대공은, 그러니까 친부도 돌아가신 지 꽤 됐어. 친척도 없고. 천애 고아나 다름없지."

"……."

"소송이라는 극단적인 일까지 벌였지만, 너라면 그냥 포기할 수 있겠어?"

할 말이 떠오르질 않았다. 그녀가 오흐리드 백작가에 남는다면, 대공으로서는 한순간에 유일한 가족을 뺏기는 것이었다.

이 넓은 세상에 홀로 남은 기분.

그녀도 잘 알았다. 지긋지긋할 정도로.

"백작이 아니라 친부를 먼저 만났다면?"

"……."

"그때도 네가 이렇게 대공을 밀어냈을까?"

"그건……."

그녀도 대답할 수 없었다. 할머니 대신 대공님을 처음 만났다면. 아마, 아마도―

'지금과는 많이 달랐겠지.'

그녀의 심각한 얼굴에 헤르만이 그녀의 머리를 흐트러트렸다.

"하지만 상황은 꼬였고, 이렇게 된 데는 내 실수도 어느 정도 있지. 그래서 테세비츠를 도와주는 거야. 그거 말곤 없어."

"정말……이요?"

"그래. 선택은 네 몫이야. 만약 내가 신경 쓰인다면, 그럴 필요 없어."

＊　　＊　　＊

"허어어엉, 흐어엉, 어떡해? 아버지 저 어떻……흐어어엉."

열린 문틈으로 울음소리가 새어 나왔다.

"미엘디아, 응? 맛있는 거 먹으러 가서 무슨 일이야."

"흐흡, 흑, 허어엉, 혀, 현자님을…… 허어어엉."

그리고 그 안에서 어쩔 줄 모르며 딸을 달래는 스카일 자작의 목소리도 함께 나왔다.

방문을 노려보던 아티시아가 콧방귀를 뀌곤 자신의 방으로 향했다.

외출용 드레스를 실내용으로 갈아입으려 했으나 하녀가 오질 않았다. 그녀는 신경질적으로 줄을 당겼다. 몇 번을 당기던 아티시아가 팔짱을 끼고 털썩 소파에 앉았다.

"왜 이렇게 굼떠?"

그때 노크도 없이 문이 열렸다.

"뭘 하다 이제 오는 거야?!"

"아, 시끄러워 죽겠네. 줄 좀 그만 당겨요."

아티시아가 입을 쩍 벌렸다.

"뭐라고? 너 지금 나한테 뭐라고 했어!"

"주인어른께서 잠시 얼굴 좀 보시잡니다."

그렇게 할 말만 하고 방을 나섰다.

"어디가!"

아티시아가 잡히는 대로 물건을 집어 던졌다. 쿠션이 하녀가 나가며 닫으려던 문에 부딪혔다. 반쯤 빠져나가던 몸을 돌려 이를 본 하녀가 경멸하는 표정을 짓곤 마저 방을 나갔다.

"이리 안 와!"

아무리 종을 울려도 하녀가 오질 않으니 옷을 갈아입을 수 없었고, 아티시아는 어쩔 수 없이 방을 나섰다.

그리고 마침 시뻘건 얼굴로 아티시아의 방에 향하던 스카일 자작과 마주쳤다.

"레이디 아티시아! 내가 들은 말이 모두 사실이오?"

스카일 자작이 테이슬로에서 있었던 일을 물었다.

"네. 사실이에요. 그것 때문에 부르셨어요?"

아티시아가 인상을 찡그렸다. 피곤해 빨리 들어가 쉬고 싶었다.

"아니, 오흐리드 영애와 현자 헤르만 레체프 앞에서 정말 그랬단 말이오? 미쳤소?!"

붉으락푸르락한 얼굴의 스카일 자작이 참고 참다 마지막에 버럭 소리 질렀다.

놀란 아티시아가 눈을 크게 뜨고 스카일 자작을 보았다.

"왜 소리를 지르고 그러세요?"

"하아, 후우."

스카일 자작이 이를 악물며 숨을 가다듬었다.

"아니, 대체 생각이……. 세상에."

홀로 중얼거리는 스카일 자작이 콧수염을 뽑아 버릴 듯 문지르길 반복했다.

아티시아가 눈을 굴렸다. 언제까지 여기에 서 있어야 하는지 다리도 아프고 피곤했다.

"이만 돌아가……."

"일단."

스카일 자작이 아티시아의 말을 잘랐다.

"일단 오흐리드 영애와 현자 헤르만 레체프 님께 가서 사과하도록 하지요."

"네? 제가 왜요?"

아티시아가 어처구니없다는 듯 되물었다.

"자작님도 들으셨잖아요! 그 계집애가 절 무시했는데 왜 제가 사과를 해요!"

"정말 미쳤소?!"

결국, 진정하려 했던 것이 무색하게 스카일 자작이 다시 소리쳤다.

"우리 가문 망하게 하려고 작정했냔 말이오?!"

스카일 자작 부인이 일개 상인이었던 자작과 결혼하게 된 걸로 알 수 있듯, 스카일 자작가의 재산은 없다시피 했었다.

지금 이렇게 수도에 타운 하우스를 두고 미엘디아가 학술원에 다닐 수 있는 재력은 모두 스카일 자작의 사업에서 나왔다.

자작은 사업을 하는 사람으로서 오흐리드가문이 가진 힘에 대해 아주 잘 알았다. 오흐리드가가 손가락 하나만 까딱하더라도 그의 사업이 우르르 무너질 수밖에 없다는 것 또한.

부유해졌다고 했으나 고작 자작가였다. 절대 버틸 수 없었다. 그런데 그 금지옥엽 손녀딸에게 뭐라고?

"보르도가는 이미 망했……!"

말하던 스카일 자작이 멈칫했다.

스카일 자작은 아내가 보르도 부인을 초대했을 때 잠시 보르도 남작가의 재정 상황에 대해 알아봤었다. 아내가 이래저래 사기꾼에게 몇 번 당했기 때문이었다.

보르도가는 이미 망했다고 봐야 했다. 당장 내일 파산해도 놀라지 않을 정도였다. 그런데 파산하지 않고 버티던 이유는―

순간 쭈뼛 소름이 돋았다.

이쪽은 건들지 말아야 했다. 사과고 나발이고 이미 돌이킬 수 있는 일도 아니었다. 차라리 따로 오흐리드가에 사죄하는 것이 나았다.

"그, 그래. 오흐리드 영애는 우리와 상관없다 치고……! 대체 현자 헤르만 레체프 앞에서 그런 이유는 뭐요?!"

현자를 동경하던 미엘디아는 울고불고 난리가 났다.

"학술원과 세계탑이 얼마나 가까운 사인지 모르오?! 이러다 미엘디아가 학술원을 졸업 못 하면 영애가 책임질 거요?!"

"여자애가 무슨 학술원 졸업이에요."

때마침 보르도 남작 부인이 거실로 들어왔다. 아티시아가 반색했다.

"남편 잘 골라 시집이나 가면 되지."

"이보시오!"

스카일 자작의 얼굴이 터질 듯이 붉어졌다.

"지금 상황을 잘 모르나 본데!"

"이미 다 설명 들었어요."

아티시아 곁에 선 보르도 남작 부인이 턱을 치켜들었다.

"제 딸이 뭘 잘못했다고요?"

"아니, 뭘 잘못했냐니. 정말 모르겠소?"

보르도 남작 부인 뒤를 따라온 스카일 자작 부인의 안색이 창백했다.

"여, 여보……."

스카일 자작 부인이 자작의 팔을 붙잡았다. 씨근덕거리던 스카일 자작이 보르도 남작 부인을 노려보며 소리쳤다.

"내 아내의 얼굴을 보아 지금껏 봐주었지만, 이제 더는 안 되겠소. 오늘 내로 당장 우리 집에서 나가시오!"

입술을 깨문 스카일 자작 부인이 고개를 숙였다. 스카일 자작이 아내의 어깨를 토닥였다.

"하. 그러지요."

코웃음을 친 남작 부인이 말했다.

"엄마!"

아티시아가 당황하여 보르도 남작 부인의 팔을 붙잡았다. 보르도 남작 부인이 그 손을 잡고 끌고 갔다.

"제도에 타운 하우스 하나 있다고 알량하게 구는 꼴을 보니 역시

천한 출신은 못 속이지."

"뭐요?!"

스카일 자작이 펄쩍 뛰었다.

보르도 남작 부인은 대꾸도 하지 않은 채 아티시아를 끌고 거실을 벗어났다.

방에 들어서자 남작 부인이 아티시아의 손을 놓았다. 아티시아가 억세게 붙들렸던 손을 다른 손으로 감쌌다.

"엄마! 정말 나가요?"

"그래, 너도 다 들었잖니? 어서 가서 하녀 불러 짐 싸렴."

"하지만, 그럼 제도에……."

아티시아가 어물어물 말했다.

"어차피 황실 무도회도 끝났잖니."

"보르도 영지로 내려가게요?"

"그래야지."

"어떻게 내려가려고요. 설마 마차 타고요? 전 싫어요!"

한 달 넘게 마차를 탄다니. 말도 안 되었다. 심지어 하녀도 데리고 오질 않았는데……!

"당연히 게이트 타고 가야지, 무슨 말을 하는 거니?"

모친이 돈이 없다고 투덜거리던 걸 몇 번 들은 아티시아가 약간 놀란 얼굴을 했다.

"오흐리드. 거기 정말 거만하기 그지없더구나. 예의도 없고 무례하고."

"오흐리드요?"

보르도 남작 부인은 아티시아와 미엘디아가 외출했을 때 오흐리드 백작가에 갔다가 문전박대를 당했다.

　그래서 노히바덴 대공가에 찾아갔다. 필리파를 알던 사이고 친부라 증언해 줄 수 있다고 말했다. 물론 노히바덴이 친부인 걸 들었다는 사실은 거짓말이었다. 그리고 어머니 잃은 디아나를 보호했었으니 양육비도 받아야겠다고 요구했다.

　노히바덴가는 오흐리드에 비하면 말이 통하는 집안이었다. 그들은 증언은 필요 없다고 하면서도 군말 없이 돈을 내주었다.

　"가자 아티시아. 내려가기 전에 엘-코르테에도 들리자꾸나."

　"정말요?!"

# Chapter 3.

 디아나는 대공가에 대해 더 알아보고 싶었지만, 시간이 없었다. 왜냐면, 갑작스럽게 황궁에서 입궁하라는 전령이 왔기 때문이었다.

 이미 배웠지만 혹시나 있을 수 있는 실수를 대비해, 황족을 만났을 때의 자세와 태도, 그리고 황제가 물어볼 질문들에 대한 답을 외우느라 하루가 정신없이 지나갔다.

 마차의 문이 열렸다. 완벽하게 정돈된 정원의 한가운데에는 거대한 분수가 있었다. 산산이 튀기는 물방울 뒤편으로 반사되어 비치는, 지붕의 황금빛에 눈부셨다.

 주변을 둘러본 디아나가 세니르를 보고 눈을 반달로 접었다.

 "세니르!"

세니르가 살짝 놀란 듯 눈을 크게 떴다. 아차, 입을 막은 디아나가 주변을 둘러보았다. 지나가던 길을 멈춘 몇이 눈을 휘둥그레 뜨고 그녀를 바라보고 있었다.

다가온 세니르가 그녀의 손을 잡고 고개를 숙이며 말했다.

"입맞춤을 허락해 주시는 영광을 얻을 수 있을까요."

또 장난이냐고 말하려던 디아나가 진지한 얼굴의 세니르를 보고 굳었다.

숨을 크게 들이쉰 디아나가 손을 내밀었다. 설핏 웃은 세니르가 몸을 숙였다. 입술이 닿는 순간 디아나의 몸이 크게 움찔거렸다. 참지 못하고 디아나가 다시 소곤거렸다.

"또 왜 이러는 거예요?"

보는 눈이 많은 황궁이었다. 이런 세니르의 모습은 그들의 뇌리에 각인될 것이었다.

디아나는 후계자로 지목되었던 세니르가 예를 다할 정도의 신분을 가졌다는 것을. 그녀가 오흐리드 백작의 진짜 손녀라는 사실을.

하지만 디아나는 굳이 몰라도 될 이야기였다.

"가실까요, 아가씨?"

세니르가 눈웃음을 쳤다. 반사적으로 귓가가 달아올랐다. 디아나가 입술을 깨물었다. 확실히 저런 외모로 눈웃음을 치니 무슨 말을 할 수가 없었다. 세니르도 그걸 알고 저러는 거겠지만. 콧등을 찡그린 디아나가 머리를 털었다.

세니르의 행동으로 잠시 풀렸던 긴장이, 걸어갈수록 다시 스멀스멀 기어왔다. 디아나가 세니르에게 속삭였다.

"폐하는 어떤 분이세요?"

"저는 폐하와 동석할 기회가 없었습니다."

"한 번도요?"

"예."

디아나가 고개를 갸웃 기울였다. 그럴 수가 있나? 오흐리드의 대외적인 일은 세니르가 모두 처리한다고 들었는데.

"그래요? 그럼 저도 이번 일만 끝나면 다시 만날 일은 없겠죠?"

디아나가 안심했다.

"글쎄요. 저와 아가씨는 다르지 않을까요?"

그러나 세니르는 오묘하게 답했다.

'아.'

순간 깨달았다. 세니르의 신분 때문이었다. 여기서도 신분이 그의 발을 걸고넘어졌다.

아치형의 문에 다가가자 누군가 다가왔다. 넓은 소매가 달린 셔츠에 검붉은 빛깔의 조끼가 황실 소속임을 보여 주었다.

"어서 오십시오. 황제 궁 소속 시종인 마르코라고 합니다."

"안녕하세요, 오흐리드가의 디아나라고 해요."

"폐하께서 기다리고 계십니다."

황제 궁의 시종이라면 황궁에서 일하는 이들 중에서도 꽤 높은 이였다. 세니르와 인사하는 것을 보면 이미 안면이 있는 사이 같았다.

세니르가 품속에서 짙은 보라색 벨벳 주머니를 마르코에게 건넸다. 물 흐르듯 자연스러워 뭘 주었는지 모를 정도였다.

디아나는 그 주머니에 무엇이 들었는지 알았다. 그녀도 혹시나 필요한 일이 있다면 쓰라고 외출 시에 꼬박꼬박 챙겨 받는 물품 중에 들어 있었으니까.

새 모양의 작은 황금 조각. 화폐 가치로 따진다면 10리드 — 금화 열 닢 — 정도 순금 조각이었다. 태연하게 주머니를 품에 넣은 마르코가 두어 발 뒤로 물러났다. 세니르도 평온하게 말했다.

"웬만한 일은 마르코가 해결해 줄 겁니다."

눈을 깜빡이던 디아나가 어색하게 웃었다.

"아…… 신경 써 줘서 고마워요."

"편안히 다녀오세요."

세니르가 한발 물러나자 마르코가 다가왔다.

"대화 끝나셨으면 알현실로 안내하겠습니다."

떨리는 마음을 눌러 진정시킨 디아나가 시종을 따라갔다. 황궁은 모든 것이 크고 넓고 높았다. 끝없이 늘어선 기둥은 모두 황금으로 되어 있어 눈이 아플 정도였다.

생각보다 마주치는 사람은 적었다. 몇몇은 디아나를 보고 눈을 크게 떴으나 곁의 시종을 보고는 입을 굳게 다물었다.

긴장한 그녀를 배려해서인지 시종은 간간이 황궁에 관한 이야기를 풀었다.

"저곳은 '하얀 미로'라고도 불리는 장미 정원입니다."

마르코가 오른편의 정원을 보라는 듯 손짓했다. 이름에서 알 수 있다 싶게 하얀 장미로만 꾸며진 정원이었다.

성인 남성의 키만큼 키운 장미 나무들을 미로처럼 조성하여 마법으로 사시사철 피어나도록 관리하였다. 물론 진짜 미로는 아니었다. 조금만 돌면 바로 출구를 찾을 수 있다고 하였다.

"전 황후님께서 직접 가꾸신 정원으로 황궁에서 구경하고픈 정원 중 하나로 꼽습니다."

"아름답네요."

먼 거리에서도 그 규모가 한눈에 들어오질 않았다. 한가득 핀 하얀 장미 덕에 언뜻 보면 눈이 온 것 같은 느낌마저 들었다. 사시사철 장미를 피우려면 어떤 마법을 써야 하는 걸까? 황궁이 아니라면 상상 못 할 규모였다.

"현재는 에스텔 황녀님께서 관리하고 있습니다. 마법 유지를 위해 정원의 출입을 엄격하게 통제하고 있지요."

꽃을 피우기 위해 마법을 쓰지만, 그 꽃을 위해 사람이 들어가지 못하게 통제하는 정원이라니. 아이러니했다.

그렇게 마르코를 뒤따르던 디아나의 걸음이 우뚝 멈췄다.

'저건 대체 뭐지?'

디아나가 저도 모르게 회랑 가장자리에 몸을 붙였다.

"오흐리드 영애?"

마르코가 의아하다는 듯 그녀를 불렀다.

붉고 커다란 새였다. 하얀 눈송이가 쌓인 듯한 정원에서 홀로 툭 튀어나와 있었다. 나뭇가지에 앉은 새는 그런 이질감 따위 자신과 아무 연관 없다는 듯 느긋하게 깃을 골랐다.

새의 꼬리 부분에서는 불티 같은 깃털이 계속 떨어졌는데, 불티는 바닥에 닿기도 전에 사라졌다.

순간 새와 눈이 마주쳤다. 디아나가 홀린 듯 새를 응시했다. 새는 그녀 앞까지 날아왔다가 놀리듯 다시 정원으로 날아갔다.

"오흐리드 영애."

"아, 죄송해요."

마르코의 목소리에 디아나가 정원 방향으로 내밀었던 몸을 바로 했다. 마르코가 귀엽다는 듯 물었다.

"하얀 미로가 신기하십니까?"

"네. 신기하네요. 특히 저 새가요. 혹시 종이 뭔가요?"

엄청나게 강렬한 모습이 야생 새로 보이지 않았다. 아니, 그보다 새가 맞기는 한가? 의문이 들려는 순간 마르코가 되물었다.

"예? 새가 있습니까?"

마르코가 눈썹 사이를 잔뜩 좁히고 잘 보이지 않는다는 듯 그녀가 가리킨 방향을 보았다. 디아나가 당황해 새를 보았다.

'아니, 저렇게 눈에 띄는 새가 안 보인단 말이야?'

당황한 디아나가 손으로 가리켰다.

"저기 저 나무에……."

"못 찾겠군요. 하지만 정원사에게 말해 두겠습니다. 하얀 미로는 마법 유지 때문에 새나 벌레가 들어와선 안 됩니다."

순간 소름이 돋았다. 저건 연기가 아니었다. 마르코는 저 새가 보이지 않는 것이다.

'대체?'

자신에게만 보인단 말인가?

새는 그런 그녀의 의문을 비웃듯 부리를 몇 번 딱딱거리더니 다시 허공을 뱅글뱅글 돌았다.

'뭐, 뭘 하는 거지?'

보고 싶지 않았지만, 신경 안 쓰려야 안 쓸 수가 없었다. 그녀의 머리맡을 맴돌던 새가 정원 안으로 날아 들어갔다.

"가실까요?"

그녀의 상황을 전혀 모르는 마르코가 말했다. 디아나가 새가 사라진 방향에서 시선을 뗐다.

"네. 가요."

＊　　＊　　＊

디아나는 황실 문양이 양각된 거대한 문 앞에 멈춰 섰다.

"황제 폐하, 오흐리드 영애가 당도했습니다."

마르코가 말을 마치자 소리 없이 문이 열렸다. 알현실 또한 걸어오며 본 황궁의 모습과 비슷했다. 높은 천장과 그 아래에 난 창으로 쏟아지는 정오의 빛이 하얀 알현실 바닥을 눈부시게 때렸다.

황제는 알현실 정중앙의 높은 보좌에 앉아 있었다.

디아나는 고개를 숙인 채 볕이 산산이 비산하는 대리석 바닥을 보며 다가갔다. 시종의 걸음이 멈추자 디아나도 그 자리에 멈춰 섰다.

치맛자락을 잡고 한쪽 무릎을 꿇은 디아나가 공손히 절했다. 마른 침을 삼킨 디아나가 입을 열었다.

"하임바르텐의 태양에게 무궁한 영광이 있기를."

디아나가 황제에게 바치는 충성의 손짓을 했다. 긴장에 손끝이 가늘게 떨렸다.

"황제 폐하, 황후 폐하를 뵙습니다. 오흐리드의 디아나입니다."

"일어나라."

황제가 명했다.

"고개를 들거라."

반쯤 하얗게 센 머리의 황제는 젊었을 적은 준수했을지 모르나 지금은 후덕하니 평범한 인상이었다. 곁에는 자줏빛 비단에 금실로 자수를 촘촘히 수놓은 드레스를 입은 황후도 함께였다.

황제와 반대로 황후의 외모는 만개한 꽃처럼 아주 화사했다. 옆에 평범한 인상의 황제가 있으니 더 비교되었다.

나이 차가 크지 않다 알고 있었는데 제 나이로 보이는 황제와 달리 황후는 훨씬 젊어 보였다.

황제가 몸을 숙였다. 자그마한 체구인 데다 몇 단 아래에 있는 디아나를 자세히 살피기 위해서였다.

"……생각보다 많이 어려 보이는데, 그렇지 않소?"

황제가 곁의 황후를 돌아보았다.

"어서 오거라. 열다섯이라 들었는데 맞느냐?"

"맞습니다."

"흐음."

황제는 그녀의 나이가 의외라는 듯 신음성을 냈다. 한참을 살피던 황제가 고개를 끄덕였다.

"소백작을 닮았군."

긴장에 굳은 얼굴은 이제는 기억 속에서 지워져 가던 소백작이 단번에 떠오를 정도였다.

이러니 백작이 인정했군.

소백작을 안다면 절대 부인할 수 없을 외모였다. 반면에 노히바덴 대공의 얼굴은 전혀 닮지 않았다. 하지만, 노히바덴 대공은 소송을 걸었다. 그에게는 확실한 증좌가 있을 터였다.

황제는 친근한 어조로 말했다.

"그리 긴장하지 않아도 된다. 오흐리드나 친부라고 주장하는 노히바덴이나 황가와는 매우 친밀한 사이 아닌가."

"……황공합니다."

솔직히 황후면 모를까 황제는 소송의 결과가 어느 쪽이든 상관없었다. 그들의 싸움이 자신의 권력을 위협하는 것이 아니기 때문이었다. 오히려 기꺼웠다.

만약 그 두 가문이 힘을 합친다면 오히려 문제였겠지만 절대 그럴 일이 벌어질 리는 없었다. 근본부터 물과 기름 같은 두 가문이었다.

"상황이 곤란하게 되었어. 테세비츠가 정녕 그대의 친부라면, 그대에게는 부모의 가문이 싸우는 것일 테니."

차라리 둘이 결혼을 했다면 쉽게 결론 났을 것이다. 친부의 양육권이 외할머니보다 더 우선했으니.

그러나 문제는 둘이 결혼을 하지 않았다는 것이다. 그리고 서로 혼외자를 맡지 않겠다는 경우는 많았지만, 서로 데려가겠다 싸운 예는 없었다.

"둘 다 명확한 후계가 없으니 필사적이지. 한쪽이 흡수할 수 있는 규모도 아니고."

"폐하, 오흐리드 백작은 오발론 영애도 있고, 후계자로 지목한 이도 있지 않습니까."

"그야 그렇지. 하지만 적자에 비할 수 없지."

현 황후는 두 번째 황후였고, 정통성은 황후의 발목을 잡고 있었다.

로베르트를 제치고 지그프리트가 황태자의 자리에 오르지 못하는 이유였다. 약점을 꼬집힌 황후가 입을 다물었다.

"그대를 부르긴 했지만, 짐이 해 줄 수 있는 일은 별로 없네. 고작 해야 중재 정도일까."

이미 소란의 당사자들인 오흐리드 백작과 노히바덴 대공을 황궁으로 부른 적이 있었다. 절로 그때의 상황이 떠오른 황제가 관자놀이를 문지르며 헛웃음을 흘렸다.

노히바덴 대공은 두 사람이 당시 헤어졌다고 알려졌지만 그건 가문의 성화를 이기지 못한 위장이었을 뿐이라 주장했고, 백작은 코웃음을 쳤다.

백작은 디아나의 친부가 존재한다면, 혼인도 안 한 여식을 임신시킨 천지 분간 못하는 쓰레기에, 여인에게 믿음을 주지 못한 오물이라 매도하며 마지막엔 그 쓰레기가 필리파를 죽게 만든 살인범이라고 말했다.

이에 묵묵히 듣던 노히바덴 대공이 그대로 테이블을 박살 냈고, 백작은 대공이 친부도 아닌데 왜 화를 내냐며 이래서 가진 건 힘밖에 없는 기사들은 무식하여 어느 안전이라고 힘자랑을 하냐 했고······.

황제는 떠올리길 그만두었다.

"하지만 그대를 둘로 나누지 않는 한 중재는 불가능하더군. 뭐 둘로 나눈다더라도 둘 다 데려간다고 주장할 것 같았지만 말일세."

재밌는 농담이라도 한 것마냥 황제가 웃었다. 디아나도 따라 어색하게 웃었다. 주름진 양손을 깍지 낀 황제가 의자에 몸을 묻으며 느릿하게 말했다.

"그래서 일단 묻지. 소백작에게 친부에 대해 들은 바 없나?"

＊　　＊　　＊

"노히바덴 대공이 오늘도 황궁에 왔다."

"······."

"아주 작심했어."

에스테반은 관자놀이를 누르며 헛웃음을 흘렸다.

"군부를 쥐 잡듯이 뒤지고 있어."

"예상했습니다."

"너희야 그렇겠지."

세니르는 태연하게 웃었다. 에스테반은 저 반반한 얼굴을 한 대 후려치는 상상을 하며 사납게 웃었다.

에스테반은 처음 이 사실을 알았을 땐 그대로 쌍욕을 뱉었다.

"대공을 동대륙에 가둬 놓은 게 백작의 손녀딸 때문이라니!"

제대로 이용당했다.

에스테반이 품속에서 궐련을 꺼내 들었다. 궐련에 불을 붙이자 세니르의 미간이 처음으로 찌푸려졌다.

에스테반이 만족스럽게 웃었다. 세니르가 궐련 특유의 냄새를 싫어하는 걸 알기에 일부러 하는 행동이었다. 그 모습을 보니 빈정상한 속이 조금은 풀렸다.

"그때는 그냥 사소한 장난질 정도였지만, 지금 알려지면 감당하기 힘들어."

역시 그때 로베르트 형님의 말을 들을 것이 아니라, 더 자세히 조사해야 했었다.

2년 전, 오흐리드는 해적을 지원했다. 에스테반은 이를 추궁했고, 세니르는 인정했다. 그리고 해적으로부터 에스테반의 상단이 입은 피해를 보상했다.

그렇게 둘은 손을 잡았다. 아니 잡았다고 생각했다. 그 뒤 해적들은 에스테반의 상단을 공격하는 척하며 물건을 빼돌려 그대로 거래할 수 있게 돌려주었고, 에스테반은 그 거래로 많은 이익을 보았다.

하지만 그건 보상이 아니라 약점이었다. 뒷거래를 받아들이는 순간, 준 자도 받은 자도 모두 공범이었다.

"서부군이 그리 엉망일 줄 저희가 어찌 알았겠습니까."

에스테반 또한 할 말이 없었다.

서부군이 개판인 데에는 에스테반 또한 일조했으니.

군수 물품의 질을 낮춰 차익을 빼돌리고, 군량에 모래를 섞는 장난질을 눈감아 주고, 뇌물을 받아먹었다.

그러나 그 정도의 일은 에스테반뿐만 아니라 대귀족이라면 모두 한두 발은 걸치는 그런 사소한 일이었다.

"설마 내 탓 하자는 건 아니겠지."

바다를 막은 대가는 커다랬다.

대공이 동대륙에 발이 묶이자 대공가는 토벌 출정을 하지 않았고, 두 해 동안 수를 불린 마물은 제국의 북과 서로 내려왔다.

그 이후는 알려진 대로였다. 북부는 문제없이 막아 냈으나 서부의 성벽은 제 구실을 하지 못하고 그대로 무너졌다.

서부에는 제국의 가장 큰 밀밭이 있었다. 그러나 서부 귀족들은 영지를 지키는 것이 아니라 모조리 제도로 도망쳤다.

파종한 지 얼마 되지 않은 밀들이 모조리 불에 탔다. 밀 값은 폭등하고, 수많은 유랑민이 생겼다.

무능한 지휘관들은 갈팡질팡하며 피해만 키웠고, 지휘관이 죽고 교체되기도 몇 번이었다. 전쟁은 대공이 나서고 나서야 간신히 끝났다.

영지와 북서부를 안정시킨 노히바덴 대공은 군부의 큰 실세가 되었다. 그리고 대공은 곧바로 해적에 관해 조사하기 시작했다. 자신을 동대륙에 묶어 놓은 뒷배가 있을 거라 믿어 의심치 않았다.

"대공은 제도에 오래 있을 수 없습니다."

증거도 이미 처리했다. 대공이 배후를 찾을 수 없을 거라 말하는 것이었다.

"아니까 내가 이 정도에서 넘어가는 거지."

어차피 그는 겨울이 되기 전에 영지로 돌아가야 했다. 마물 토벌을 해야 할 시기였다. 북부의 겨울은 빨랐으니 이제 정말로 얼마 남지 않았다.

"그래서 노히바덴 대공이 정말 친부인가?"

"모릅니다."

"내가 진짜 친부가 궁금하겠나? 친부야 당연히 노히바덴이겠지. 소백작이 대공과 연인 관계이다가 가문의 반대로 헤어진 거 모르는……."

"에스테반 저하."

세니르가 나직하게 황자의 말을 잘랐다. 금색의 눈동자가 조용하게 그를 응시했다. 에스테반이 멈칫했다.

에스테반이 자신의 경솔함을 사과하듯 양손을 들어 보였다. 오흐리드 백작 앞에서는 절대 꺼내지 못할 말이었다.

소백작이 사라진 후, 소백작의 행동을 비웃던 귀족 영애 몇몇이 쥐도 새도 모르게 제도에서 사라졌다.

이유는 가지각색이었다. 그러나 이후로는 아무도 소백작의 이야기를 꺼내지 않게 되었다.

"……내가 궁금한 건 승소할 확률이야. 노히바덴 대공이 승소해 오발론 영애가 오흐리드가에 입적되기라도 하면 아주 곤란해."

"아직 노히바덴의 패가 무엇인지 알아내지 못했습니다."

"뭐?"

확실한 증거도 없이 대공이 소송을 걸었을 리가 없었다. 친권 인정 소송이다. 사생아 하나둘은 장식처럼 달고 다니는 귀족들의 치부와 연관되었다.

귀족들이 입을 다물 만한 증거가 필요했다. 그리고 그들이 조용해질 증거는 두 개뿐이었다.

혼인 증명서, 인장. 그리고 거기서 범위를 조금 넓히면 유서.

그러나 필리파의 죽음은 누구도 예상 못 했던 사건이었다. 유언도 없었고, 디아나가 모든 유산을 모두 보르도 남작가의 하녀장과 남작 부인에게 뺏겼지만 그중 유서는 없었다.

조사에 진척이 없었다.

"모르는 게 아니라 그대가 손을 쓴 게 아닌가?"

오흐리드가 노히바덴에 들인 첩자가 한둘이 아니었다. 그런데 여태껏 아무 정보도 알아내지 못했다? 이상한 노릇이었다.

"그대는 오발론 영애가 오흐리드가에 입적되는 것이 훨씬 편하니까."

에스테반이 눈을 가늘게 뜨고 세니르를 보았다.

"적통보단 입양된 조카가 휘두르기 편해서."

"오발론 남작을 아시면서 그리 말씀하십니까."

"그 소인배의 바짓바람이 태풍과 비견되긴 하지."

하지만 그래 봤자 백작의 발끝에도 미치질 못했다. 오늘내일하는 대부인만 믿고서 멍청한 머리를 굴리는 오발론 남작과 아직 정정한 오흐리드 백작은 비교가 되질 않았다.

"솔직히 너만 한 인재가 오흐리드 백작 발치에 순종적으로 엎드려 있다는 게 난 이상하거든."

에스테반이 팔짱을 풀며 테이블을 짚었다.

"내가 보기엔 너도 목적이 있어."

"……."

"그리고, 그 목적은 오흐리드에서만 이룰 수 있는 거고."

세니르가 무표정하게 에스테반을 응시했다.

"내 추리가 틀렸나?"

"그 말을 하러 오신 겁니까?"

"……뭐, 그래."

그러나 에스테반은 마저 말을 이어 가지 못했다.

─ 똑똑

"무슨 일이야."

에스테반이 성난 기색으로 소리쳤다. 보좌관이 문을 열고 들어
와서는 그의 귓가에 대고 속삭였다. 에스테반이 짜증스러운 손짓
으로 크라바트를 잡아당겼다.

"그걸 왜 이제야 말하나?"

"죄송합니다."

"쯧."

혀를 찬 에스테반이 퀼런을 비벼 껐다.

"파혼은 언제 하나?"

"글쎄요. 백작님이 결정하시겠지요."

갑작스러운 질문에도 세니르는 준비된 것처럼 답했다.

세니르는 오흐리드를 위해 준비된 트로피 같은 존재였다. 그런
뜻에서 오흐리드의 후계자라는 말이 맞기도 했다.

옆에 있을 사람은 바뀌어도 세니르가 오흐리드의 성을 얻게 될

것은 확실하니까.

뭐, 디아나 오흐리드가 갑자기 누군가와 사랑에 빠져 세니르와의 약혼을 격렬히 거부하면 어찌 될지 약간 흥미롭긴 했다. 그러나 저 변함없는 얼굴을 보자 모든 흥미가 사라졌다.

뭐 시체 하나 나오겠지.

"낭만이라곤 하나도 없는 답답한 이로구만."

"에스테반 저하께선 사랑하는 사람과 결혼하십시오."

언뜻 듣기엔 축언이었다. 하지만 그럴 수 없는 황족의 결혼을 누구보다 잘 아는 사람의 말은 빈정거림일 뿐이었다.

너나 잘해라.

기분 상한 에스테반이 세니르를 노려보았다.

"저하."

보좌관이 진정하라는 듯 에스테반을 불렀다. 그가 크게 숨을 내쉬고 말했다.

"마르코가 사람을 보내왔다. 오흐리드 영애에게 문제가 생긴 듯한데……."

마르코는 태양궁을 관리하는 시종 중에서도 꽤 높은 인물이었다. 그런 마르코가 막지 못하는 일이라면 적어도, 황족과 관련되어 있었다.

에스테반의 말이 채 끝나기도 전에 곧바로 세니르가 자리에서 일어나 겉옷을 챙겨 들었다.

"뭐가 저리 급해?"

애지중지하는 척하는 것뿐이면서.

고개를 절레절레 저은 에스테반도 보좌관에게 옷을 건네받았다.

*　　*　　*

황제가 황후를 보았다. 황후는 고개를 끄덕였고, 황제가 다시 입을 열었다.

"그럼 이만 질의는 끝내지. 모쪼록 그대에게 좋은 결과가 있기를 바라지."

벌써 끝? 디아나는 어색하게 웃었다. 보여 주기 식일 뿐이라더니, 정말이었다. 황제는 팔걸이에 기대며 빙그레 웃었다.

"당혹스러운가."

그녀가 아니라 답하기 전에 황제가 말을 이어 갔다.

"어느 쪽 가문을 가더라도 우리 황실과 긴밀하기도 할 테니 인사차 부른 걸세. 제국의 인기인이 궁금하기도 했고 말이야."

"제국의 가장 높은 태양이신 황제 폐하께 비교하자면 사소한 관심일 뿐이죠."

"흠."

황제가 만족스러운 침음성을 냈다. 그렇지 않아도 오흐리드가 황실 무도회와 맞서며 모든 화제를 독점한 것에 기분이 조금 상했었다. 그런 황제의 마음에 쏙 드는 대답이었다.

"실제로 보니 인기인이 된 이유를 알겠군."

뭔가를 곱씹듯 고개를 홀로 주억거리던 황제가 툭 내뱉었다.

"짐도 탐이 나는데 말이야."

황후가 놀라 황제를 보았다.

"약혼자는 있는가."

"예?"

예상치 못한 질문에 디아나가 되물었다.

"혼약을 예정한 사람 말일세."

"……없습니다."

그녀의 말에 황제의 만면에 미소가 차올랐다.

"그럼 우리 에스테반은 어떤가?"

황후의 얼굴이 창백하게 굳었다. 상의한 내용은 아니라는 것이 보였다.

디아나가 마른침을 삼키고 가장 무난한 대답을 골랐다.

"……저는 아직 결혼 생각이 없습니다."

"다들 처음엔 그렇게 말하지."

황제는 뻔한 핑계를 본다는 얼굴로 웃었다.

"그래도 평생 혼자 살 순 없지 않으냐."

"폐하, 오흐리드 영애는 아직 열다섯이옵니다."

곁의 황후가 말리듯 말했다.

"열다섯이면 혼약을 하기에는 충분한 나이 아니오? 지그프리트는 열에 약혼하지 않았소."

황후가 입술을 지그시 깨물었다. 황제가 다시 디아나를 향해 말했다.

"내 아들이 그 평민보다는 훨씬 나을 거다."

"예?"

"수완이 뛰어나다고 하지만 그래도 결국 평민일세. 그런 아랫것에게는 적당한 위치를 주고 일을 시키는 정도가 알맞지."

갑작스레 튀어나온 세니르 이야기에 디아나가 당황했다.

"오흐리드가의 수장을 하기에는 부족하지. 오흐리드 백작도 너무 큰 도박을 하였어."

황제가 혀를 찼다.

세니르는 물론 할머니마저 무시하는 말에 디아나가 보이지 않게 주먹을 쥐었다.

"영애는 어찌 생각하나."

"후계자 문제는 제가 판단할 일은 아닌 듯합니다. 폐하."

"그저 영애의 의견이 궁금한 걸세. 영애가 오흐리드가의 유일하게 적법한 후계자지 않나."

황제가 선심 쓴다는 듯 말했다.

"그대가 에스테반과 혼약한다면 노히바텐 대공가는 더 이상 문제되지 않도록 해 주지."

"폐하!"

황후가 놀라 소리쳤다.

"황후는 가만 있게."

지금 이게 무슨 말이지?

어떻게 생각해 보아도 황제가 그녀의 소송을 가지고 거래를 제안한 것처럼 들렸다.

"그대에게도 오흐리드가가 좋을 터고. 대공가의 성향도 무가에 가까우니 영애가 지내긴 좋지 못하지 않나."

이번엔 자신의 제안을 받아들이지 않으면 대공가에 가도록 만들겠다는 협박으로 들렸다.

황제가 소송에 대해 어찌 생각하는지 알았다. 그저 황제에게도 무언가 이득을 얻어 내기 위한 사건일 뿐인 것이다.

늘 그렇듯 그녀의 감정은 아무 상관도 없었다.

그저 황제 또한, 그녀 혹은 그녀 뒤의 오흐리드가가 탐나는 것이었다. 그러자 오히려 저절로 긴장감이 풀렸다. 그녀 뒤에는 할머니가 있었다. 황제조차 탐낼 오흐리드가문이.

디아나가 차분히 말했다.

"저는 세니르가 후계자로서의 충분한 능력을 가졌다 생각하옵니다."

황제의 얼굴이 굳었다.

알현실의 분위기가 싸늘해졌다. 디아나는 그저 아무것도 모르겠다는 듯이 웃었다.

"후회하지 않겠나."

"네."

디아나가 망설임 없이 답했다.

디아나를 노려보듯 응시하던 황제가 흥이 깨진 얼굴을 했다.

"그래. 알겠다. 영애의 뜻이 그렇다면 짐도 할 말이 없겠군."

"이만 가도록 해요. 영애."

황후가 축객령을 내렸다.

"물러가 보겠습니다."

알현실의 둔중한 문이 닫히고 황후가 황제를 돌아보며 아름답게 웃었다.

"폐하, 깜짝 놀랐습니다. 미리 말씀이라도 해 주시지요."

"무엇을."

황제는 알면서도 심드렁히 답했다.

"오흐리드 영애와의 혼사 말입니다."

"내 황후를 모르겠소?"

미리 말했다면 방해나 하지 않았겠냐는 말이었다. 황후는 개의 치 않고 황제의 손을 잡았다.

"제 어찌 폐하의 대업을 방해하겠습니까. 제국을 위해선 저도 폐하의 뜻이 옳다고 봅니다."

오흐리드의 적법한 후계자였다.

황족과 결혼시킬 수만 있다면 오흐리드의 재산에 황가가 깊숙이 손을 댈 수 있는 절호의 기회였다. 재산의 종속까지 가능하다면 더할 나위 없을 것이다.

물론 황후는 절대 그렇게 되게 내버려 둘 생각이 없었다.

*　　*　　*

알현을 마치고 걷던 디아나가 무언가 이상하다는 느낌을 받은 것은 복도에 난 커다란 아치형 창으로 처음 보는 정원인 걸 깨달았을 때였다.

"영애? 무슨 문제라도 있으십니까?"

"잠시만요."

디아나가 창밖을 살폈다. 시녀도 디아나의 시선을 따라 창밖을 보았다. 별다른 문제를 발견하지 못했는지 그녀는 다시 한번 디아나를 재촉했다.

"어서 가시죠, 오흐리드 영애."

"입궁할 때의 방향이 아니네요."

"예?"

"황궁을 나가는 거 맞나요?"

시녀는 곧바로 답하지 못했다. 당황하는 모습을 보니 의심은 눈덩이처럼 불어났다.

"……영애께서 황궁은 처음이시니 황궁을 구경시켜 드릴 겸 약간 돌아가고 있었답니다."

시녀가 다급하게 말했다.

변명처럼 들리는 건 단순히 낯선 곳이라 예민하기 때문일까?

"그래서, 어디로 가고 있는 건가요?"

"……."

왜 다시 대답이 없지?

다시 불안감이 치솟았다. 디아나가 무작정 몸을 반대 방향으로 돌렸다.

"오, 오흐리드 영애!"

당황한 시녀가 허겁지겁 따라붙었다.

"지금 어디를 가시는 겁니까?"

그럼 그녀를 데려가는 곳이 어딘지 말도 못 하는 시녀를 따라갈까. 디아나가 조급한 목소리를 무시한 채 걸음을 옮겼다.

'아무나 마주쳐라.'

일단 걷다가 누구라도 마주친다면 나가는 방향을 알려 달라고
해야지.

그녀를 앞지른 시녀가 앞을 막아서곤 말했다.

"볼일이 끝나면 영애를 입구까지 모셔다드리겠습니다. 확실히
약조 드려요."

"그 볼일이 뭔데요?"

"그건……."

시녀가 입술을 깨물었다.

디아나가 다시 움직이려 하자 다급하게 말했다.

"황녀 저하께서 오흐리드 영애를 뵙고 싶어 하십니다."

현 하임바르덴의 황녀는 둘이었다.

"정확히 어느 저하께서요?"

시녀는 이렇게까지 된 상황에 어쩔 수 없다는 듯 토로했다.

"저는 리투아니아 하임바르덴 저하의 시녀인 밀레이 리반입니
다."

리반이면 백작가였다. 황녀의 경우 신분이 좋은 귀족 여인이 시
녀가 되어 보살핀다고 배웠다. 시녀라고 다 손에 물을 묻히는 건 아
니었다. 허드렛일은 맡아서 하는 담당 하녀가 따로 있었다.

특히 시녀들 중에서도 높은 신분의 귀족은 황녀의 일정을 관리
하고, 함께 교육을 받으며, 말동무 정도만 했다. 리반 백작 영애도
그런 시녀일 것이다.

"리투아니아 저하께서 오흐리드 영애를 뵙고 싶어 하십니다."

"리투아니아 저하께서요? 왜요?"

그럴 만한 인연도, 미리 전달된 연락도 없었다.

"정확히 저를 초대하신 건가요?"

"……."

"리반 영애?"

답하지 못했다. 당연했다.

'정식으로 초대하면 거절할 거니까.'

그녀가 황족의 초대를 수락할 리가 없는 걸 그들도 알았다. 이미 에스텔, 리투아니아, 심지어 황후의 티 파티 초대도 아직 예가 서투르다며 모두 거절했다.

하지만 리투아니아는 포기하지 않고 그녀가 황궁에 들어온 기회를 노린 것이다. 어영부영 일단 데려가기만 한다면, 황녀가 있는 앞에서 화를 내며 빠져나가기 힘든 걸 이용한 거다.

"영애! 영애!"

이번엔 걸음을 멈추지 않았다.

리반 영애가 허겁지겁 뒤따랐으나 그녀 앞을 또 막아서진 못했다.

황궁 안에서 그녀는 누구보다도 안전했다.

그녀에게 문제라도 생긴다면 오흐리드의 모든 분노가 황실에게 향할 테니까…… 라고 할머니께서 말씀하셨다.

그걸 뻔히 알면서도 리투아니아 황녀가 이런 무리한 짓을 한 이유가 뭘까.

디아나가 생각을 이어 갔다. 콘라드 선생님과 롬벨 후작 부인은 그녀에게 황실의 황위 다툼에 관심을 가지지 말라 하였다.

오흐리드 가문이 가지는 무게는 다툼의 균형을 깨 버릴 정도라고. 그녀는 그들의 말을 충실히 지켰다.

하지만 그럼에도 들리는 이야기들이 있었다. 가령 현 황후의 딸이자 지그프리트 황자의 파벌인 리투아니아 황녀는—

"영애의 사촌인 카밀로 오발론 영애께서도 계십니다!"

디아나가 걸음을 멈췄다.

얼마 걷지도 않았는데, 이를 쫓아오느라 진이 빠졌는지 옆에 멈춰 선 리반 영애가 쌕쌕거리며 숨을 몰아쉬었다.

리투아니아에게는 별로 관심이 없었지만, 카밀로 오발론은 달랐다.

사촌. 세니르의 약혼녀. 원래 그녀가 있어야 할 자리에 예정돼 있던 사람.

"허억, 오, 후우, 오흐리드 영애. 일단, 노여움을 가라앉히고, 후, 제발 제 말을 조금만……."

"오발론 영애요?"

"예? 후우, 후, 예. 티타임! 그저 몇 명의 영애들과 작은 규모의 티타임을 열었을, 뿐이랍니다. 오발론 영애도 티타임에 참석……."

"좋아요."

정신없이 설명하던 밀레이 리반이 눈을 크게 떴다. 그러곤 풀이 팍 죽은 기색으로 조심스럽게 물었다.

"와 주시는 건가요?"

엉망이 된 머리에다 땀을 뻘뻘 흘린 이마까지. 처음의 고고한 시녀의 모습은 싹 사라져 있었다.

"네."

"잘 생각하셨어요."

*　　*　　*

티파티 장소는 궁 안으로 한참을 더 들어가야 했다. 길을 기억하던 디아나도 어느 순간부턴 방향을 확신할 수 없어졌다.

화려한 조각들 사이를 지나치자 색색의 꽃을 화사하게 피워 낸 정원이 나왔다. 그 중앙에 화려한 가제보가 있었다.

황녀를 포함하여 몇 명이 앉아 있었다.

'하나, 둘, 셋…… 열 명? 꽤 되네.'

그리고 그중 한 명과 눈이 마주쳤다.

붉은 머리와 새파랗게 빛나는 녹색 눈동자에 숨기지 않는 적의가 일렁였다.

"생각보다 오래 걸렸구나."

디아나가 리투아니아에게 시선을 돌렸다.

"죄송합니다, 리투아니아 저하."

밀레이가 가슴에 손을 얹고 바닥에 닿을 듯 고개를 숙였다.

그녀도 치마를 잡고 살짝 무릎 굽히며 황족의 예를 다해 인사했다.

"디아나 오흐리드, 황녀 저하를 뵙습니다."

"리투아니아 하임바르덴이라네. 여기 앉지."

대기하던 하녀가 비어 있던 자리의 의자를 빼 주었다. 리투아니아가 주목을 시키고 말했다.

"다들 오흐리드 영애와는 초면일 테니, 서로 소개부터 하세."

리투아니아 왼편에 자리한 갈색 머리 영애가 먼저 운을 뗐다.

"이렇게 만나는 건 처음이네요. 저는⋯⋯."

한 명씩 앉은 이들을 모두 소개하고 마지막 차례가 되었다.

"이쪽은 이미 알고 있겠지요? 사촌이니까요."

리투아니아 황녀가 부드럽게 웃으며 말했다. 자리에 있는 모두가 그녀의 반응을 노골적으로 관찰했다.

디아나가 붉은 머리의 영애를 응시했다.

"네, 알아요. 처음 뵙네요."

"카밀로 오발론이에요."

카밀로가 독을 머금은 꽃처럼 화사하게 웃었다.

"영애가 언제 오실지 몰라 차도 마시질 못하고, 한 시간을 그저 가만히 기다렸답니다. 기다린 모두에게 사과를 표하는 게 어떨까요?"

곳곳에서 동의한다는 듯 살짝 헛기침했다.

'그렇게 오래 걸렸나?'

아니, 중간에 어디로 가는 것이냐, 티타임을 간다 안 간다 실랑이하긴 했지만 그리 오랜 시간은 아니었다.

그런데 한 시간? 말도 안 됐다.

'이래서였구나.'

자리에 있는 모두가 입을 다물고 그녀만을 바라보며 압박했다.

사과하기 전엔 결코, 먼저 입을 열지 않을 태도였다.

"어서요, 영애. 모두 기다리잖아요."

카밀로가 요요히 웃으며 재촉했다.

어서 미안하다고 사과해.

여러 사람이 한꺼번에 압박에 가까운 눈치를 준다면, 잘못했다 생각하지 않았더라도 반사적으로 사과하기 마련이었다.

원래 계획대로 그녀가 아무것도 모른 채 리반 영애를 따라와 이 자리에 영문도 모른 채 앉게 됐다면 정말 당황했으리라.

디아나는 아무것도 모른 척 웃으며 고개를 기울였다.

"여기가 무슨 자린지부터 설명해 주시겠어요?"

"실망이네요. 영애, 그대를 오래 기다린 이들에게 사과부터 하실 순 없는 건가요?"

그렇게 쉽게 넘어갈 순 없다는 의지가 엿보였다.

결국, 디아나가 한숨을 내쉬었다.

"리투아니아 황녀 저하께서 여신 티타임이라고 들었는데……."

카밀로의 눈썹이 꿈틀했다. 그걸 네가 어찌 아느냐는 당혹이 느껴졌다.

"뭔가 오해가 있었던 모양이에요. 저는 초대된 적이 없어서요. 혹시, 제가 티타임에 참석한다고 누가 전했나요?"

"……."

카밀로가 입을 다물었다. 당연히 답할 수 없는 질문이었다.

"일단 그분께 상황이 어찌 되었는지 들어 보죠. 만약 제 잘못이라면 그때 사과하도록 할게요."

"……."

예상과 다르게 돌아가는 상황에 모두 침묵했다.

하나뿐인 사촌이었기에 좋은 친구가 될 수 있을지도 모른다고 기대했던 적도 있었다.

하지만 저렇게 선연한 악의를 느끼고도 그저 수그릴 생각은 없었다.

그녀가 '오흐리드'라는 성을 짊어졌을 때부터 더 이상 걸어 오는 싸움을 피할 생각도, 피해서도 안 됐다. 그녀의 실수는 오흐리드의 실수가 되었고, 할머니의 실수가 되었다.

이야기가 오고 가는 내내 침묵하던 리투아니아 황녀가 나섰다. 그럴 수밖에 없었다. 여기서 더 이상 문제를 키우면 자신의 잘못을 까발리는 모양새가 될 것이었다.

"전달 과정에서 문제가 있던 모양이구나."

카밀로의 낯이 일그러졌다. 디아나를 한번 노려본 카밀로가 말했다.

"저하께서 그리 말씀하시니 어쩔 수 없지요."

"맞아요. 아랫것의 사소한 실수는 용서해야지요."

누군가 재빠르게 카밀로의 말을 받아 주었다. 사과하라고 압박할 때 굳게 닫았던 입이 무색했다.

만약 그녀가 일단 사과부터 했다면, 다음날 '오흐리드 영애가 리투아니아 황녀의 티타임에 사과한 이유'라는 소문이 가십지를 대문짝만 하게 장식하고 있었을 것이다.

그렇게 되면 실제 전후 관계는 중요치 않았다.

하지만 실패했고, 갑자기 말이 달라졌다. 모두 합심해 실수를 파묻었다.

'한두 번 해 본 솜씨가 아니네.'

황궁을 가로지르는 데 걸린 시간보다 여기에 머문 시간이 훨씬 짧음에도 피로감이 벌써 배는 되었다. 카밀로가 깜빡했다는 듯 손을 맞부딪쳤다.

"아 참, 그리고 보니 잊어버리고 있었는데."

카밀로가 사감은 없다는 듯 선량한 낯을 했다.

"영애의 호칭을 어찌 해야 하지요?"

"오발론 영애."

이번에 리투아니아도 약간 놀란 목소리였다.

"저하, 이런 문제는 확실히 해야지요."

"……."

황녀가 떨떠름한 기색을 보였다. 그녀는 동의하지 않은 주제였다. 하지만 카밀로는 아랑곳하지 않고 이끌어 나갔다.

"영애를 오흐리드 영애라고 불러야 할지, 혹은 노히바덴 영애라 해야 할지 알 수가 없잖아요?"

'혼외자 주제에.'

경멸 어린 눈빛이 그리 말하고 있었다.

"너무 예민하게 받아들이지 마세요, 영애."

카밀로가 짐짓 걱정스러운 얼굴을 했다.

"만약 노히바덴 대공님이 친부라면 오흐리드 영애라고 불러선 안 되잖아요? 소송이 판결 날 때까지 오흐리드 영애라고 불리는 것도 조금 애매하고요."

카밀로가 동의를 구하듯 주변을 둘러보았다.

"아니, 뭐……."

"하하, 오발론 영애의 말이 맞긴 한데……."

다들 미처 귀뜸 받지 못한 주제가 나오자 떨떠름하게 동의했다. 그러며 서로를 향해 이래도 되는지 흔들리는 눈을 했다. 오발론 영애를 따르지만, 오흐리드 백작의 심기를 거스르고 싶진 않았다.

약간 골려 주는 정도야 어떻게 빠져나갈 수 있었다.

하지만 오흐리드 백작이 인정한 손녀딸을 정면에서 부인하는 건?

그건 이야기가 달랐다. 초조함에 영애 몇이 리투아니아 황녀를 힐끗거렸다. 어떻게 좀 말려 달란 의미였다.

하지만 이미 카밀로 오발론은 뵈는 게 없었다.

감히 네까짓 게 오흐리드 영애로 불릴 생각을 해?

카밀로는 절대 용납할 수 없었다. 그녀는 당장 저 계집을 죽이지 않은 것만으로도 자비롭다 여겼다. 디아나가 차분하게 되물었다.

"왜 안 되죠?"

찌푸린 미간이 무슨 의미냐 묻고 있었다.

"제 친부가 대공님이실 수도 있고, 아닐 수도 있죠."

그녀 스스로가 대공을 친부라고 확신한 것과 달리 명확한 증거가 없다면 소송의 결과는 알 수 없었다.

"하지만 그분이 누구든 저를 낳아 주신 분이 오흐리드 소백작이라는 사실에는 아무런 영향을 미치지 않아요."

그리고 그 사실이 가장 중요했다.

"설마 이 자리에 계신 분 중에 제 어머니께서 오흐리드 소백작님 이신 걸 부인하는 분이 계시나요?"

디아나가 일부러 한 명씩 바라보았다.

"……."

"……."

이번엔 상황이 정반대였다. 카밀로가 눈을 부라렸으나 아무도 입을 열지 못했다.

오흐리드 대부인까지 나서서 인정한 사실이었다. 이를 부인한다는 건 오흐리드 백작가와 싸우자는 뜻이었다. 이 자리에 있는 누구도 오흐리드와 싸우고 싶지 않았다.

"하!"

침묵에 카밀로가 기막히다는 듯 신음을 토했다.

"아무도 없는 것 같네요."

카밀로가 이를 아득 물었다.

"그리고, 어머니의 성으로 불리면 안 되나요?"

디아나가 순진한 눈망울을 깜빡였다.

"절 배 아파 낳아 주신 분은 어머니잖아요? 왜 꼭 아버지의 성을 이어받아야 하는지 잘 모르겠네요."

오랜 기간 그녀의 의문이기도 했다. 왜 혼인을 하면 꼭 아내는 남편의 성으로 바뀌고 자식은 아비의 성을 따라야 하나?

누구도 명쾌하게 해답을 내려 주지 않았다.

그녀를 열 달 동안 품고 낳아 준 것은 어머니인데, 왜 어머니의 무엇도 자식에게 남지 않는지.

"현자 헤르만 레체프께서 말씀하시기론 동쪽 대륙엔 어머니의 성을 잇는 나라도 있다던걸요."

책에서 본 거지만 그냥 헤르만을 가져다 붙였다. 현자의 이름이 더 잘 먹힐 것 같았기 때문이었다.

'이 정도로 화내진 않겠지?'

마침 동대륙에 있다가 오기도 했으니까…….

"그거 신기한 이야기군."

리투아니아가 그녀의 말을 받았다.

"저하!"

"카밀로, 이제 그만하게."

카밀로가 억울한 얼굴로 리투아니아를 보았다. 리투아니아는 개의치 않고 디아나를 향해 물었다.

"그런데 영애, 현자 헤르만 레체프와는 무슨 사이오?"

리투아니아의 질문에 눈치만 보고 있던 영애들이 귀를 쫑긋 세웠다.

2년간 모습을 드러내지 않다가, 연회에 나타난 헤르만에 관한 이야기도 꽤 화제였다.

"제 후견인이세요."

"헤르만 레체프가 그대의 후견인이라고?"

리투아니아가 놀란 얼굴로 되물었다. 디아나가 고개를 끄덕였다. 생각지 못한 새로운 뒷배에 영애들이 마른침을 꿀꺽 삼켰다. 친모는 오흐리드 소백작, 친부는 현재 노히바덴 대공이 유력했고, 후견인은 현자 헤르만 레체프. 바쁘게 맞부딪친 시선 사이로 갈색 머리의 영애가 먼저 입을 열었다.

"그러고 보니 어서 차를……."

"그럼 저는 이만 먼저 실례할게요."

디아나가 말을 자르며 일어났다.

"예정된 일정이 아니어서, 기다리고 계신 분이 있거든요."

'오발론 영애와 인사나 할까 해서 왔는데.'

한쪽 뺨에 구멍이 뚫릴 것 같았다.

"좋은 티타임이었어요."

디아나가 빈 테이블을 흘끗 보곤 몸을 돌렸다. 그녀가 떠난 자리에는 웅성거리는 목소리만이 남았다.

*　　　*　　　*

귀족들이 주로 머물며 공무를 처리하는 궁성을 관리하는 시종장은 자신의 오판을 떨떠름하게 인정했다. 오랫동안 비어 있던 방이었다. 관리 인력은 최소한으로 배치되어 있었다.

그러나 영원히 비워 둘 것만 같던 방의 주인이 등청했다. 시종장은 하인과 하녀들에게 교대로 방을 관리하도록 지시했다. 짧게 머물다 가리라 생각했기 때문이었다. 새롭게 인력을 배치하는 건 낭비라고 여겼다.

하지만 슬슬 교대 근무의 여파가 미치기 시작했다. 하인과 하녀들은 피로를 호소했지만, 쉽사리 휴가를 쓰기도 힘들었다.

시종장은 지금이라도 새로 공고를 내어 사람을 뽑아야 하는지 고민했다. 하지만 뽑자마자 방의 주인이 돌아간다면? 뽑아 버린 이를 곧바로 해고하기에도, 다른 일을 시키는 것도 애매했다.

오늘도 궁성 관리자의 시름은 깊어졌다.

"여기 10년간 동해 무역량을 정리한 보고서입니다."

"이건 재작년 해적 피해량……."

"재무부에서 조금 더 시간을……."

"동부군 장교가……."

부산스럽던 방은 어느 순간 조용해졌다. 대공의 심기를 누구보다 빨리 눈치챈 부관이 방문하는 이들을 모두 다른 방으로 안내했다.

"잠시 나가 있겠습니다."

그리고 본인도 재빠르게 방을 벗어났다.

대공이 창문을 열었다. 약간 싸늘하지만 볕의 따스함을 머금은 바람이 훅 들어왔다. 뒤따라 홍염이 들어왔다.

다시 창문을 닫은 대공이 자리에 앉았다. 하지만 서류를 볼 수 없었다. 홍염이 그 위에 자리 잡았기 때문이었다.

"비켜라."

*[내가 어디 갔는지 궁금해하라고!]*

대공이 허리춤의 검을 만졌다. 홍염이 화들짝 놀라 날개를 펴고 날아갔다.

"황궁이다. 함부로 돌아다니지 말아라. 마법사가 눈치챘다면 귀찮아진다."

[아니, 내가 어디 갔다 왔는지 궁금하지 않아? 정말로?]

"궁금하지 않다."
홍염이 다시 날아와 책상에 앉았다.

[아니 왜! 물어봐 달라고!]

"싫다."
대공이 손으로 홍염을 밀어냈다. 홍염이 삐끗하며 책상을 데구루루 굴러갔다. 쌓여 있던 서류가 무너지며 흐트러졌다. 대공이 미간을 슬쩍 찌푸렸다.

[후회할 텐데.]

심술이 잔뜩 묻은 목소리에 대공이 다시 검을 보았다. 이대로 검에 집어 넣어 버릴까 고민했다. 하지만 서류 더미는 이미 무너졌고, 억지로 넣으면 다음에 삐져서 귀찮게 굴 모습이 선했다.
대공이 펜을 집어 들며 물었다.
"어디 갔다 왔나."

*[네 딸 봤어.]*

"······뭐?"

우둑. 대공이 들고 있던 펜대가 그대로 부러졌다.

그러나 곧이어 납득했다.

그렇군. 오늘이었군.

황제가 디아나를 황궁으로 부를 거란 이야기는 여러 곳에서 들렸다. 오늘이 알현일인 모양이었다. 대공이 더 이상 말이 없자 홍염이 발을 굴렀다.

*[아니, 안 보고 싶어?]*

"시간이 지나면 볼 거다."

홍염이 부리를 쩍 벌렸다. 대공이 부러진 펜촉을 한쪽으로 밀어냈다.

"괜한 만남을 가져 트집 잡히고 싶지 않다."

*[소송? 10년 뒤에나 판결 나겠다며. 그럼 이미 성인에 결혼까지 했겠다!]*

"판결을 당길 것이다."

*[그래. 선택은 네가 한 거다.]*

홍염과 오래 함께한 대공은 그 미묘한 어조를 눈치챘다. 대공이 고동빛 책상을 짚었다. 손등에 힘줄이 툭 튀어나왔다.

"……무슨 짓을 했지?"

홍염이 눈을 가느다랗게 휘었다.

*　　*　　*

'정말 특이하네.'

기이한 정원이었다. 일반적으로 정원에서 볼 수 있는 벌레나 작은 새조차 없었다.

'출입을 통제한다고 했는데 경비도 없고…….'

온통 하얀 장미와 정적. 들리는 소리라곤 바람에 이파리가 스치는 소리뿐이었다.

'이래서 마르코가 놀라서 되물었구나.'

디아나가 한숨을 내쉬었다.

'환각이라도 본 건가.'

티타임 자리를 박차고 나온 디아나가 황녀의 궁을 빠져나와 복도를 헤맬 때였다. 기다렸다는 듯, 붉은 새가 나타났다.

붉은 새는 그녀에게 부리를 몇 번 딱딱거렸다. 그러고선 마치 따라오라는 듯이 앞으로 날아갔다 돌아오길 반복했다.

그 새를 따라가다 보니 엉겁결에 하얀 미로까지 들어가게 되었다. 하얀 미로에 들어온 붉은 새는 마치 목적을 다한 것처럼 모습을 감춰 버렸다.

'그래도 여기서부턴 길을 기억하니까.'

하얀 미로만 방향을 맞춰 빠져나가면 되었다.

새의 정체도 무척 궁금했지만, 이제 슬슬 그녀가 사라진 걸 알 텐데, 세니르가 걱정할 터였다.

그때였다.

―바스락

놀란 디아나가 주변을 살폈다. 숨소리조차 죽인 디아나 곁으로 바스락거리는 소리가 가까워졌다.

"……하도 참― 어머. 앗."

사람의 목소리였다. 디아나가 안도의 숨을 내쉬었다가 합! 하고 입을 막았다.

그녀가 하얀 미로에 들어온 걸 다른 누군가에게 들키면 곤란했다.

'아니, 그런데 아무나 못 들어오는 곳이라며?'

심지어 대화인 걸로 보아 두 사람이었다. 자신도 쉽게 들어온 데다 몰래 들어온 것으로 보이는 다른 사람까지 있으니 당황스러웠다.

디아나가 조심스레 자리를 벗어나려 했다.

"처소는 어머니의 눈이 너무 많아. 그대도 잘 알잖나."

"그야 그렇지만…… 흐흥, 여기는……. 앗. 으흥, 홋."

곧이어 이상한 소리가 이어졌다.

'이게 무슨 소리야?'

쪽쪽거리는 소리와 함께 살결 부딪히는 소리, 들뜬 신음소리가 들렸다. 디아나는 이러지도 저러지도 못하고 그 자리에 당황한 채 굳었다.

"저하, 저하. 흐응, 잠시만요. 그래도 여기는 출입 금지 구역이 아닌가요? 이렇게 몰래 들어, 하아, 들어오면—"

"에스텔이 애지중지하기는 하지. 친모의 유일한 흔적이니까. 뭐, 사람이 없으니 더 좋은 게 아닌가."

"에스텔 저하가 아시면…… 꺅, 저하! 흐응, 그래도 불안……."

"괜찮아, 경비에게 돈 좀 쥐여 줬으니 한동안 돌아오지 않을 거야. 응? 그러니 그만 안달 나게 하거라."

'그런 거였어?!'

의문이 풀렸다.

그리고 '저하'라 불린 남성의 목소리. 처음 들어보는 것이었다. 로베르트와 에스테반이 아니라면 남은 황자는 한 명이었다.

4황자 지그프리트 하임바르덴.

망나니라고 조심하라더니, 이런 의미였다니.

'정말 싫다.'

엮여서 좋을 것 없어 보였다. 저들도 그녀도 몰래 들어왔으니.

디아나가 이 자리를 벗어나기 위해 내디뎠다.

—우득

갑자기 발치에서 나는 소리에 디아나가 입술을 깨물었다.

드레스 자락에 가려진 나뭇가지를 보지 못했다. 신음이 멈추고 지그프리트가 소리쳤다.

"……거기 누구냐!"

정원수를 헤치고 다가오는 소리가 들렸다. 도망치기엔 늦었다.

디아나가 다가오는 이를 마주 보았다.

신문에서나 보던 얼굴이었다.

'금발에 푸른 눈이었네.'

흑백 사진으로만 봐 궁금했던 의문이 풀리는 순간이었다. 별로 궁금하지 않았던 황자의 맨가슴팍도 보였다.

"너는……."

지그프리트는 멍청하게 입을 벌렸다. 대낮부터 술을 들이부은 듯 이 거리에서도 술 냄새가 풀풀 풍겼다.

"오흐리드 영애?"

"헉!"

숨어 있던 누군가 숨을 들이켰다. 지그프리트가 정신을 차리려는 듯 머리를 흔들고 얼굴을 쓸어내렸다.

"오흐리드 영애가 황궁에는 무슨 일이지?"

그러나 별다른 소용은 없어 보였다. 지그프리트가 어눌하게 말을 이었다.

"아, 오늘이 그 날이던가."

"저, 저하."

가느다란 목소리가 수풀 방향에서 들렸다.

"괜찮아. 괜찮아. 응, 그래, 너무 떨지 마라. 걱정하지 말래도. 이 정도는 내가 잘 해결하마. 날 못 믿나?"

지그프리트가 뒤를 돌더니 함께 있던 누군가를 다정하게 일으켜 세웠다. 어깨에 옷자락이 당장이라도 흘러내릴 듯 걸쳐 있던 여인이 그녀를 힐끔거렸다.

여인을 몇 번 더 달래던 그는 나중엔 살짝 짜증을 냈다. 황자의 반응에 여인이 어물거리다 자리를 떴다.

지그프리트가 수풀 사이로 들어가 나뭇잎이 붙은 조끼와 자켓을 들고 나왔다.

"영애에게 부끄러운 모습을 보였군."

태도는 전혀 아니었다. 그는 옷을 추스를 생각이 없는지 반쯤 풀어 헤쳐진 셔츠 위에 조끼와 재킷을 대충 걸쳤다.

"지그프리트 저하를 뵙습니다."

일단 디아나가 황족에게 하는 인사를 했다.

"오? 나를 아는군?"

"로베르트 저하와 에스테반 저하 두 분과는 인사를 나눈 적 있어서요."

그 둘을 뺀 황자라면 한 명뿐이지 않느냐라고 말한 것이었다. 그리고 신문을 접할 수 있다면 모르기가 더 힘들었다.

"아, 난 또. 관심이 있는 줄 알았네만."

"……네?"

디아나가 어리둥절한 얼굴을 했다. 누구에게? 설마 지그프리트를? 방금 전에 그런 모습을 보았는데?

"그대의 나이가 어떻게 되지?"

"열다섯입니다."

당장 이 자리를 벗어나고 싶었지만, 일단 차분히 답했다.

"그래? 하긴 데뷔탕트를 치렀으니 보이는 것과는 다르겠군."

지그프리트가 눈을 가늘게 뜨고 그녀를 훑었다. 찜찜한 시선이었다. 디아나와 눈이 마주친 지그프리트가 느끼하게 웃었다.

"그런데 하얀 미로엔 어쩐 일인가? 여긴 에스텔이 제 어머니의 유산이라고 애지중지하여 아무나 못 들어오는 전 황후의 정원인데."

그걸 알면서 정원에서 그런 행위를 하나? 찝찝한 기분을 애써 털며 변명을 생각해 내려는 찰나—

"하긴. 에스텔이 그대와 친해지려 안달이 난 건 누구나 아는 사실이지."

'그렇게 이해해 주면 나야 좋지.'

디아나는 긍정도 부정도 하지 않고 어색하게 웃었다.

"여기서 이렇게 만난 것도 인연인데. 내 정원을 안내해 주지."

"네?"

"물론 나를 여기서 만났다는 사실은 비밀로 해 주고."

검지를 입가에 가져다 대며 느물거리게 웃었다. 절대 거절하지 않을 거라는 듯이 자신만만했다.

디아나가 조심스럽게 답했다.

"정원은 이미 충분히 구경해서요. 이만 돌아가 보려던 참이었습니다."

"흔치 않은 기회니 거절치 말게."

"아뇨, 정말 괜찮습니다. 저하."

"거절치 말라니까?"

지그프리트가 짜증 섞인 목소리를 냈다. 디아나가 놀라 그를 보았다. 그녀의 얼굴을 본 지그프리트가 달래듯 말했다.

"오흐리드 영애. 내 하나 좋은 걸 알려 주지."

"예?"

"여자는 아둔한 척을 해야 귀여움 받는 법일세."

"……?"

지금 뭐라고 말한 거야?

그녀가 가장 역겨워하는 유형이었다.

'하우젠, 그자랑 완전 비슷해.'

아헨에서는 이름깨나 날렸을지 모르나 제도에서는 귀족 연감 끄트머리에 겨우 걸쳐 있던 가문 따위, 아무도 몰랐다.

이제 다시 마주칠 일 없겠다 여겼는데, 왜 비슷한 사람은 계속 나타나는 걸까.

어디서 찍어내나?

어이없다는 감정은 그다음 말로 씻은 듯이 사라졌다.

"오흐리드 백작처럼 똑똑한 척해 봐야 오히려 사랑받지 못할 걸세."

"……."

디아나의 얼굴에서 표정이 사라졌다.

"표정이 왜 그런가? 여인이란 자고로 어느 상황에서도 웃어야지."

지그프리트가 어깨를 으쓱 올렸다.

"무서워서 무슨 말을 못 하겠군. 그저 알아 두란 걸세."

"그래요. 뭐……."

디아나가 말을 골랐다.

최대한 얽히지 않으려 했다. 황제 폐하부터 리투아니아 황녀, 오발론 영애까지 오늘 하루가 무척 길었다.

하지만, 할머니까지 모욕하다니.

디아나가 싱긋 웃었다.

"저하께선 아둔한 이를 좋아하시는군요. 저와는 맞지 않지만, 취향을 존중합니다. 원래 비슷한 사람끼리 잘 맞는대요."

네 수준이 아둔하다.

돌려 말했지만 그런 뜻이었다. 능글거리던 지그프리트의 얼굴이 삽시간에 굳었다.

"지금 뭐라 했나?"

"그저 알아 두시란 뜻이었답니다."

지그프리트의 말을 그대로 돌려주었다.

"그럼 전 이만 물러가겠습니다."

디아나가 황족에 대한 예를 갖춰 인사했다.

'앞으로 황궁은 절대 발도 안 들여.'

그리고 지그프리트를 지나쳐 갔다.

"거기 서."

지그프리트가 불러 세웠다. 디아나는 무시하고 걸었다. 그러나 빠르게 뒤쫓아 온 그가 그녀의 어깨를 붙잡고 돌렸다.

"거기 서라 했지!"

"아!"

디아나가 비틀거리며 넘어질 뻔하다가 겨우 바로 섰다. 한쪽 어깨를 부여잡은 디아나가 지그프리트를 돌아봤다.

"이게 무슨 짓……"

말하던 디아나가 멍하니 입을 벌렸다.

"내 말이 끝나지도 않았는데 누구 마음대로……."

불쑥 지그프리트의 뒤편에서 뻗어 나온 손이 그대로 황자의 멱살을 잡았다. 지그프리트가 자신의 멱살을 잡은 얼굴을 확인하고 경악했다.

"노, 노히바덴 대공? 아니, 여긴……!"

지그프리트가 순식간에 대롱대롱 매달렸다.

"컥! 노, 놓아! 컥! 켁!"

숨이 막힌 황자가 몸부림쳤다. 멱살을 부여잡은 팔뚝을 쥐어뜯으며 내려쳤으나 고목을 내리치는 것 같이 하잘것없었다.

"컥! 컥!"

대공의 얼굴엔 아무 감정도 보이지 않았다. 이대로 두면 안 될 것 같은 느낌에 디아나가 다급히 외쳤다.

"대공님!"

대공이 눈을 굴려 그녀를 보았다. 그녀를 응시하던 대공이 지그프리트가 눈알을 까뒤집으며 숨이 넘어가기 직전에야 그를 패대기쳤다.

비명도 지르지 못한 채 데굴데굴 바닥을 구른 지그프리트가 엎어져선 쉿소리와 함께 숨을 정신없이 들이쉬었다. 흙바닥을 벌레처럼 한참을 기어 다니던 지그프리트가 비틀비틀 일어섰다.

"가, 감히 나한테 이러고도…… 무사할 줄……."

"네. 가서 말씀하세요. 그럼 제가 증인을 하죠."

"……."

"하얀 미로에 들어와 어떤 영애와 함께 정원을 뒹굴던 지그프리트 저하를 마주쳤다고 증언할게요."

고통으로 얼굴을 일그러트린 지그프리트가 멈칫했다.

"지금 당장 로베르트 저하께 찾아가면 될까요?"

로베르트라니. 그녀도 몰래 들어온 처지지만 일단 되는 대로 질렀다. 지그프리트는 그녀도 몰래 들어왔다는 사실을 모르니까.

지그프리트가 그녀와 대공을 번갈아 바라봤다.

"이, 이 일은 기억해 두겠소."

지그프리트가 기분 나쁘게 갈라진 목소리로 웅얼거리곤 도망치듯 자리를 떴다.

그 모습이 완전히 사라지고 나서야 한숨을 탁 내쉬었다. 잠시 긴장을 풀었던 디아나가 다시 굳었다.

뒤에서 느껴지는 거대한 존재감.

'집에 가고 싶다.'

유달리 하루가 길게 느껴졌다. 산 넘어 산이라고 봐야 되나. 출입을 통제한다더니 순 거짓말 아니야?

속내를 감추고 디아나가 대공에게 인사했다.

"도와주셔서 감사해요. 노히바덴 대공님."

"……."

대공은 말없이 그녀를 응시했다. 깊게 가라앉은 눈빛은 거의 노려보는 느낌이었다.

디아나가 고개를 슬쩍 기울였다. 대공이 느리게 입을 열었다.

"무슨 생각이었지?"

"네?"

"무슨 생각이었냐고 물었다."

"무슨 말씀이신지……."

"위험했다. 저런 치는 자신이 밀렸다 싶을 땐 폭력을 행사하려 든다."

"네?"

"너는 좀 더 조심할 필요가 있다."

디아나는 현실감이 없어 머리를 짚었다.

'아니, 지금 내가 혼나고 있는 거야?'

디아나가 믿기지 않아 물었다.

"그럼 폭력이 무서워서 입을 다물어야 하나요?"

"때와 장소를 구분하란 얘기다. 여기는 둘밖에 없었지 않나."

"대공님은 모욕을 듣고도 때와 장소를 구분하시는군요. 장소가 알맞지 않으면 도망치기도 하시고요."

"왜 화를 내지?"

"……."

돌덩어리같이 무표정한 낯빛의 대공은 이해가 가지 않는다는 듯 말했다.

"나는 사실을 말했을 뿐이다. 넌 방금 다칠 뻔했다."

"그 말은 결국 주먹 앞에서는 입 다물라는 소리예요."

디아나가 지친 얼굴로 말했다.

"그게 아니……."

"대공님께서 도와주신 건 감사해요."

디아나가 대공의 말을 잘랐다.

"하지만 대공님 말씀은 동의할 수 없어요."

"디아……!"

그때였다. 갑자기 눈앞에 붉은 새가 난입했다. 깜짝 놀란 디아나가 손을 반사적으로 들어 막았다. 그러나 보이는 것과 달리 아무런 느낌이 들지 않았다.

'뭐, 뭐야?'

대공님이 막아 주신 건가? 디아나가 머뭇머뭇 가로막았던 팔을 내렸다. 그리고 눈을 부릅뜬 대공을 마주했다.

"어?"

디아나 또한 놀라 눈을 크게 떴다.

그녀가 찾아다니던 붉은 새였다. 그렇게 찾아 헤매던 새가 바로 코앞에, 아주 얌전히, 대공의 팔에 올라 앉아 있었다.

"어어?"

예법도 잊어버린 디아나가 새를 손가락질했다. 그러다 손끝에 보이는 대공의 모습에 화들짝 놀랐다.

"아, 어머, 죄, 죄송해요. 그게……."

이를 악문 목소리의 대공이 물었다.

"이 새가 보이느냐?"

"네? 네. 대공님도 보이시나요?"

디아나가 마른침을 삼키며 새를 힐끗거렸다.

"어떻게, 어떤 모양으로 보이나?"

"붉은, 불 같은 모양의 새에요."

대공이 한 손에 얼굴을 파묻곤 욕설을 내뱉었다. 대공의 반응과 달리 붉은 새는 왠지 즐거워 보였다.

"알고 있었나."

"네?"

디아나가 되물었으나 노히바텐 대공이 아니라는 듯 손을 뻗어 그녀의 말을 막았다.

"왜 말을 하지 않았지?"

지금 누구랑 말을 하는 거지?

그때 날개를 쫙 펼친 새가 순식간에 날아올랐다. 코앞에서 날아오른 모습에 디아나가 흠칫 놀랐으나 새는 그대로 한 바퀴 돌더니 대공의 팔이 아닌 근처 나뭇가지 위에 사뿐히 내려앉았다.

대공의 시선이 새를 따라갔다.

"그건 불가능하다."

그러니까…… 대공은 새에게 말을 거는 것 같았다. 디아나가 대공을 이상한 눈길로 보았다.

"네겐 이 모든 것이 즐겁나."

새를 노려보는 대공의 눈길이 사나웠다.

갑자기 으슬으슬한 느낌에 팔을 감싸듯 팔짱을 꼈다. 대공이 그녀에게 갑자기 사과했다.

"……미안하다."

대공이 커다란 손으로 눈두덩을 덮었다. 소리 없이 크게 숨을 내쉰 후 손을 내렸다.

"놀랐겠군."

"어…… 네. 그게……."

디아나는 결국 궁금증을 참지 못했다. 그녀의 의문을 풀어 줄 유일한 사람이었다. 방금까지의 말다툼은 일단 뒤로 미뤄 냈다.

"누구랑 얘기하시는 거예요?"

대공의 시선이 조용히 새에게로 향했다.

정말 새와 얘기하고 있었다니!

디아나가 궁금했던 것들을 다급하게 물었다.

"저 새는 뭐예요? 저와 대공님만 보이는 건가요? 시종에게 이 새에 관하여 물어봤을 때 전혀 보질 못한 것 같았어요."

"당연하다."

대공의 목소리는 디아나가 깜짝 놀랄 정도로 음울했다.

"새가 아니라 정령이니까."

"……정령이요?"

"그래, 홍염이다."

홍염은 자신을 뽐내는 것처럼 대공의 어깨에 앉아 가슴을 쫙 빼내 밀었다.

"허어."

대륙을 불태운다는 노히바덴 가문의 정령, 홍염이 저 이상한 새라고? 그녀의 생각을 알았다면 홍염이 날뛰었을 테지만 다행히도 홍염은 디아나의 마음을 읽을 수 없었다.

"정말 정령이에요? 하지만 정령을 제가 어떻게 보는 거죠?"

마력을 다룰 수 있는 자라면 홍염의 존재를 느낄 수 있었다. 능력이 뛰어날수록 정확도도 높아졌다. 하지만 모습을 정확히 보지는 못했다. 모습을 정확히 볼 수 있는 이는 오로지 ―

"정령을 부릴 수 있는 자만 보이니까."

대공이 갑자기 그녀의 어깨를 붙들었다.

"비밀로 해라."

"네?"

"네가 정령을 볼 수 있다는 건 비밀로 해."

당황한 디아나가 자신의 어깨를 붙든 대공의 손을 흘끗 보았다.

"절대, 아무에게도 말하지 말거라."

"왜, 왜요?"

대공이 갑자기 입을 딱 다물었다. 절박하던 얼굴이 순식간에 무표정해졌다.

"네가 알 필요 없다."

"……."

디아나가 미간을 좁혔다.

"그대를 찾으러 왔군."

대공의 말에 고개를 돌려 뒤를 바라보자 익숙한 인영이 보였다.

세니르와 황실 시종인 마르코 그리고 에스테반도 함께였다.

"리투아니아의 궁으로 끌려갔다기에 도우러 왔더니만. 이미 제대로 물 먹이고 떠났더군?"

디아나가 어색하게 웃었다.

에스테반이 그녀와 노히바덴 대공을 노골적으로 훑어보았다. 그러더니 피식 웃으며 졌다는 듯 양손을 펼치고 어깨를 으쓱했다.

"별일 없으셨습니까."

세니르가 걱정스레 물었다. 그 뒤에서 에스테반이 혀를 내두르고 있었고, 대공은 무표정했다.

"······네. 없었어요."

그녀가 리투아니아의 시녀를 따라간 걸 안 마르코가 세니르에게 알렸고, 마침 함께 있었던 에스테반이 도와준다고 함께 나선 거라고 했다.

리투아니아의 궁에 세니르가 초대도 없이 들어갈 수는 없기 때문이었다. 하나 리투아니아 궁에 가 보니 이마 파티는 파투 나 있고 ─ 이때 에스테반의 얼굴이 싱글벙글했다─ 그녀는 없었다. 간발의 차로 엇갈렸던 모양이었다.

"리투아니아 그 얌전하던 계집이 왜 갑자기 이런 짓을 벌였는지. 황후가 시켰다기엔 영······."

그대로 사라진 그녀를 찾기 위해 황궁에 사람을 풀기라도 해야하나, 할 때─

"정말로 여기 있을 줄이야."

마르코가 아까 그녀가 하얀 미로에 관심을 가졌다는 사실을 말해 혹시나 하고 와 본 거라 했다.

"세니르 경."

대공이 그녀를 향해 고갯짓했다. 세니르가 다가와 그녀를 에스코트해 데려갔다. 대공은 에스테반을 향해 예를 갖추며 입을 열었다.

"그리고, 에스테반 저하께는 드리고 싶은 말씀이 있습니다."

"좋아. 대공이 왜 출입 허가도 받지 않고 하얀 미로에 있는지는 궁금했으니."

몰래 들어간 건 그녀도 마찬가지였기에 디아나가 눈치 보았다. 망설이는 기색을 살핀 세니르가 그녀를 옹호했다.

"아가씨께선 길을 잃으셨을 뿐이니까요. 괜찮습니다."

에스테반과 그렇게 말을 맞춘 모양이었다.

그리고 대공이 정원 안으로 휙 들어갔다. 그 뒤를 에스테반이 함께했다. 인사도 없었다.

"뭐, 뭐야……."

그냥 이렇게 끝이야? 그녀의 친부라고 소송까지 걸었는데. 이렇게 가 버린다고?

디아나가 하얀 미로 안쪽을 미련 있는 얼굴로 보았다.

"아가씨?"

세니르의 부름에 디아나가 고개를 돌렸다.

"정말 괜찮으십니까?"

"……네."

마지막으로 한 번 더 미로 안쪽을 바라본 디아나가 세니르와 함께 미로를 빠져나갔다. 마차에 올라타자마자 디아나가 몰려드는 피로에 눈을 감았다. 정말 폭풍 같은 하루였다.

## Chapter 4.

소송은 교착 상태에 들어갔다. 디아나에게 그리 말했더라도, 황후를 은근하게 지지하는 황제는 디아나의 친권을 노히바덴 대공가에 넘기고 싶어 했다.

하지만 단순히 한 명의 친권을 결정한다고 하기엔 얽힌 것들이 많았다. 지금까지 양육권이나 친권에 대한 소송이 없었던 건 아니다. 하지만 대부분 현재와 정반대의 상황이었다. 미혼의 몸으로 아이를 낳은 여성이 혼인 요구 혹은 친부 인정, 양육비 요구 등을 상대 남성에게 받아 내기 위한 소송이었다.

미혼모의 인식은 좋지 않았다. 가문의 이름을 더럽혔다고 내쳐지는 경우도 많았다. 혼인하지 않은 관계에서 태어난 아이는 사생아가 되었다.

그런 상황에서 여성 홀로 아이를 키우는 건 거의 불가능하다시피 했다. 친부가 아이를 인정하지 않으면 미혼모의 앞에 놓인 길은 한정되었다.

입막음 비용으로 주는 돈을 받고 조용히 살아가든가, 아이를 신전에 버리든가, 혹은 소송을 하여 인정을 받거나.

그리고 소송에서 미혼모는 이길 수 없었다. 소송이라는 최악의 상황까지 몰아간 남성 측이 하는 주장은 거의 비슷했다.

저 문란한 여자가 어떻게 몸을 놀렸는지 어찌 아느냐. 내 자식이라는 확실한 증거를 가져오라는 불가능한 논리.

친자 판별은 현재의 마법 기술로도 확인할 방법이 아직 뚜렷하게 없었다.

하지만 재판에선 대부분 받아들여졌다. 확실한 증거가 없으니 친부를 특정할 수 없다고.

그리고 오흐리드 백작가는 이것을 역이용했다. 노히바덴 대공이 친부라는 확실한 증거가 있느냐. 증거를 가져와라.

이는 황제에게 부담으로 작용했다. 오흐리드 백작가의 증거 요구를 무시하고 노히바덴 대공의 주장을 받아들여 친부로 인정한다면, 지금까지 내렸던 판결을 다 번복해야 할 수도 있었다.

사생아 한둘은 기본 장식처럼 달고 있는 귀족들이 안다면 펄쩍 뛰며 드러누울 일이었다.

그리고 정작 소송의 당사자인 디아나는 황궁에 입궁한 이후로 모습을 드러내지 않았다.

오흐리드 백작가.

백작의 집무실 소파의 팔걸이를 두드리는 굵은 손가락은 초조함을 내보였다.

"디아나가 요새 좀……."

"이상하지."

"그래! 나만 그렇게 느끼고 있는 줄 알았네. 후, 다행이군."

　오흐리드 백작 부군이 마음을 놓았다가 정신을 차리듯 고개를 흔들었다.

"아니, 안도할 일이 아니지."

　다시 팔걸이를 두드리기 시작하는 소리에 백작이 미간을 찌푸렸다.

"디아나가 이상해."

"외출도 안 하고."

"가끔 멍하니 있어서 불러도 듣지도 못하고."

"엊그제는 서재에서 밤을 새웠다더군."

"서재가 아니면 방에 틀어박혀 있고. 지금도!"


　그 시각, 서재에 있는 디아나는 오흐리드 백작의 집무실에서 어떤 이야기가 오고 갔는지 꿈에도 모르고 있었다.

　디아나는 한숨을 내쉬며 책을 덮었다. 이걸로 오흐리드 서재에 있던 정령에 관한 책은 마지막이었다.

　책 자체가 몇 개 없었다. 아직도 정령은 미지의 존재라는 콘라드 선생님의 말 그대로였다.

　책을 보아도 그들의 존재에 관해선 이해할 수 없었다. 다만 '홍염'. 꺼지지 않는 불의 정령에 관한 이야기는 조금 있었다.

디아나가 턱을 괸 채 창밖을 보았다. 살짝 열어 놓은 창에서 불어 들어온 바람이 커튼을 흔들었다. 커튼 너머론 호박빛 석양이 이지러지고 있었다.

'벌써 시간이 이렇게 됐네.'

일어나 창문에 다가갔다. 물끄러미 창밖 하늘을 응시하던 그녀는 몸을 돌려 책상으로 돌아갔다. 책을 정리하던 디아나가 쿠키가 가득 담긴 접시를 발견했다.

"아."

미셸이 먹으면서 하라고 가져다주었는데 완전히 잊고 있었다. 손도 대지 않은 사실을 알면 실망하겠지. 하나를 들어 입에 물었다. 그리고 차근차근 나머지 책들도 모두 정리했다.

'맛있네.'

심란해도 간식은 언제나 옳았다.


「네가 정령을 볼 수 있다는 건 비밀로 해.」


그녀가 정령사의 재능을 가진 걸 밝히면 노히바덴 대공이 소송에서 유리했다. 정령사가 노히바덴 대공가에만 있는 건 아니지만, 부인하기 힘들 정도로 희소한 재능이니까.

그러나 대공은 그녀의 어깨를 붙들었다. 그리고 절박하게 말했다.


「절대, 아무에게도 말하지 말거라.」

디아나가 쿠키를 하나 더 집어 우물거렸다.

「네가 알 필요 없다.」

그러고선 쌀쌀맞기 그지없는 말. 무표정한 낯은 울던 아이도 그
칠 것 같았다.

하지만 그 얼굴로 돌아가기 전 뭔가 말하려고 했던 찰나, 그때의
표정은…….

'날 걱정하고 있었어.'

그 얼굴을 떠올릴 때마다 마음 한쪽에 누가 돌이라도 올려놓은
것 같았다. 머리가 너무 복잡했다. 순간 정리하던 책이 손에서 미끄
러졌다. 떨어진 책이 정확히 발등을 찍었다.

"……!"

소리 없는 비명을 지른 디아나가 쭈그려 발을 붙잡고 뒹굴었다.
달려온 하늘이가 눈물진 그녀의 얼굴을 핥았다.

"어프, 업. 아냐, 나 괜찮아 하늘아. 으억, 풉. 저리 가."

밀리고 밀리다가 결국 바닥에 벌러덩 누었다. 하늘이가 그 위를
깔아뭉개듯 올라탔다.

"무거워!"

한바탕 깔아뭉개던 하늘이가 옆에 앉아 꼬리를 살랑살랑 흔들었
다. 디아나가 하늘이의 머리를 쓰다듬었다.

'어쨌든 이렇게 싸우는 건 아니야.'

돌아가신 어머니도 할머니와 대공님이 싸우는 걸 바라진 않을

터였다.

'무슨 수를 써야 해.'

일어나려고 할 때마다 앞발로 팔을 붙잡고 당기는 하늘이를 만족할 만큼 쓰다듬어 주느라 한참 뒤에야 자리를 털 수 있었다. 떨어트린 책까지 마저 정리를 끝내고 깽깽이 발로 서재를 나섰다.

"아, 너무 아프으악! 할아버지?"

문을 열던 디아나가 화들짝 놀랐다.

"크, 큼. 디아나."

디아나는 가슴을 쓸어내렸다. 엉거주춤한 자세의 할아버지가 헛기침하며 몸을 바로 세웠다.

"위험하잖아요! 그렇게 바짝 붙어 계시면 안 되죠! 다치시면 어쩌시려고요."

할아버지는 분명 타박임에도 오히려 반기듯 흐뭇하게 웃었다.

"그래그래. 알았다. 조심하마."

디아나가 한숨을 폭 내쉬었다.

"여긴 어쩐 일이세요?"

"널 찾으러 왔지."

"저를요?"

할아버지는 고개를 끄덕였다. 할아버지가 그녀에게 손을 내밀었다.

*　　　*　　　*

사시사철 아름다운 꽃이 피어나는 온실 안에는 미리 마련한 것 같은 티타임 자리가 있었다. 그리고 먼저 자리 잡고 계시던 할머니가 앉으라 손짓했다.

"얘기가 하고 싶어서 불렀단다."

"온실에서 티타임은 오랜만이네요."

"이제 슬슬 서늘해지니 알맞지."

"차는 어떤 거로 할까요?"

"네가 주는 거라면 아무거나 상관없다."

어느새 곁에 온 할아버지가 답했다. 온실을 돌아다니던 할아버지가 한가득 꺾어 온 꽃을 할머니께 건넸다. 미간을 살짝 찌푸린 할머니가 받아 든 꽃다발을 시녀에게 건넸다.

저 꽃다발은 할머니의 집무실이나 침실에 놓일 것이다.

"이건 네 것."

할아버지가 그녀의 머리칼 사이에 꽃을 끼워 주었다. 작게 웃은 디아나가 찻잎을 집었다.

온실 자체의 꽃향기가 가득하니 향이 짙은 차보다는 은은한 차가 낫겠지? 신중하게 차를 고르는 디아나를 할머니가 부드러운 눈으로 보았다.

"네가 내리는 차는 오랜만인 것 같구나."

할머니가 찻잔을 들며 말했다.

"그러게요. 요새 통 정신이 없었네요."

디아나도 찻잔을 들어 한 모금 맛보았다.

'음…… 괜찮은 듯?'

늘 잘했다고만 했기에 할머니의 의견은 큰 도움이 되질 않았다.

처음엔 정말 엉망이었는데 지금은 그래도 마실 만해졌다.

"내일 파트리시오 백작 영애 티 파티에 가는 날이지?"

"네."

"네가 정식으로 처음 가는 티 파티겠구나."

저번 리투아니아 궁에서 그녀가 겪은 티 파티를 떠올렸는지, 할머니와 할아버지의 얼굴이 순간 싸늘해졌다.

정확히 알진 못하지만, 그 자리에 참석했던 영애들의 가문에게 할머니가 어떠한 경고를 한 것 같았다.

"입고 갈 옷은 골랐느냐?"

"아뇨, 아직요."

다른 곳에 정신이 팔려 그럴 겨를이 없었다. 그래도 오늘은 골라 놔야지. 그리 생각할 때였다.

"뭐? 아직도 못 골랐다고? 왜? 왜 마음에 드는 옷이 없나?"

"아뇨, 그냥……."

"엘―코르테에 갈까? 아니면 상인에게 오라 할까? 여보, 어서 백지 수표를……."

아니 옷 한 벌 안 골랐다고 대체 어디까지 가는 거야?

"할아버지, 할아버지."

디아나가 서둘러 할아버지의 호들갑을 막았다. 그녀가 할아버지와 실랑이 하는 걸 구경하듯 두고 보던 할머니가 찻잔을 내려놓고 그녀를 불렀다.

"디아나."

디아나도 숨을 돌리며 찻잔을 들었다.

"학술원에 가 있겠느냐?"

"……학술원이요?"

찻잔을 들어 올리던 손이 공중에 그대로 멈췄다. 입을 떡 벌렸던 할아버지가 다급히 물었다.

"뭐요? 학술원? 그런 얘기는 없었잖소."

"지금 알았으면 됐지."

"아니, 이 사람이 정말, 디아나, 난 반대다! 거긴 너무 멀어!"

할아버지가 버럭 소리쳤다. 할머니는 아랑곳하지 않고 뉘 집 개가 짖느냐는 듯 말했다.

"거기도 소란스러운 건 마찬가지일 테지만, 그래도 여기 제도보단 신경 쓸 것이 덜할 거다."

소송 때문에 고민한다는 걸 꿰뚫어 본 모양이었다.

"안전하기도 하고."

"아니, 여보!"

"네가 호텔을 잡아 준 헤르만도 곧 세계탑으로 갈 것 같더구나."

"네? 그, 그래요?"

그런 소린 못 들었는데. 디아나가 입을 꾹 다물었다.

"세계탑을 비운 지 오래되었으니, 귀환하라는 요청이 계속 오는 것 같더구나."

"아니, 여보!"

"……내려가기 전에 한번 뵈어야겠네요."

"그래. 강요는 아니다만, 내 제안은 잘 생각해 보아라."

"디아나! 나는 반대다!"

*　　*　　*

　"파트리시오 백작가라면 동부에 영지를 지닌, 역사가 오래된 가문입니다."

　콘라드 선생님이 펜으로 테이블을 툭툭 두드렸다.

　"일반적으로 귀족이라고 하면 떠오르는 이미지 그대로의 가풍을 가졌지요."

　"그렇군요."

　"갑자기 파트리시오 백작가는 왜 물어보신 겁니까?"

　"오늘 파트리시오 백작 영애의 티 파티에 가기로 했거든요."

　"아, 파트리시오 백작가로 결정하셨습니까."

　롬벨 후작 부인의 딸이 파트리시오 백작 부인이었기에 후작 부인께 여쭐 순 없었다. 그리고 귀족 가계에 대해 잘 아는 네리아와 콘라드 선생님 둘 다 비슷한 평이었다.

　"파트리시오 백작가의 영식과 영애가 아가씨의 또래였죠. 사교계 첫 참석으로는 적당하군요."

　콘라드 선생님이 고개를 주억거렸다. 잠시 생각하던 디아나가 고개를 갸웃 기울였다.

　"그런데 롬벨 후작 부인께는 외동딸뿐이지 않나요?"

　"그렇지요. 사비에르 롬벨. 이제는 사비에르 파트리시오가 되었지만요."

　"그럼 롬벨 후작가는 누가 잇게 되나요?"

살짝 눈썹을 치켜뜬 콘라드 선생님이 묘한 얼굴을 했다. 손을 뻗어 테이블에 늘어져 있는 종이를 하나 잡아당겼다. 펜을 든 콘라드 선생님이 종이에 무언가를 적기 시작했다. 가계도였다.

　"예. 롬벨 후작 영애였던 사비에르 롬벨은 파트리시오 백작과 결혼한 후에 사비에르 파트리시오가 되었죠."

　롬벨 후작가의 가계에서 '사비에르 롬벨'이라 적힌 이름 위를 콘라드 선생님이 죽죽 그었다. 그리고 롬벨 후작의 아래로 줄줄이 있는 여동생을 건너뛰어 다섯째인 남동생을 쿡 찔렀다.

　"이분이 현재 롬벨 소후작으로 롬벨 후작의 남동생입니다."

　"여기 이분들은 다 돌아가신 건가요?"

　"예?"

　"여기 모두 건너뛰셨길래요."

　"아."

　그녀가 그런 질문을 할 줄 몰랐는지 콘라드 선생님이 살짝 당황했다.

　"아니요. 살아계십니다만……. 모두 결혼하셨으니까요. 결혼하면 남편의 성을 따르게 됩니다."

　"하아, 여기도 그렇군요."

　디아나가 우울하게 중얼거렸다.

　"왜 그러시죠?"

　"아뇨, 그냥……. 저도 결혼하면 성을 바꿔야 하나요?"

　그건 싫다. 디아나 오흐리드가 된 지 얼마나 되었다고?

　"성을 바꾸고 싶지 않으신 겁니까?"

"네. 싫어요."

노히바덴도 원하지 않았다. 아직 생각해 보지 못한 남편의 성은 더욱 싫었다.

"한 가지 방법이 있지요."

"어떤 거요?"

"아가씨께서 오흐리드 백작이 되어 데릴사위를 들이면 됩니다."

"아…… 그건 저도 알아요."

다시 턱을 괸 디아나가 시무룩하게 중얼거렸다.

그걸 몰라서 물어본 것이 아니었다. 혹시나 다른 방법이 기대했던 마음이 푸시시 식었다.

콘라드 선생님이 분위기를 풀 듯 가볍게 말했다.

"아직 결혼을 논하긴 이르다고 생각합니다만……. 혹시 좋아하는 분이라도 생겼습니까?"

"네?"

디아나가 놀라 콘라드 선생님을 보았다.

"하긴, 벌써 그럴 나이가 되었지요."

콘라드 선생님이 진지한 얼굴로 말했다. 턱을 받치고 있던 손이 삐끗했다.

"아니에요!"

"백작님의 생신 연회에서 마음에 드시는 영식이라도 만나셨습니까? 제가 연애 상담은 잘합니다."

"아니라니까요!"

"음……."

"지이이인짜, 진짜 진짜 아니에요."

"그렇습니까. 매우 아쉽군요."

아니, 아쉬울 건 또 뭐야?! 디아나가 어이없는 표정으로 바라보건 말건, 상심한 얼굴의 선생님은 어지러이 흩어진 종이를 모아 정리하기 시작했다.

"오늘은 여기서 수업을 끝내도록 하죠."

"벌써요?"

"예. 오늘은 숙제도 없습니다."

덩달아 책을 정리하던 디아나가 고개를 갸웃 기울였다.

"더 수업하면 네리아 양에게 눈빛으로 찔려 죽을 것 같군요."

"네?"

디아나가 뒤를 돌아보자 언제 들어왔는지 문가에 서 있던 네리아가 입을 가리고 호호호 웃었다.

"좋은 친구를 사귈 수 있길 바랍니다."

콘라드 선생님이 반듯한 미소를 지으며 인사했다.


"아니, 정말. 오늘 티 파티 가시는 걸 알면 수업도 빨리 끝내 주시면 좀 좋아요."

"빨리 끝나지 않았어요?"

"그야 그렇지만, 더 빨리했으면 좋았겠다는거죠!"

"아가씨께 그만하렴."

미셸이 나서며 엄하게 말했다. 네리아와 제인이 입을 꾹 다물었다. 네리아가 그녀에게 모자를 씌우고 이리저리 장식을 만지기 시작했다.

"아가씨도 투정을 너무 받아 주시면 안 됩니다."

디아나는 답하지 않고 배시시 웃었다.

미셸이 어쩔 수 없다는 듯 한숨을 쉬었다. 머리카락을 정리한 네리아가 물러나 손을 모았다. 데이지와 제인이 거울을 들고 왔다.

"어떠세요?"

금빛 공단으로 만든 꽃 장식이 돋보이는 상아색 드레스 위를 장미 무늬 레이스가 직사각형의 네크라인부터 목 끝까지 덮었다. 팔을 드는 순간 넓게 펼쳐진 소매에도 모두 다른 문양의 레이스가 겹겹이었다.

챙이 좁은 모자에는 금빛 스트라이프 무늬의 흰 리본이 대각선으로 길게 늘어져 있었고, 드레스를 꾸민 것과 비슷한 꽃으로 장식되어 있었다.

"예뻐요."

디아나가 상기된 얼굴로 답했다. 디아나가 갸웃거리는 모양대로 모자의 리본이 살랑살랑 흔들렸다.

"말을 타시더라도 떨어지지 않게 고정했어요!"

제인이 수그렸던 가슴을 펴며 말했다.

"불편한 곳은 없으세요?"

"네. 없어요."

준비를 마치고 1층으로 향했다. 저택의 사용인들이 그녀를 배웅했다. 디아나의 뒤를 따라가는 제인을 네리아가 부러운 눈길로 보았다.

디아나가 외출할 때마다 함께하는 하녀는 뽑기로 정하였는데,

그게 뭐라고 다들 매번 치열하게 다퉜다.

"그렇게 봐도 안 바꿔 줄 거야."

"어차피 준비도 못 해서 못 가. 아가씨, 잘 모시고. 다음엔 내가 뽑힐 거니까! 흥."

네리아와 제인이 소곤거리는 소리가 들렸다. 곧이어 네리아를 포함한 사용인들이 한목소리로 인사했다.

"아가씨, 잘 다녀오세요."

*　　*　　*

오흐리드의 문양이 큼지막하게 새겨진 마차는 막힘 없이 도로를 달렸다. 마차 안에는 제인과 디아나뿐이 아니라 할아버지도 함께였다.

할아버지가 굳이 티 파티 장소까지 따라올 필요까진 없었지만, 할아버지는 이런 걸 꼭 한번 해 보고 싶었다며 눈을 빛냈다.

'대체 어떤 점이 로망인지는 모르겠지만……'

네리아와 함께 있을 땐 항상 재잘거리던 제인도 할아버지와 함께하자 생전 처음 보는 얌전한 낯을 했다. 조용히 두 손을 모은 모습에 왠지 모르게 웃음이 났다.

디아나가 홀로 실실 웃자 할아버지가 어떻게 생각했는지 뿌듯하게 말했다.

"티 파티가 기대돼?"

그것 때문은 아니었지만, 기대되는 것도 사실이기에 고개를 끄덕였다. 또래 영애들. 다시 스멀스멀 떠오르는 리투아니아 황녀 궁의 기억은 다시 밀어냈다.

할아버지가 마차 창을 가린 커튼을 걷어 냈다.

"가끔 이렇게 콧바람을 쐬어 줘야 돼. 집 안에서 산책한다고 해도 밖에 나오는 거랑은 다르지."

사람들이 저마다 바쁘게 돌아다니는 거리를 보니 확실히 매몰되었던 생각의 늪에서 빠져나오는 느낌이었다. 적어도 지금은 대공님과 소송에 관한 건 잠시 뒤로 밀어낼 수 있었다.

"다음에 할머니랑 근교로 소풍 어때요? 사과잼을 넣은 샌드위치랑 같이……."

도란도란 이야기를 나누다 보니 목적지에는 금세 도착했다. 기다렸다는 듯이 열리는 철문으로 매끄럽게 들어간 마차가 고풍스러운 저택 앞에서 멈추었다.

"조심히 내려오렴."

"네."

마차에서 내리자마자 디아나는 한 손으로 입을 가리고 눈을 동그랗게 뜬 소녀를 볼 수 있었다.

황토색에 가까운 옅은 갈색 머리칼, 연하늘색 눈동자. 청초한 느낌의 소녀였다. 롬벨 후작 부인과 똑 닮은 콧방울로 누군지 바로 알 수 있었다.

할아버지의 헛기침에 뒤늦게 정신을 차린 듯 소녀가 서둘러 인사했다.

"어서 오세요. 파트리시오 백작가에 오신 걸 환영해요."

"안녕하세요. 디아나 오흐리드에요."

"저는 파트리시오가의 둘째인 실비아 파트리시오라고해요. 실비아라고 불러 주시면 됩니다."

실비아는 할아버지가 신경 쓰이는 모양이었다. 힐끗 할아버지를 본 실비아가 조심스럽게 물었다.

"그런데 오흐리드 부군께서도 함께하는 건가요?"

"아뇨. 할아버지는 저를 데려다주러 오셨어요."

"애들이 노는 자리에 늙은이는 빠져야지."

"앗, 그런 의미가 아니어요."

"안다네."

할아버지가 장난이라는 듯이 웃어 보였다. 디아나가 뒤에 서 있던 제인을 돌아보았다. 제인이 들고 있던 물건을 건네받은 디아나가 실비아에게 내밀었다.

"이건 선물이에요."

"어머. 정말 감사해요."

"별건 아니고 말린 꽃 차예요."

후작 부인이 좋아한다 말한 적 있던 차였다. 오흐리드의 유리 온실에 있던 꽃이기에 구하기는 쉬웠다.

"제가 직접 말려서 모양은 조금 틀어졌지만요."

그래도 개중에도 가장 모양과 향이 좋아 보이는 걸 선별했다.

"할머님께서 정말 좋아하시겠네요."

실비아가 조심스럽게 선물을 받아 들었다.

"후작 부인께서는 괜찮으세요?"

"네. 많이 좋아지셨어요."

롬벨 후작 부인은 최근 크게 감기를 앓았다고 했다.

"할머님 근황은 들어가서 얘기할까요? 다들 이미 도착해 있답니다."

디아나가 눈을 휘둥그레 떴다. 티 파티 시각까지는 아직 30분이나 남아 있었다.

원래 이렇게 일찍 도착하는 건가?

"제가 너무 늦었나요?"

실비아가 입을 가리고 곱게 웃었다. 입으로 손을 가리는 것이 버릇 같았다.

"아니에요. 다들 영애를 만나고 싶어 일찍 왔더군요."

오흐리드 연회에 온 사람들은 대부분 나이가 많았다. 무도회도 아닌 차분한 생일 축하연.

참석자들은 대부분 작위를 가졌거나 오흐리드와 사업으로 얽힌, 황후를 신경 쓰지 않을 정도의 고위 귀족과 관료였다. 아니면 오흐리드가를 황후보다 더 신경 쓸 수밖에 없는 이들이거나.

그렇다 보니 그녀의 또래는 드물었고, 파트리시오 백작 영애부터 이번 다과회에 참석한다고 들은 이들은 모두 오늘이 첫 만남이었다.

이를 흐뭇하게 지켜보던 할아버지가 운을 뗐다.

"그럼, 디아나. 난 이만 돌아가마. 미리 연락하거라. 돌아갈 때도 데리러 올 테니."

"바쁘실 텐데 저는 괜찮아요."

"뭐, 레너드가 알아서 잘하겠지."

"……빨리 돌아가세요. 레너드가 찾고 있을 거예요."

"네가 그리 말하니 더 가기 싫구나."

미적거리는 할아버지를 디아나가 끌어안았다. 할아버지가 뺨을 내밀자 디아나가 자연스럽게 비쥬를 하였다.

"경마장이나 사교 클럽 가지 마시고요. 알았죠?"

"……."

답이 없었다. 디아나가 마차에 오르는 할아버지를 모습을 아련하게 보며, 오늘도 추가 근무가 예상되는 레너드에게 짧은 애도를 보냈다.

그 모습을 본 실비아가 눈을 동그랗게 떴다.

체면을 따지는 귀족들은 다른 이가 보는 앞에서 애정을 과시하는 경우가 별로 없었다. 연인 간의 관계는 그나마 좀 나았지만, 나머지는 모두 체통이 없다 여겼다.

"오흐리드 부군과 사이가 참 좋으시네요."

디아나가 모든 걸 지켜보았을 실비아를 뒤늦게 깨달았다. 뺨에 열이 따끈하게 올라왔다.

"보기 좋은걸요."

다행히 실비아는 그렇게 여기는 쪽은 아닌 모양이었다.

실비아를 따라 저택 안으로 들어갔다.

커다란 창으로 푸른 정원이 보이는 방에 들어가자 두 명의 소녀가 있었다.

"어서 와요."

검은 머리의 소녀가 눈을 반짝이며 환영했다.

"리스벳 칼트헤르츠예요. 리스벳이라고 불러 주면 되어요."

"코티아르의 샬럿이예요. 샬럿이라고 불러 줘요! 만나서 반가워요!"

리스벳 옆자리에 앉아 있던, 붉은빛에 가까운 갈색 머리에 헤이즐색 눈동자를 지닌 소녀가 활기차게 인사했다.

"저도 반가워요. 디아나 오흐리드예요. 디아나라고 불러 주시면 되어요."

보통 귀족들은 부모님의 연을 따라 어릴 때부터 조금씩 교류하다 친구가 되곤 했다.

하지만 디아나는 어린 시절 어머니와 함께 지내기도 했고, 그녀의 할머니인 오흐리드 백작 같은 경우는 딱히 사교적으로 교류하는 가문이…… 없었다.

할머니가 롬벨 후작 부인을 부른 이유 중 하나였다. 이름으로 시작해 간단한 자기소개용 대화를 끝내자 하녀들이 바로 트레이를 들고 들어왔다. 세팅을 끝낸 3단 트레이에는 먹는 것이라고는 믿을 수 없게 화려한 꽃 모양의 디저트들이 한가득하였다.

"늘 느끼지만, 파트리시오 백작가의 파티시에가 정말 솜씨가 좋다니까요."

리스벳이 감탄했다. 칭찬에 곱게 웃은 실비아가 찻주전자를 들었다. 티 파티의 주최자로서 차를 우리기 위해서였다. 티 파티는 주최자의 차 솜씨를 내보이는 자리이기도 했다.

*　　*　　*

디아나는 제인이 건네는 수건에 물기 남은 손을 닦았다.

"아가씨, 입맛에 맞으셨나 봐요."

"네. 진짜 깜짝 놀랐어요."

실비아가 직접 블렌딩한 상큼한 차와 디저트는 정말 환상의 궁합이었다. 결국 맛있다고 연거푸 들이켠 차의 후유증을 겪고 말았다.

"이젠 조금만 마셔야겠어요."

제인이 알 만하다는 듯 고개를 주억거렸다.

화장실 위치를 안내하느라 함께 온 실비아와 다시 티 파티 장소로 향했다. 거의 다 도착했을 때 연갈색 머리칼을 지닌 사내가 복도 모퉁이 너머로 사라졌다. 실비아와 똑같은 색이었다.

"응?"

"무슨 일이에요, 디아나 양?"

실비아는 보지 못한 기색이었다. 아니나 다를까 티 파티 장소로 가자 문 앞을 지키고 섰던 하인이 말을 전했다.

"아가씨. 도련님이 방문하셨다 가셨습니다."

"어머? 오늘 외출한다더니. 벌써 돌아왔나? 오라버니가 무슨 일로 오셨다던?"

"저는 듣지 못했습니다."

"으음……."

살짝 고민하던 기색의 실비아가 그녀를 돌아보았다.

디아나가 물었다.

"오라버니라면 슈워츠 파트리시오 영식 맞지요?"

롬벨 후작 부인께 들었었다.

"네. 맞아요."

"방금 저 모퉁이에서 뵌 것 같은데, 갔다 오세요. 저는 들어가 볼게요. 바로 앞인걸요."

디아나가 문을 고갯짓했다.

"고마워요. 오라버니가 저쪽으로 갔니?"

실비아가 하인에게 질문하는 새 디아나는 안으로 들어갔다. 중간 문을 넘어 안으로 향하자 대화 중인 리스벳과 샬럿이 보였다.

"남작 부인께 말해 보라니까?"

"하지만, 괜히 그랬다가 지금보다 더 어색해지면 어떡해요."

"그러다 너 놓친다니까! 아, 디아나 양 왔어요?"

목소리를 높이던 리스벳이 먼저 그녀가 온 걸 알아보았다.

"네. 그런데…… 무슨 일 있었나요?"

디아나가 어리둥절하게 물었다. 샬럿의 얼굴이 당장 터질 것처럼 붉었다.

"그게…… 그런데 실비아 양은요?"

리스벳이 그녀의 빈 옆자리를 보고 물었다.

"오라버니가 오셨었다는 말을 듣고 뵈러 가셨어요."

"슈워츠 오라버니요? 별일 아닐 텐데."

리스벳이 안타까운 얼굴을 했다.

"무슨 일인지 아세요?"

디아나가 자리에 앉았다. 그 와중에도 샬럿은 얼굴에 손부채질하기 바빴다.

"저택에서 티 파티가 열렸으니 손님에게 인사차 오셨던 거였어요. 디아나 양이랑 실비아 양이 잠시 저택 산책 중이라니까 알겠다며 돌아가셨고요."

"아하."

정말 별일 아니었다. 실비아가 괜한 발걸음을 하게 되었다.

"정말 상냥하신 것 같아요. 제 오라비는 티 파티 열면 귀찮다고 집에 있다가도 약속 잡아서 나가는데."

"그래요?"

"열지 말라고 눈치 줄 때도 있다니까요. 그러는 본인은 매일같이 친구 데리고 오면서."

리스벳이 입을 삐죽였다.

"정말 슈워츠 오라버니 같은 분 없지요. 그죠, 샬럿 양."

그러고는 리스벳이 샬럿을 보고 은근하게 웃었다.

'아하.'

무슨 상황인지 모를 수 없었다. 샬럿이 슈워츠를 좋아하는 모양이었다.

'아까 얼굴을 봤으면 좋았을걸.'

샬럿이 좋아한다니 궁금해졌다. 뒷모습만 잠깐 본 것이 아쉬워졌다.

"그러고 보니 디아나 양은 좋아하는 사람 없어요?"

"네?"

그녀의 표정에서 답이 보였는지 리스벳이 덧붙였다.

"아니면 관심 가는 사람이라도요."

"저는 아직 생각해 본 적이 없어요."

디아나가 어색하게 웃었다.

헤르만을 만나기 전에는 하루하루 일하기 급급했고, 그 뒤에는 백작가에 적응하는 데 바빴고, 지금은…….

디아나는 잠깐이나마 잊고 있던 고뇌를 다시 떠올렸다. 가슴에 돌이라도 얹은 듯 답답했다.

"하긴 얼마 전에 데뷔탕트 했죠. 그럼 뵌 분도 얼마 없겠네요."

"그렇지요."

사교 활동을 이제 시작했으니 고작해야 데뷔탕트 때 만난 또래가 전부였다. 그마저도 몇 없었다.

방 안에 다른 사람도 없는데 리스벳이 목소리를 낮추고 은근하게 말했다.

"혹시 궁금한 분이 생기면 언제든지 연락해요. 제 위로 오라비만 셋이라 알아보기가 쉬워요."

디아나가 입을 가리며 웃었다.

"저는 계속 제도에 있으니까요."

리스벳이 이어 말하며 방긋 마주 웃었다.

"말씀 고마워요."

그리고 그때 실비아가 돌아왔다.

"기다리게 해서 미안해요. 무슨 얘기 중이었나요?"

"겨울에도 계속 제도에 머물 거라고 말하고 있었어요."

"아하, 디아나 양도 계속 제도에 있나요?"

"음, 잘 모르겠어요. 작년하고 재작년엔 할아버지랑 남쪽에 있는 별장에 내려갔거든요."

매일 황궁에 입궁해야 하는 관료인 경우가 아니라면 대체로 귀족들은 황실 무도회를 기점으로 제도에 머물렀다가 겨울이 되기 전 영지에 내려갔다. 영지를 관리해야 했기 때문이다.

하지만 그녀가 오기 전까지만 해도, 오흐리드 백작가는 제도에 계속 머물렀다. 영지에서 처리해야 하는 일보다 제도에서 처리해야 하는 가문 일이 많았기 때문이다.

그러나 그녀가 오고 나선 가장 추운 한 달 정도를 할아버지와 함께 남부 별장으로 내려갔다.

할머니는 일이 많아 일주일 정도만 함께했다가 올라갔다.

"실비아는 계속 제도에 있을 거죠?"

리스벳의 질문에 실비아가 고개를 끄덕였다.

"저는 할머님을 살펴야 하니까요. 어머니는 내려가실 것 같지만요."

"저도 제도에 계속 있어요."

샬럿이 끼어들어 말했다. 샬럿의 뺨은 언제 붉었냐는 듯 원래대로 돌아와 있었다.

"올해도요?"

리스벳이 놀란 목소리로 되물었다. 실비아가 고개를 갸웃한 디아나에게 설명해 주었다.

"샬럿 양은 재작년부터 계속 제도에 있었답니다."

"그래요?"

"예. 코티아르 영지가 아무래도……."

실비아가 말을 흐렸다.

"그렇지 않아도 코티아르 영애가 내려가면 너무 아쉬웠을 텐데 잘됐네요."

리스벳이 꺄르르 웃으며 말했다.

"코티아르 남작 부인과 함께 계실 예정인가요?"

"네. 어머니 아버지 두 분 다 제도에 계속 있기로 했어요."

"그래도 괜찮겠어요? 영지에 내려가지 않은 지 꽤 되었잖아요."

실비아가 살짝 걱정된다는 듯 물었다.

"올해가 더 난리라고 하더라고요. 광장에 모여 농성하고 분위기를 흐리고 있다더라고요."

샬럿이 고개를 저었다.

"어머, 아직도요?"

리스벳이 놀라 물었다.

코티아르 영지는 서부에 있었다. 제도의 식량을 책임지는 서부 평야는 재작년 마물이 서부 성벽을 넘었을 때 큰 타격을 받은 지역이었다.

신문에서 본 서부의 황폐한 모습을 떠올린 디아나가 씁쓸하게 말했다. 그런 식으로 농경지가 망가지면⋯⋯.

"언제까지 그럴 거래요? 대체 농사도 안 짓고 무엇을 했는지! 왜 먹을 게 없다고 항의하냐고요."

리스벳의 말에 디아나가 눈을 동그랗게 떴다.

"그러게요. 아버지만 번거롭게 됐죠. 작년에 오흐리드가에서 구휼미를 받아 보더니 올해도 그걸 노린 게 아닐까요?"

디아나가 깜짝 놀라 샬럿을 보았다.

"그래서 베풀면 안 된다니까요."

투덜거리다가 문득 그녀를 본 샬럿이 아차 싶었는지 덧붙였다.

"오흐리드에서 구휼미를 푼 걸 뭐라고 하는 건 아니어요."

오흐리드에서 구휼미를 풀었다는 건 알고 있었다. 신문에도 몇 번 언급되었으니까.

디아나가 놀란 건 그쪽이 아니었다.

"아직 농작물을 수확하긴 힘들지 않을까요?"

디아나가 조심스럽게 말했다.

"마물 퇴치된 게 언젠데요."

농경지가 신문에서 본 모습처럼 망가진 게 맞다면, 아무리 열심히 일을 해도 아직 수확은 힘들 것이 눈에 선했다.

디아나가 보르도 영지에 있을 때 본 농민들은 항상 열심히 일했다. 하지만 가난했다. 새벽에 일어나 밤늦게까지 일하지만 가난했다. 그들이 수확한 건 대부분 금세 사라졌고 늘 먹을 것이 모자랐다.

"농사는 파종 시기만 놓쳐도 수확이 심하게 감소하거나 불가능하니까요. 땅을 다시 개간하는 데도 꽤 걸릴 테고요."

"맞아요. 너무 그러지들 말아요. 영지민을 보살피는 건 귀족의 의무잖아요."

실비아가 맞장구쳤다. 고개를 슬쩍 기울인 리스벳이 말했다.

"디아나 양은 아는 게 많네요."

"그러게요. 오흐리드에서 올해도 구휼미를 풀 예정이 있대요?"

디아나가 멈칫했다.

"어…… 잘 모르겠네요."

가문의 일을 하지 않기 때문에 알 수 없었다. 그러나 그녀의 대답이 샬럿에게는 의외였던 모양이었다.

"정말 몰라요?"

"네."

디아나는 왜 다시 묻는 건지 영문을 알 수 없었다.

아마 올해도 풀 것이다. 할머니의 집무실에서 구휼에 관한 이야기가 나오는 걸 지나가다 들은 적 있으니까. 하지만 진행 여부를 정확히 알진 않았다.

지나가다 들은 것만으로 답했다가 가문에 폐를 끼칠 수도 있지 않나.

"샬럿 양."

실비아가 난감하다는 듯 샬럿을 불렀다. 샬럿이 실비아와 리스벳을 보곤 약간 수그러들었다.

"아, 미안해요. 올해도 당연히 풀 거라고 생각했거든요."

"네?"

물론 마물의 침략에 망가진 농지가 한 해 만에 회복되진 않을 테니, 올해도 지원을 하는 것이 옳고 그럴 예정이었다. 하지만 샬럿의 말은 왠지…….

'맡겨 둔 것처럼 들리는데.'

디아나가 살짝 입술을 오므렸다.

'내가 예민한 걸지도……. "

"뭐 한동안은 영지에 갈 일 없으니, 당장 상관은 없지만요."

"그래요. 조심해야죠. 또 마물이 쳐들어오면 어떡해요."

그러면 더 영지에 있어야 하지 않나? 영주가 지역을 떠나면 영지민은 누가 지키나? 그런 디아나의 의문과 달리 리스벳이 공감한다는 듯 말했다.

"하긴 너무 위험하죠. 전쟁이라니. 그런 야만적인 일은 노히바덴 대공이……"

말하는 리스벳의 옆구리를 샬럿이 쿡 찔렀다. 실비아가 당황한 얼굴의 리스벳의 말을 다듬었다.

"노히바덴 대공가가 무공으로 이름이 높으니까요."

"맞아요. 대공님이 계시지 않으면 마물은 누가 토벌하나요."

칭찬하는 것 같으면서도 은근하게 느껴지는 멸시. 대공님을 보는 시선을 알 수 있었다.

'왜…… 내 기분이 나빠지지?'

친부라지만, 두 번 우연히 마주쳤을 뿐인데.

샬럿이 서둘러 말을 돌렸다.

"그러고 보니 노히바덴 대공께서 지그프리트 황자 저하와 크게 부딪쳤다면서요? 다들 들으셨어요?"

가라앉은 기분을 뒤로하고 들려온 갑작스러운 이야기에 디아나의 귀가 쫑긋 섰다.

지그프리트와 노히바덴 대공이 부딪치다니?

실비아가 살짝 인상을 찌푸리며 작게 한숨 쉬었다.

"저는 어머니께 들었어요. 지그프리트 저하도 참……"

무슨 일인지 궁금해서 달싹거리는 입술을 꽉 물었다. 이를 어찌 보았는지 실비아가 말했다.

"디아나 양이 불편할 수 있으니 우리 다른 이야기를 할까요?"

아니! 아닌데!

이에 리스벳이 아쉬운 듯 말했다.

"전 무슨 일인지 궁금한데. 어쩔 수 없죠."

리스벳의 말에 디아나도 궁금하다 소리치고 싶은 걸 꾹 참고 최대한 태연하게 말했다.

"전 괜찮아요. 대공님과 관련된 모든 이야기를 피해 다니기만 할 수는 없으니까요."

실비아가 걱정스럽게 보았다. 디아나는 왠지 모를 민망함을 털어 버리고자 서둘러 물었다.

"그래서 무슨 일이 있었나요?"

샬럿과 실비아가 서로를 바라보았다.

"디아나가 괜찮다면……."

샬럿이 물꼬를 텄다.

설명을 들을수록 디아나의 얼굴이 하얗게 질렸다.

"요컨대 하얀 미로 정원을 산책하던 노히바덴 대공님과 마주친 지그프리트 저하가 대공님을 모욕했다고요?"

설명을 들은 리스벳이 정리했다. 제정신이냐고 묻는 얼굴이었다.

"대체 대공님께 무슨 말로 모욕한 거죠?"

"그건 밝혀지지 않았어요. 다만 대공님이 무척 노했다고 하더라고요. 대놓고 황제 폐하께 처벌을 요청했대요."

"세상에, 폐하께요?"

하얀 미로. 그녀가 얽힌 일이었다.

'내가 집에 틀어박힌 동안……'

샬럿이 누가 듣기라도 할까 봐 목소리를 낮췄다.

"이건 확실치 않은 추정인데, 지그프리트 저하께서 하얀 미로에 들어가신 것도 심지어 몰래 숨어들었던 거래요."

"몰래요?"

"네! 몰래!"

디아나가 입 안의 살을 깨물었다.

"그리고 반데라스 영애가 대로한 황후 저하께 황궁 출입 금지 명을 받았대요."

"네? 반데라스 영애요?"

"실비아 양은 못 봤겠네요. 롬벨 후작 부인께서 아프실 때라."

실비아가 고개를 갸웃 기울였다. 리스벳이 정말 싫다는 듯 부르르 떨고 말했다.

"바론 공작가 무도회에서 지그프리트 저하가 약혼녀를 버려 두고 반데라스 영애랑 입장했어요. 약혼녀는 혼자 입장했죠. 저 그 모습 보고 정말……."

리스벳이 더는 말하기 안쓰럽다는 듯 말을 흐렸다. 샬럿 또한 끔찍하다는 얼굴을 했다. 잠시 대화가 사그라들었다. 차를 들어 목을 축인 리스벳이 다시 말문을 텄다.

"그런데 반데라스 영애 이야기가 갑자기 왜 나온 거예요?"

"반데라스 영애가 황궁 출입 금지 명을 받은 것이 지그프리트 저하가 처벌받은 시기와 일치하거든요."

"그게 왜요?"

"하얀 미로에 숨어든 사람이 사실은 지그프리트 저하 혼자가 아니라 반데라스 영애도 함께였던거죠! 대공님도 편히 산책하고 계셨다는 하얀 미로에 황족인 황자 저하가 왜 굳이 몰래 숨어서 들어가셨겠어요?"

"어머, 어머, 세상에. 정말요?"

"궁내부 관리인이 확실히 봤대요. 하얀 미로에서 지그프리트 저하가 나오고, 조금 뒤에 대공님이 나오셨는데, 대공님 혼자가 아니라 함께 나온 여성이 있었대요! 그자가 반데라스 영애겠죠?"

디아나가 움찔 놀랐다. 대공과 정원에서 함께 나온 여성은 반데라스 영애가 아니라 그녀였다. 하지만 지그프리트가 여성과 함께 하얀 미로에 있던 것도 맞았다. 일부만 맞는 소문이 더 신용도를 높이는 기이한 일이 벌어졌다.

'아니, 그리고 하얀 미로에 함께 있던 여성이 약혼자도 아니었어? 약혼자여도 문제지만……'

실비아가 한숨을 내쉬었다.

"지그프리트 저하가 여색에 관심이 많으시잖아요. 단둘이 아무도 없을 정원에 몰래 숨어든 것부터 으음……."

샬럿이 말을 흐렸다. 다들 알아들었다는 듯 고개를 끄덕였다.

"노히바덴 대공님께서 처벌을 요청하기도 하였는데 사실은 로베르트 저하도 강력하게 요구했다는 말이 있어요."

"하얀 미로는 전 황후 폐하의 유산이거늘. 저하도 너무 하시네요."

"그게 아니면 반데라스 영애가 받은 처벌이 이해 가지 않을 정도거든요. 황궁 출입 금지만이 아니라 500만 리드 벌금형까지 받았대요."

"500만 리드요?"

샬럿이 확실하다며 고개를 끄덕였다.

"지그프리트 저하가 반데라스 영애에게 황후 폐하 모르게 주었던 별장도 회수 당했대요. 반데라스 영지를 팔아도 500만 리드가 안 될 텐데."

이름조차 오늘 처음 들은, 목소리만 듣고 얼굴도 스치듯 지나간 영애였다. 하지만 처벌이…….

'너무 과하잖아.'

아니, 전 황후의 정원인 데다, 몰래 들어간 것이니 이 정도 처벌이 맞는 건가?

'하지만 지그프리트 저하가 끌고 온 것 같았는데.'

반데라스 영애는 정말 괜찮은 거냐고 몇 번을 물어보지 않았나.

그래도 잘못한 거니까. 처벌을 받을 수밖에 없는 거라고 디아나가 안쓰러운 감정을 애써 지우며 물었다.

"지그프리트 저하는 무슨 처벌을 받으셨나요?"

"저하는 일주일 근신형을 받았대요."


티타임은 해가 모습을 감출 때가 되어서야 끝났다. 각자의 마차로 향하기 위해 저택 입구로 나왔을 때였다.

"어머."

계단을 내려가던 실비아가 무언가를 보곤 멈칫했다. 생각에 잠겨 있던 디아나는 고개를 숙인 채였다.

"디아나 양, 디아나 양!"

그런 디아나를 샬럿이 여러 번 불렀다. 디아나가 화드득 정신을 차리고는 앞을 보고 눈을 크게 떴다.

"세니르……? 여긴 어쩐…… 마중 나오신 거예요?"

세니르가 눈을 휘며 미소 지었다.

"부군께서 급한 일이 생기셔서요. 미안하다 전해 달라 하셨습니다."

디아나는 몸을 돌려 영애들에게 인사했다.

"먼저 가 볼게요."

디아나의 인사를 받는 둥 마는 둥 하던 샬럿과 리스벳이 의미심장하게 시선을 교환했다. 마차가 떠나는 것까지 확인한 리스벳이 먼저 입을 열었다.

"와, 깜짝 놀랐네요. 이렇게 가까이서 보는 건 처음이에요."

"저도요."

"확실히 정말…… 잘생기긴 하였지요."

차례대로 실비아, 샬럿이 말했다. 실비아의 뺨과 리스벳의 귀 끝이 살짝 상기되어 있었다.

\*　　　\*　　　\*

"디아나가 구휼 사업에 관심이 있다고? 왜?"

세니르는 귀가하는 길에 디아나와 나누었던 대화를 요약해 설명했다. 어차피 이미 한번 백작에게 들어간 대화 내용이었다.

오흐리드 백작이 들고 있던 펜을 내려놓았다.

"너는 어찌 생각하나."

디아나에게 일을 맡기면 어떨 것 같냐는 질문이었다.

"잘 하실 거라 생각합니다."

"……."

생각에 잠긴 백작이 침묵하자 집무실은 적막에 휩싸였다.

며칠째 제대로 된 수면을 하지 못한 눈두덩이 무거웠다. 그러나 긴 속눈썹을 내리깐 세니르는 허리를 꼿꼿하게 세우고 긴장을 풀지 않았다.

예리하게 날을 세운 신경에 그를 늘 괴롭히던 두통이 다시 심해지는 것 같았다.

잠시 뜸 들인 세니르가 다시 입을 뗐다.

"다만 너무 영민하십니다."

너무 영민하다. 백작은 그 이면의 말을 바로 알아들었다. 오흐리드가 디아나에게 숨기고 싶은 일까지 알아챌 확률이 높다는 뜻이었다.

아직 디아나에게 제대로 일을 맡기지 못하던 이유기도 했다.

다시 짧은 적막이 감돌았다. 백작이 결론을 내렸다.

"디아나에게 일을 맡겨 보지."

"알겠습니다."

"네가 잘 처리할 거라 알겠다."

디아나의 눈을 속이라는 뜻이었다. 백작의 디아나에게 오흐리드의 치부를 보이고 싶어 하지 않았다. 언젠가는 알겠지만, 그 날을 최대한 미루고 싶어 했다.

일말의 원망이나 미움조차 받고 싶지 않은 것이다.

저 피도 눈물도 없다 일컬어지는 백작에게도 약점은 있었다.

"노히바덴 대공이 언제 떠나는지는 왜 아직 보고가 없지?"

"아직 정해지지 않았다고 합니다."

이미 영지로 돌아갈 준비가 끝나고도 남아야 될 때였다. 요주의 상황임은 분명했다.

"까마귀에게서는."

"까마귀가 잡혔습니다."

두통이 난다는 듯 백작이 눈가를 짓눌렀다. 대공의 패가 무엇인지 알아내야 그에 대한 대비가 가능했거늘, 꽁꽁 싸맨 것이 여간 귀찮은 게 아니었다.

벌써 몇이 잡혔는지 손해가 막심했다. 원래는 필리파에 대한 흔적을 찾는 대공의 동태를 살피는 용이었다. 그전에는 능력도 없으면서 자존심만 높은 전 대공의 헛짓거리를 파악하는 용도였고.

차라리 그때 처리했어야 했다.

아니 지금이라도…….

"불가능하겠지."

백작이 아쉬움을 감추지 않았다.

"일단 최소한으로 보고를 줄이고 필요할 때 쓸 수 있도록 하고……."

사람 하나 심는 데 드는 비용과 시간은 만만치 않았다.

"대공이 영지로 떠나는 기색이 있으면 바로 보고하겠습니다."

"그래."

백작이 내려놓았던 펜을 다시 들었다. 세니르가 눈을 내리깔고 인사했다.

"물러가겠습니다."

"아."

세니르가 그대로 걸음을 멈췄다.

"오발론 남작가에게 파혼 요청을 보냈다."

"그렇습니까."

백작의 눈은 날카롭게 세니르를 살폈다. 세니르는 가만히 눈을 내리깔았다. 백작의 시선이 그의 숨소리 하나의 반응마저 알아보려는 듯이 샅샅이 훑어 내렸다.

이내 백작이 손을 내저었다.

"물러가라."

고개를 숙여 예를 표한 세니르가 소리 없이 문을 닫고 나왔다. 백작과의 독대는 많은 기력을 소모했다. 백작에게 그는 소모품에 불과했다. 조금이라도 결격 사유가 있다면 당장 버려도 상관없는.

그를 대신할 자들은 줄을 서 있었고, 그가 이 자리에 있을 수 있는 건 적어도 지금은 그들 중 가장 앞에 있기 때문이었다.

주제를 알아라.

백작의 눈빛은 늘 그런 뜻을 내포하고 있었다.

"세니르?"

그때 맑은 목소리가 바로 뒤에서 들렸다. 세니르는 방에서 나올 때만 해도 딱딱하게 굳어 있던 표정을 지우고 예쁘게 눈가를 접으며, 목소리의 주인을 돌아보았다.

"아가씨."

*　　*　　*

"곧 영지에 눈이 오겠습니다. 제도에 와서인지 시간이 참 빨리 갑니다."

대공의 시선이 창밖을 향했다. 여인은 개의치 않는 듯 말을 이었다.

"여기는 첫눈이 오려면 거의 두 달은 남았다더군요."

그녀는 북부의 노히바덴 영지에서 나고 자란 이였다. 그리고 지금은 노히바덴 대공의 보좌로 황궁까지 따라왔다. 조엘은 말 없는 주군이 익숙하다는 듯 계속 혼자 지껄이기 시작했다.

"지그프리트 저하가 군부 회의에 참석한다고 연락이 왔습니다."

조엘이 긴장한 채 대공을 보았다. 대공의 표정엔 아무 변화도 없었다. 웃기지도 않은 일주일 근신이었다. 근신이 끝나고 나서도 처신을 조심하는 모습을 약간이라도 보였다면 나았다.

하지만 그는 근신이 끝나자마자 여기저기 나다녔다. 근신 가지곤 자신에게 아무런 타격이 없다는 것을 과시하려는 듯한 행보였다.

때마침 복도 끝에서 지그프리트가 사람을 주르르 달고 걸어왔다.

곧이어 대공을 발견한 지그프리트가 멈칫했다. 그러나 자신이 멈칫한 사실을 부인하고 싶은지 과하게 쿵쾅거려 오히려 우스운 발걸음으로 걸어왔다.

"지그프리트 저하를 뵙습니다."

먼저 조엘이 인사했다. 하지만 지그프리트는 인사를 듣는 둥 마는 둥 하며 대공을 노려보았다.

지그프리트를 수행하던 귀족들이 창백한 낯으로 서로 시선을 교환했다. 그 중 하나는 손을 맞잡고 있었다. 제발 아무 일이 없길 기도하는 모양새였다.

"……회의에서 보지."

그의 말에 대공이 약간 귀찮은 기색으로 고개를 까딱 숙였다. 황제 바로 아래 대공이라지만 그래도 황족에게 무례한 태도였다. 하지만 아무도 지적하지 못했다.

"홍."

지그프리트가 몸을 확 돌리며 발을 다시 뗐다.

뭔가 과격한 행동이라도 할 것처럼 와서 싱겁게 물러났다.

"뭐죠?"

조엘이 지그프리트가 멀어지고 나서 어리둥절하게 고개를 들었다.

"별다른 시비를 걸지 않는군요?"

대공이 멀어지는 지그프리트를 힐끗 보았다. 벌레를 바라보는 시선도 이보다는 나을 터였다.

"강자에게 약한 인간이다."

조엘이 극렬히 혐오스럽다는 표정을 지었다.

"아, 전 저런 사람 정말 싫습니다. 강한 자한테 약하고 약한 자한테 강한 인간. 들으셨습니까? 반데라스 영애가 자살 시도를 했다 합니다."

조엘의 얼굴에 안타까운 빛이 서렸다가 금세 사라졌다.

"뭐, 다행히 목숨은 구했답니다만, 지그프리트 저하는 찾아가 보지도 않았다고 합니다."

쓰레기도 저런 쓰레기가 없었다. 이대로라면 반데라스가는 파산이었다. 하지만 지그프리트는 황제와 황후에게 크게 혼난 이후로 반데라스 영애를 그대로 팽 해 버렸다.

자신이 감당하기엔 황제와 황후의 분노가 크다고 생각한 모양이었다.

"아니, 그런데 반데라스 영애가 다 뒤집어쓴 건 너무 하지 않습니까."

"……."

"싸고도는 것도 적당히 해야죠. 에스텔 황녀는 화병으로 누웠다던데. 폐하께서도 너무하시지."

"조엘."

"헙, 죄송합니다."

저도 모르게 신나 떠들었다. 놀란 조엘이 자세를 바로 하며 고개 숙였다.

대회의장 입구까지 걸어간 대공이 기다리던 관료들과 한 번 더 대화를 마무리하자, 조엘이 대회의장 방향을 보았다.

조금만 있으면 기다리고 기다리던 회의가 시작이었다. 조엘의 얼굴에 기묘한 흥분이 서렸다. 잠시 후 그녀가 회의장에 착석하는 대공과 관료들의 뒷모습을 보며 중얼거렸다.

"지금껏 저들이 누린 평화와 안녕이 누구의 피 위에 세워진 건지 알아야지."

반 식경 후 황제가 가장 높은 자리에 착석한 걸 시작으로 개회되었다.

누가 배정하기라도 한 듯 황제의 오른편은 로베르트 파 관료들이었고 왼편은 황후 파 관료들이었다. 노히바덴 대공과 이번 서부 전쟁으로 공을 세워 고관이 된 이들만이 어색하게 자리하고 있었다.

주 안건은 서부군의 총지휘관을 누구로 임명할지였다.

2년 전 마물의 침략 때 속수무책으로 무너진 곳이었다.

총지휘관이 군을 팽개치고 도망치다 손가락만 남은 시체로 돌아오고, 그 후로도 몇 명의 총지휘관이 패전의 책임을 지고 교체되었다.

전쟁터는 제도와 한참 떨어진 곳이었다.

서부에 영지를 두지 않은 귀족들은 뒷짐만 지고 구경했으며, 서부에 영지를 둔 귀족들만 발을 동동 굴렀다.

노히바덴 대공이 돌아오지 않았다면, 기사단을 이끌고 내려와 흩어진 군을 규합하고 마물을 몰아내지 않았더라면 아직도 전쟁 중이었을지도 몰랐다. 그들은 벌써 잊어버린 것 같지만.

"자클렝 백작이 어떻소?"

이번 서부군 사태에 공을 세워 이 자리에 온 군인 출신의 관료가 사색이 되어 방금 입을 연 지그프리트를 보았다.

"말도 안 됩니다! 자클렝 백작은 군에 대해 전혀 경력이 없지 않습니까!"

그의 심정을 반영하듯 누군가 반대했다.

"경험은 없지만, 능력이 뛰어나니 믿고 맡길 수 있다고 보오"

지그프리트가 기다렸다는 듯 답했다. 자클렝 백작이 황공하다는 듯 몸을 숙였다. 투실투실한 살점이 흔들리는 것이 검을 쥐어 본 적이나 있나 싶었다.

자클렝 백작은 전혀 군에 대한 경력이 없는 자였다. 탐욕스럽고 무능한 귀족의 표본이었다.

"군 경험은 없지만 견습 기사를 한 적 있소."

"기사 작위도 받지 못하고 결국 견습 기사에서 끝난 것도 경력이오?"

"너무 말이 심하군. 이 자리에 기사 작위를 지닌 자가 몇이나 있다고 그러시오?"

검술이 야만이 된 시대였다. 땀을 흘리며 막대기를 휘두르는 걸 고상하지 못하다 여기는 귀족이 많았다. 많은 가문에서는 유지비를 이유로 가문 기사를 없애거나 줄였다.

"에스칼 남작을 추천합니다."

"적어도 백작위 이상은 돼야 하지 않겠소?"

"군을 지휘하는 데 귀족 작위가 무슨 소용이오?!"

실무를 하는 관료들이 아니라 감투만 차지하고 있던 귀족들이 참여한다고 했을 때부터 혼란의 도가니가 될 것을 예상했어야 했다.

그나마 군을 생각하던 이들이 모든 걸 포기하기까지는 얼마 걸리지 않았다.

"대공이 북쪽을 든든하게 지키는 한 별일이야 있겠소!"

변명처럼 뱉어진 발언에 순간 노히바덴 대공에게 시선이 쏠렸다.

군 관료들은 마지막 동아줄 잡듯 대공을 간절하게 보았다.

"……"

"……"

그러나 대공은 입을 열지 않았다. 싸해진 분위기에 귀족들은 자신이 뭔가 말을 잘못 꺼냈는지 슬슬 눈치를 보기 시작했다. 대공의 이야기를 꺼낸 귀족에게 나무라는 눈을 하기도 했다.

"자자, 당연한 말이지 않나. 북부의 사령관인 대공이야 늘 우리를 든든하게 지키지. 그러고 보니 대공, 이번에는 제도에 오래 머무는군."

황제가 분위기를 풀 겸 입을 뗐다.

"영지로 언제 돌아갈 거요? 마물 토벌 시기가 다가오지 않소?"

가려운 곳을 긁어 주는 황제의 질문에 모두 고개를 주억거렸다. 많은 이들이 궁금해했지만, 대공이 무서워 차마 하지 못한 질문이었다.

조엘은 황제와 고개를 끄덕인 귀족들을 향해 멍청한 놈들이라고 일갈하고 싶은 입을 꾹 다물었다.

하지만 속마음까지 막을 순 없었다.

곧 눈이 쌓일 텐데 벌써 토벌 시기 지났다, 머저리들아.

그리고 조엘이 고대하던, 설레 잠도 못 들게 만들었던 시간이 도래했다. 대공은 감정 한 점 담기지 않은 무정한 어조로 답했다.

"예정 없습니다."

"……?"

황제가 고개를 기울였다. 하지만 대공이 나서 황제의 의문을 풀어 줄 생각은 없어 보였다. 헛기침을 한 황제가 다시 말을 붙였다.

"크흠. 그래도 언제 출발할지 계획이라도 있을 것 아니오."

"없습니다."

"대공?"

노히바덴 대공의 미간이 좁아졌다. 대공이 왜 자꾸 부르냐는 듯 황제를 보았다. 불경했지만 아무도 이를 지적하지 못했다.

"영지에 돌아가지 않는다니 그게 무슨 말이오?"

"제도에서 끝내지 못한 일이 있습니다."

"대체 무슨 일이길래?"

"소송이 아직 끝나지 않았습니다."

"……"

이 자리에 있는 모두가 대공의 말을 받아들이는 데 약간의 과부하가 걸렸다.

그래서 어쩌라고? 여기 대공이 소송 중인 거 모르는 사람? 그러다가 차츰 설마? 하는 표정으로 변했다. 서로 속삭이며 표정이 시시각각 변했다.

"그야 당연히 한두 해 만에 끝날 일은 아니지 않소. 새삼스럽게 그게 무슨 말이오."

황제도 약간 자신의 생각이 맞는지 긴가민가하는 얼굴로 물었다.

"그래서 내려가지 않겠다고?"

"예."

"진심이오?"

"예."

"하, 하하. 하하."

황제가 불안감을 밀어내며 애써 호탕하게 웃었다.

"내 대공의 능력을 너무 얕봤군. 대공이 단단히 준비하고 왔나 보군. 이제 대공이 없어도 토벌할 수 있는가 보오!"

"대공가의 기사단은 제 지휘 없이는 토벌에 나서지 않습니다."

이어 평소보다 잠긴 목소리의 대공이 답했다.

대공은 손가락 하나 까딱하지 않았지만, 그 목소리에 몇몇은 등줄기가 섬뜩하게 느껴졌다.

황제도 이제는 호탕한 척 웃기도 힘들어진 모양이었다.

"대공, 그 말은 마치……."

얼굴이 붉어진 황제가 볼을 씰룩거렸다.

"마치 토벌을 하지 않겠다는 말처럼 들리오?"

"맞습니다."

몇몇 표정 관리할 줄 모르는 자들의 입이 쩍 벌어졌다.

"그게 무슨 말도 안 되는 소리! 그럼 마물은 누가 토벌한단 말이오!"

의자 손잡이를 꽉 쥔 황제가 소리쳤다. 그러나 황제의 분노에도 대공은 태연하기 그지없었다. 아니, 태연하다 못해 지루한 얼굴이었다.

대공이 미쳤나?

그럴지도 몰랐다. 근래 대공의 행동은 이해 가지 않는 점들이 많았다.

하얀 미로에 대한 일을 고발한 것부터 이상했다.

아니 설마, 지그프리트에 대한 처벌이 맘에 들지 않는다고 저리 행동하는 건가? 그러기엔 지그프리트가 하얀 미로에서 밀회 좀 한 일에 대공이 이렇게 분개할 것도 없었다.

황제가 초조하게 팔걸이를 쥐고 머리를 굴렸다.

"대공, 고집 부릴 일이 아니오. 제때 토벌하지 않는다면 수를 불린 마물이 먹을 걸 찾아 내려오는 걸 알지 않소!"

노히바덴 대공가가 매년 마물을 토벌 나간다는 사실은 제국의 귀족이라면 모두 알고 있었다. 하지만 당연한 연례행사로 여겼기에 이 일의 중요성을 많이들 잊고 있었다. 하지만 저번 침략을 통해 통렬하게 깨달았다.

미리 토벌하지 않으면 마물이 밀고 내려온다. 내려오기 전에 토벌해야 한다.

"북부는 문제없습니다."

"아니, 북부야……! 서부는 어쩌란 말이오!"

"막으라고 세운 성벽이 아닙니까."

"그야, 그렇지만……."

누군가 중얼거렸다. 그때 처음으로 대공이 고개를 돌렸다. 대공과 눈이 마주친 귀족이 제자리에서 펄쩍 뛰어올랐다.

"자클렝 백작이 막아 내겠지요."

"예? 예?"

자클렝 백작이 얼빠진 소리를 내었다.

"경험은 없지만, 능력이 뛰어나 믿고 맡길 수 있다 지그프리트 저하가 말씀하셨지 않습니까."

대공이 지그프리트의 말을 토씨 하나 빼놓지 않고 따라 했다.

지그프리트가 멍청하게 입을 벌렸다.

"백작 본인도 믿고 맡겨 달라고 말한 지 한 식경도 지나지 않은 것 같습니다만."

"아, 아, 아, 아, 아니 저, 저, 저는, 그러니까……."

자클렝 백작의 얼굴이 하얗게 탈색되었다. 회의는 처음의 주제를 상기할 수조차 없을 정도로 난장판으로 끝났다. 회의가 끝난 후 자클렝 백작은 갑자기 지병을 호소하며 드러누웠다.

황제는 사람들을 시켜 황실 사료들을 샅샅이 살폈다. 그러나, 노히바덴 대공의 토벌 의무를 강제할 수 있는 수단이 없었다.

노히바덴 대공가는 이제껏 그저 북쪽을 수호하는 귀족으로서의 명예로운 도리를 다했을 뿐이고, 이를 하지 않을 경우, 그저 않을 뿐이었다.

황제는 따로 노히바덴 대공을 불렀다. 타일러 보기도 화를 내 보기도 하였으나, 노히바덴 대공의 태도는 요지부동이었다.

\*　　　\*　　　\*

헤르만은 허공에 티스푼을 이리저리 흔들었다.

"테세비츠 혼자로도 일군과 비견되니까."

"일군이요?"

"테세비츠를 볼 때 이상한 적 없었어?"

"어떤 점이요?"

디아나가 테이블에 몸을 바짝 붙였다.

"특히 처음 만났을 때 제일 크게 느끼던데."

"첫 만남이요?"

턱을 괸 디아나가 첫 만남을 떠올렸다.

"처음 뵈었을 때 으음…… 정말 크다고 느꼈어요."

"그거밖에 없어?"

헤르만이 의아하게 되물었다.

"그리고……."

"그리고?"

디아나가 말을 머뭇거리자 헤르만이 재촉하듯 되물었다. 디아나의 뺨이 점차 붉어졌다.

"정말 잘생기셨다고 생각했죠."

"……."

헤르만은 누가 입 안에 떫은 감이라도 쑤셔 넣은 것 같은 얼굴을 했다.

"아니 솔직히 맞잖아요?!"

헤르만이 진저리쳤다. 디아나가 억울하게 헤르만을 보았다. 아니, 첫 만남에 어땠느냐고 질문한 건 헤르만이면서.

"이렇게 네가 필리파의 딸인 걸 느끼게 될 줄 몰랐다."

"왜요."

디아나가 툴툴거리며 물었다.

"필리파도 그 개자식의 어디가 좋냐고 물어보면 당당하게 '얼굴. 그거 말고 뭐가 있어?'라고 말했는데."

"엄마가 그런 말을 했어요?"

"딸도 외모 지상 주의자일 줄이야."

"아니이— 처음 뵙는데 잘생겼다고 느낄 수도 있잖아요?! 제가 거짓말을 한 것도 아니고! 심지어 그땐 제 친부인지도 몰랐는데!"

때마침 쟁반을 든 종업원이 서빙을 왔다.

"커피 나왔습니다."

잔을 내려놓던 종업원의 눈이 그녀를 발견하곤 커다랗게 확장됐다. 헤르만이 소매에서 주머니를 꺼냈다. 팁을 건네받은 종업원이 조용히 돌아갔다.

"하여튼 내가 말한 건 섬뜩하다든가 위압감이 느껴진 적 없느냐는 거였어. 얼굴 얘기밖에 없는 걸 봐선 딸 앞이라고 열심히 숨겼나 보네."

"섬뜩이요? 그랬던 적은……."

콧등을 잔뜩 찡그린 디아나가 고개를 기울였다.

"홍염은 마지막 남은 고대의 정령이야. 보통 사람들은 홍염을 볼 수 없지만 느끼지."

"느낀다고요?"

"응. 기척을 느낀다고 하면 되려나. 대자연 앞에서 압도되는 느낌? 고대의 정령은 그 자체로 대자연이니."

그렇게 대단한 새였다니. 물론 생김새부터 엄청 독특했지만,

'행동은 조금 이상한 새처럼 보였는데.'

하지만 이 사실을 헤르만에게 말할 수는 없었다.

"사람마다 느끼는 정도는 다르지만. 예민하면 처음 보자마자 다리가 풀리기도 한다더군. 노히바덴가와 관련된 악명은 거기서 확대됐지."

헤르만이 보기만 해도 써 보이는 커피를 손쉽게 마셨다.

그들이 있는 곳은 제도에서 유명한 커피 하우스였다. 마당발이었던 자작 부인의 살롱이 커피 하우스로 변하게 된 것인데 제도의 내로라하는 지식인들과 토론자들은 이곳에 모이는 걸로 유명했다.

"난 여기 커피가 제일 괜찮더라."

헤르만이 좋아하는 곳이기도 했다. 헤르만과 디아나는 시선을 피해 가장 구석에 칸막이로 가려지는 곳에 자리 잡았다. 디아나도 헤르만을 따라 한 모금 마셨다가 있는 대로 인상을 찡그렸다. 디아나의 표정을 본 헤르만이 피식 웃었다.

"그런데 테세비츠에 대해선 갑자기 왜 물어본 거야?"

"노히바덴가에 대해 찾아보는데 너무 베일에 가려져 있어서요."

"거기가 원래 좀 비밀스럽더라고."

워낙 말이 없는 테세비츠의 가문이 궁금해 헤르만도 찾아 본 적이 있었다. 하지만 알아낼 수 있는 건 거의 없었다. 일단 거리상으로도 너무 멀었다.

홍염에 대해 궁금해하는 마법사들은 차고 넘쳤지만 마법사들의 주 구역은 남부의 끝이라고 불리는 남해 바다 한가운데에 있는 섬, 세계탑이었고, 노히바덴 대공가는 북부의 끝이었다.

물론, 마석 거래 때문에 관계는 꽤 긴밀했지만, 오가는 문제는 또 다른 거였다.

헤르만이 어깨를 으쓱였다.

"그거 궁금해서 만나자고 한 거야?"

"그것도 있고, 헤르만 곧 세계탑으로 가신다면서요."

"누가 그래?"

"호텔에 세계탑 사람들이 계속 헤르만 찾으러 왔다가 허탕 치고 돌아간다고 그러던데요."

"크흠. 큼. 호텔이 아주 좋더군. 들어가길 잘한 것 같아."

그때 요란한 발걸음 소리와 함께 사내 몇몇이 시끄럽게 떠들며 다가왔다. 칸막이 옆의 빈자리에 앉으려는 것 같았다.

"노히바덴 대공이 미쳤다며?"

디아나와 헤르만, 둘의 시선이 맞닿았다.

"말도 마."

"노히바덴 가문은 원래 좀 이상하잖아?"

"기다려 봐. 이건 너도 들으면 정말 미쳤다고 할걸? 오전에 군부 회의가 있어서 아버지가 참석하셨거든."

"네 아버님 재무부에서 일하잖아?"

"아, 좀 그냥 들어!"

"아니 내가 틀린 말 했냐?"

"저 새끼 입 좀 닥치게 해라."

약간 소란스러워지더니 다시 조금 진정되고 사내가 말을 이었다.

"노히바덴 대공도 군부 회의에 참석했거든. 그런데 폐하 앞에서 대놓고 말했대."

헤르만과 디아나가 서로 시선을 마주쳤다. 사내가 말을 이었다.

"앞으로 마물 토벌을 안 하겠다고 선언했대."

"뭐?"

"완전히 미쳤지. 토벌이 비효율적이고, 앞으로 제도에 머물러야 하니 안 한대."

"아니 뭐 때문에?"

"그게 아주 기가 막혀. 소송이 끝나기 전까진 제도를 떠날 수 없대."

헤르만이 드르륵 의자를 밀며 일어나 칸막이를 살짝 걷어 냈다. 말하던 이들이 소리가 들린 방향으로 살짝 고개를 돌렸다가 화들짝 놀랐다. 헤르만이 그들을 보며 말했다.

"무슨 얘긴지 나도 자세히 들을 수 있겠나?"

*　　　*　　　*

커피 하우스 근처에 주차해 놓은 마차에서 기다리던 미셸은 다가오는 디아나를 보고 서둘러 나왔다. 그리고 깜짝 놀라 바라보았다.

"아가씨?"

"미셰에엘 —"

디아나가 달려와 미셸의 품에 폭 안겼다. 뒤편의 헤르만이 관자놀이를 문지르며 말했다.

"난 이만 가 보마."

"어? 데려다드릴게요."

"됐어. 얼마나 된다고. 걸어가면 돼."

헤르만이 로브에 달린 후드를 뒤집어썼다. 그새 시선이 모이고 있었다.

"알겠어요."

"그리고 네 부탁은 노력해 볼게. 하지만 노르반 백작 부인이 싫다고 할 수도 있어."

"그럼 어쩔 수 없죠. 괜찮아요."

헤르만이 손을 대강 흔들며 멀어졌다.

"난 이만 간다."

"네, 들어가세요."

디아나는 헤르만이 골목길로 완전히 사라질 때까지 지켜보다 마차에 올라탔다. 마차가 출발하고 미셸이 디아나에게 참았던 질문을 했다.

"아가씨, 노르반 백작가라니 무슨 이야기를 하신 건가요?"

"아, 그…… 노르반 백작가 무도회에 참석하려고요."

미셸이 눈을 크게 떴다.

"아가씨, 무도회는 끌리지 않는다 하지 않으셨나요?"

"맞아요."

그건 아직도 그랬다. 춤은 충분히 배웠다. 몸을 움직이는 데에는 재능도 있었다.

하지만, 잘 모르는 남성과 바짝 붙어 춤을 출 생각을 하면 불편했다. 하지만 이번에는 어쩔 수 없었다.

미셸이 기분 좋게 웃었다.

"애들이 좋아하겠군요. 그럼 이제, 황궁 도서관으로 갈까요?"

"으음……."

디아나는 고민했다. 목적지는 정해져 있었고, 마부가 출발 신호를 기다리고 있었다. 원래 헤르만을 만난 후 황궁 도서관에 가려 했다. 정령에 대한 사료를 찾기 위해서였다.

하지만 현재, 노히바덴 대공이 폭탄을 터트린 황궁으로 가는 건 별로 좋은 선택 같지 않았다.

"집으로 가요."


저택에 도착한 마차가 멈추고 하인이 문을 열었다. 디아나는 미셸의 손을 잡고 내려오다 멈칫했다. 처음 보는 마차가 저택 앞에 있었다.

'공작새 꼬리깃?'

오발론 남작가의 문양이었다. 미셸이 먼저 반응했다.

"누가 왔죠?"

하인이 눈치 보며 입을 열었다.

"오발론 영애가 방문하셨습니다."

"누가 들여보낸 거죠?"

"그…… 아가씨 일정이 좀 더 길어질 줄 알고 집사님이 들어오시라 한 걸로 압니다."

미셸이 곤혹스런 얼굴을 했다. 그녀의 데뷔탕트 후 카밀로와 세니르가 파혼할 거라는 소문이 흘렀다.

마땅한 후계자가 생겼다. 게다가 백작이 예부터 마음에 들어 하지 않던 카밀로였다. 사람들은 백작이 혼인을 진행할 리 없다고 입을 모아 떠들었다. 공식 행사에 카밀로와 함께 나타나지 않는 세니르의 행동 또한 그 소문에 불을 지폈다.

디아나가 물었다.

"세니르를 만나러 온 건가요?"

"소인은 계속 바깥에 있어 모르겠습니다."

"아가씨. 피곤하실 텐데 일단 들어가죠."

미셸의 종용에 디아나가 발을 뗐다.

오발론 문양이 새겨진 마차 옆을 지나 로브 자락을 잡고 계단을 올랐다. 앞서 걷던 미셸이 저택의 문을 열기 직전, 안쪽에서 문이 거세게 열렸다. 디아나가 부딪칠 뻔한 미셸을 재빠르게 당겼다.

"미셸! 괜찮아요?"

미셸이 조용히 물러났다.

디아나가 문을 거세게 연 상대를 보았다. 날카롭게 치켜뜬 눈매에 붉은 머리칼. 둘 다 이 상황을 전혀 예상치 못했기에 그대로 굳었다.

"아니 이게 누구야?"

먼저 입을 뗀 건 카밀로였다.

"외출했다더니. 오흐리드 저택엔 순 사기꾼만 사나 봐?"

카밀로의 뒤에 집사가 보였다. 집사가 눈을 크게 떴다가 공손히 인사했다.

"아가씨, 오셨습니까?"

카밀로가 뒤를 휙 돌아보았다.

"아가씨이?"

집사가 묵묵히 고개 숙였다.

"아가씨라고? 내가 그렇게 아가씨라고 부르라 할 때는 입 딱 다 물더니!"

카밀로가 집사의 가슴팍을 밀쳤다. 억센 손길에 순간 집사가 뒷걸음질했다.

"오발론 영애!"

디아나가 소리쳤다. 치켜든 카밀로의 손이 멈췄다.

"손 내리세요."

카밀로가 그녀를 돌아보았다. 현관을 지키고 선 기사들이 온몸을 긴장시켰다. 그녀를 쏘아보던 카밀로가 주변의 기사들을 보곤 천천히 손을 내렸다.

"뭐 오늘은 경고하러 왔을 뿐이니까."

그녀를 바라보는 카밀로의 눈동자는 기이할 정도로 음습했다.

"가자."

카밀로가 그녀 뒤편의 하녀에게 눈짓했다. 눈치를 보던 하인이 재빨리 마차 문을 열었다.

카밀로는 발치가 보이지 않는 화려한 드레스를 입고도 부축도 없이 계단을 성큼성큼 내려갔다.

오발론 가문의 마차가 눈앞에서 사라지고 나서야 기사들은 긴장을 풀었다.

집사가 깊게 고개 숙였다.

"죄송합니다. 작은 도련님을 뵈러 왔다고 떠나질 않기에 차라리 돌아오기 전에 마무리 지으려 했는데 제 실수입니다."

"저는 신경 쓰지 않아도 돼요. 그보다 괜찮으세요?"

"예, 생각보다 세게 밀치신 건 아닙니다."

"그래도 놀라셨을 텐데 우선 좀 쉬도록 해요."

집사는 오히려 그녀를 걱정스럽게 보았다. 누가 보면 디아나가 카밀로에게 맞을 뻔했을 거라 여겨질 정도였다. 집사가 물었다.

"아가씨는 괜찮으십니까?"

"저요?"

"아닙니다."

리투아니아의 티타임에서 카밀로를 마주친 사실을 집사는 모를 터였다. 그렇다면 카밀로와 그녀는 오늘 첫 만남이었다.

사촌끼리의 첫 만남에 이런 일을 겪었는데 태연한 건 확실히 이상했다.

어깨를 으쓱 올린 디아나가 쓰게 웃었다.

"조금 놀랍긴 한데…… 모두에게 사랑받을 수는 없죠."

"아가씨……."

"저는 할아버지, 할머니 그리고 이 저택의 사람들만으로도 충분한걸요."

그리고 집사를 한번 보고 미셸의 손을 꼭 잡았다.

집사를 보내고 계단을 올라가는데 누군가 뛰어오는 발걸음이 들렸다. 미셸의 눈이 세모꼴이 되었다. 불쑥 네리아가 계단 앞으로 뛰어나왔다.

"네리아."

미셸의 부름에 정신없이 뛰어오던 네리아가 우뚝 멈췄다. 네리아가 반사적으로 겁에 질린 얼굴을 했다.

"저택에서 누가 뛰어다니랬지?"

"죄, 죄송해요. 어? 오발론 영애님은요?"

고개를 숙이고 있던 네리아가 퍼뜩 고개를 들어 주변을 두리번거렸다.

"갔어요."

디아나가 가볍게 답했다.

"아, 다행이네요."

그리고 미셸의 눈치를 슬금슬금 보며 그녀의 뒤에 숨고는 속삭였다.

"아무 일도 없었죠?"

디아나보다 머리 하나는 큰 네리아의 모습이 숨겨질 리 없었다. 대놓고 방패막이로 내미는 모습에 디아나가 까르르 웃으며 답했다.

"네. 없었어요. 미셸, 올라가서 바로 목욕할 수 있을까요?"

미셸이 눈을 가늘게 뜨고 네리아를 보았다.

"⋯⋯먼저 올라가 준비시키겠습니다."

"부탁해요."

미셸이 네리아에게 손짓을 하곤 멀어졌다. 뭐 아마 나중에 나랑 얘기 좀 하자. 이런 것 아닐까. 일단 급한 불을 끈 네리아가 커다랗게 숨을 내쉬었다.

"어후, 아가씨 감사해요."

"뭐가 그렇게 급해서 달려왔어요. 혼났잖아요."

"얼마나 깜짝 놀랐는데요."

자주는 아니더라도 가끔 오흐리드 저택에 방문하던 카밀로였다. 당연히 오흐리드 백작이 허락한 것은 아니었다.

대부인이 들여보내 준 것이다. 백작은 어쩔 수 없이 묵인했다. 그리고 카밀로가 올 때마다 저택의 사용인들은 비상이 걸렸다.

카밀로는 본인이 이미 오흐리드가의 사람이라고 여기면서도 불안해했다. 이는 사용인들의 충성심을 시험하는 것으로 연결되었다.

무리한 명령을 내리고 사용인들이 얼마나 자신에게 복종하는지를 살폈다. 백작가의 고용인들이 그녀의 눈치를 보며 설설 기는 상황을 즐기고 안도했다. 아비를 닮아 질 나쁜 손속을 지녔기에 다치는 이들도 여럿 나왔다.

그러나 이 모든 일은 디아나가 오며 사라졌다.

대부인이 몸이 좋지 않다는 이유로 더는 저택에 들여보내 주지 않았기 때문이다.

그리고 고용인들 모두 입에 담지 않았다. 카밀로의 이야기가 아가씨의 귀에 들어갈까 조심했다.

그런데 하필 그런 오발론 영애와 아가씨와 마주쳤다니.

오흐리드 저택에서 다년간 일한 네리아로서는 걱정되지 않을 수 없었다.

"그럼 세니르는 지금 응접실에 있겠네요? 오발론 영애를 만났으니까요?"

"그렇……겠죠?"

그리고 오발론 영애만큼 꺼림칙한 작은 도련님의 이야기가 나왔다. 네리아가 떨떠름함을 숨기지 못하고 답했다.

"그럼 인사하고 씻으러 갈래요."

세니르는 늦은 시각 말고는 집에 없는 경우가 많았다. 오늘 아침에도 새벽같이 일 때문에 나갔다고 했었다. 집에 있을 때 얼굴을 보러 가는 게 나았다. 목욕하고 오면 또 어디 가 있을지 몰랐다.

복도를 가로질러 응접실로 향했다. 마침 응접실 바로 앞에서 나오는 하녀를 마주쳤다. 하녀가 살짝 당황하며 고개 숙여 인사했다.

— 달그락

하녀의 움직임에 쟁반 위에서 소리가 났다. 깨진 찻잔이었다. 디아나가 눈을 살짝 치켜떴다.

'저게 뭐야?'

옷자락을 잡아끄는 느낌이 들었다.

"아가씨, 먼저 목욕부터 해요."

네리아가 다소 켕기는 기색으로 말했다. 네리아와 깨진 찻잔을 번갈아 본 디아나가 몸을 돌려 방문을 열었다. 안으로 들어서자 싸늘한 목소리가 반겼다.

"들어오지 말라 했을 텐데."

디아나가 멈칫했다. 다시 네리아가 옷자락을 당겼다. 디아나는 방 안을 살폈다. 약간 정리된 흔적이 보였다. 하지만…….

"내가 알아서 정리한다고, ……아가씨?"

젖은 머리칼을 쓸어 넘기며 고개를 들던 세니르가 눈을 크게 뜨고 그녀를 보았다.

부스러질 것 같은 옅은 금발에서 물이 뚝뚝 떨어지고 있었다. 끌러 놓은 크라바트 아래 일부 젖은 앞섶이 보였고 한쪽 뺨이 붉었다.

디아나가 놀라 세니르에게 뛰어갔다. 세니르의 턱을 붙잡고 자세히 볼 수 있게 당겼다. 세니르가 얼떨떨하게 몸을 숙였다.

"피가……."

아주 가까이에서 세니르의 눈이 디아나와 마주쳤다.

"피 나잖아요!"

손톱? 아니 이건 반지 같은 것에 긁힌 듯했다.

"누구예요?!"

비명을 지르듯 소리쳤다. 그러나 곧 고개를 좌우로 저었다. 물어볼 필요도 없는 일이었다.

"오발론 영애에요?"

"……."

"맞아요?"

"그, 저, 아가씨."

세니르가 당황하는 모습은 처음이건만, 디아나는 눈에 들어오지도 않았다. 그저 그의 상처밖에 보이지 않았다. 깊게 찍힌 듯한 상처.

"왜?"

그러나 목소리가 파르르 떨렸다.

한 뼘도 되지 않는 간격이었다. 선명한 주홍색 눈동자. 그 위로 투명한 눈물이 샘솟았다.

이렇게 가까이에서 누군가가 눈물을 흘리는 걸 보는 건 처음이었다. 눈물을 흘리는 사람은 수도 없이 많이 보았다. 그가 하는 일에 따라 누군가는 피눈물을 흘렸고, 절절한 사연을 호소하기도 했다. 그러나 감흥을 느끼기에 그는 너무 멀리 와 있었다.

그런데, 고작.

사로잡힌 듯 손 하나 까딱할 수 없었다. 당장이라도 터질 듯 넘실거리는 눈물이 둑 터지듯 하얀 뺨을 굴러가는 그 모든 모습이 아주 느리게 보였다.

순간 완전히 잊었던, 어떻게 잊었는지 스스로 놀라운 기억이 났다.

고아 소녀가 디아나 오흐리드가 되던 날.

그때도 이런 일이 있었다. 그때도 그를 진심으로 걱정하는 그녀에게 말로 표현하기 힘든 감정을 느꼈다.

그걸 어떻게 지금까지 잊을 수 있었는지.

그땐 무척 어렸는데, 그를 바라보는 똑같은 얼굴은 훨씬 많이 자라 있었고, 걱정하는 눈동자도 훨씬 —

"아, 아가씨이."

그때 디아나의 뒤편에 있던 네리아가 조심스럽게 불렀다. 세니르의 시선이 네리아에게 향했다. 순간 숨을 들이켠 네리아가 겁에 질려 행동을 멈췄다.

디아나가 숨을 크게 들이쉬었다. 복받친 감정을 진정하려는 듯했다. 그것이 못내 아쉬웠다.

······아쉽다?

세니르는 자신이 그런 생각을 했다는 것에 살짝 눈가를 찌푸렸다.

"아파요?"

그런 그의 표정을 어떻게 해석했는지 디아나가 깜짝 놀랐다. 그리고 그의 행동은 거의 반사적인 반응이었다. 세니르는 기다란 속눈썹을 내리깔고 씁쓸한 미소를 지었다.

가녀리게 보이도록, 더 동정하도록.

"······저는 괜찮습니다."

# *Chapter 5.*

— 와장창

집기들이 나뒹굴며 깨지는 소리가 요란했다.

"개자식이 은혜도 모르고!"

분을 참지 못한 목소리가 방 안에 울려 퍼졌다.

"어머니도 어떻게 감히!"

방 안의 고용인들이 모두 겁에 질려 벌벌 떨었다. 오발론 남작은 화가 났을 때 뭐든 방 안의 물건을 깨부수고 분이 풀릴 정도로 주먹을 휘두르지 않으면 쉽사리 가라앉히지 못했다.

남작이 괴성을 지르며 던진 찻잔이 하인의 무릎을 강타했다.

"윽!"

하인이 비틀거리며 신음했다. 오발론 남작을 뺀 방 안의 모두가 딱딱하게 굳었다. 실수를 깨달은 하인이 털썩 무릎을 꿇었다. 두 손을 모아 싹싹 빌었다.

"가, 가, 가주님, 자, 잘못했습…… 아악!"

오발론 남작이 책상 위의 사기 장식을 집어 던졌다. 하인의 머리를 직격한 장식이 바닥 위를 뒹굴었다. 하인의 머리에서 피가 주륵 흘렀다.

"아파? 이깟 게 아파? 집 안에 제대로 된 새끼 하나 없어!"

둔탁한 타격음, 비명, 신음 속에서도 고용인들은 필사적으로 바닥에 시선을 고정했다. 괜히 눈이라도 마주친다면 된다면 다음 표적은 자신이었다.

오흐리드 대부인이 뒤를 봐주니 치료비는 넉넉하게 받을 터였다. 하지만 불구가 되면 치료비가 다 무슨 소용이란 말인가.

오발론 남작, 드미트리 오발론은 오흐리드 대부인의 늦둥이였다.

느지막이 본 자식이어서일까, 현 오흐리드 백작에게는 엄하기 그지없었던 대부인도 드미트리에게는 유독 유했다.

사실은 드미트리가 오흐리드가에서 내쫓길 운명이었기에 발현된 동정이 합쳐진 것이었지만 이 사실을 드미트리는 알지 못했다.

그리고 원하는 모든 걸 얻을 수 있는 곳에서 제대로 된 훈육 없이 자란 드미트리는 정말 방종하게 커 갔다.

폭행, 추행, 사기, 도박, 마약 어떤 범죄를 저지르더라도 그는 괜찮았다. 모두 대부인이 덮어 주었기 때문이다. 드미트리는 그것이 죄라고도 느끼지 못했다.

돈과 권력이 합쳐지면 불가능한 일은 없었다. 그러나 그런 드미트리도 오흐리드 백작위를 자신에게 넘기라 요구했을 때 처음으로 혼났다.

믿기지 않았다.

백작위는 당연히 그의 것이었다! 계집이 무슨 작위란 말인가?

그가 친구라 여기는 이들도 그렇게 속살거렸고 그 또한 그런 속살거림을 마다하지 않았다.

그러나 소백작의 위치는 공고했다. 감히 그가 덤빌 수 없을 정도였다. 그리고 결국 백작위가 넘어갔다. 드미트리는 오흐리드가를 떠났다. 남부로 떠나 그곳에서 힘을 길러 오흐리드의 백작위를 되찾으려 했다.

그리고 대륙법으로 금지된 사업을 하다 그대로 잡혀 들어갔다.

그리고 그런 그를 대부인이 구했다.

「오흐리드 이름을 그딴 식으로 팔고 다녀? 네놈의 짓거리를 막는 데 얼마가 든 줄 알아! 네가 한 짓에 몇 명이 얽혔는지! 널 빼내는 데에 몇 명이 죽은 줄 아느냐!」

대부인은 불같이 화를 냈지만, 드미트리는 대부분 기억하지도 못했다. 그저 자기 일이 방해받은 것에 오히려 적반하장으로 화를 냈다.

「그러기에 진작 백작위를 주셨다면 이런 일까진 벌이지 않았습니다!」

「저 녀석 영지로 데려가라. 사람 되기 전엔 나오지 못하게 해.」

「어머니!」


드미트리는 그대로 오흐리드 영지에 끌려가 감금당했다. 오흐리드 영지 안에선 자유로웠으나 영지 밖으로는 나갈 수 없었다.

결국, 오흐리드 영지의 봉신 가문인 오발론 남작가의 데릴사위로 들어갔다. 거기에 오흐리드의 계승권을 포기하고 나서야 감금에서 풀려 날 수 있었다.

그리고 그사이 오흐리드 백작은 결혼하여 아이까지 두었다. 필리파 오흐리드. 그 계집은 죽지도 않고 자라 소백작이 되었다.

그런데, 그에게도 천운이란 게 있었다. 필리파 오흐리드가 사라진 것이다. 그는 이미 계승권을 포기했지만, 그의 딸은 달랐다.

카밀로가 평민 녀석과 결혼하기만 하면 그의 딸은 '카밀로 오흐리드'가 되는 거였다.

드디어 오흐리드를 손에 쥐나 싶었는데……!

— 와장창

드미트리가 휘두른 촛대가 찬장을 깨트렸다. 유리창이 깨지며 장식품들이 엎드린 하인의 몸 위로 와르르 쏟아졌다.

'이딴 식으로 나온다 이거지.'

역시 어머니는 믿을 사람이 못 되었다. 증손녀? 어디서 소백작과 얼굴 똑같은 계집을 데려다 연기시키는 게 뻔했다.

— 똑똑

적막한 가운데 노크 소리가 들렸다.

"아버지. 저예요."

"들어 와!"

카밀로가 사뿐사뿐 들어왔다. 폭력이 난무하던 공간과 상반되는 화사함이었다. 고용인들이 희망을 지니고 카밀로를 보았다. 그러나 카밀로는 고용인들에게 시선 한 번 돌리지 않았다.

"고모님은 만나지 못했어요. 출타 중이라고 하더라고요."

"절름발이 년이 어딜 나가! 부끄러운 줄 알아야지!"

"그래서 세니르를 보았는데……."

"뭐라던!"

오발론 남작이 성급하게 카밀로의 말을 자르며 물었다. 카밀로가 고개를 가로저었다. 오발론 남작의 얼굴이 차츰 일그러졌다. 하인들이 긴장했다.

"대체 그동안 뭘 한 거야!"

오발론 남작이 피투성이 촛대를 집어 던졌다. 카밀로가 바닥을 구르는 촛대를 보았다.

"그깟 사내놈 마음 하나 못 돌리고! 그동안 뭘 한 거냐고!"

카밀로가 입술을 깨물며 고개를 숙였다. 원래부터 사랑하는 사이는 아니었다. 하지만 필요 때문이었을지라도 뭐든지 해 줄 것처럼 순종적으로 굴던 이가 한순간 변했다.

그 질린 듯한 얼굴, 비웃는 싸늘한 표정이라니.

사랑한 건 아니라지만, 당연히 자신의 것이라 여겼던 사람의 차가움에 상처 입지 않는 건 아니었다. 그리고 카밀로 오발론은 그 상처를 증오로 바꾸는 부류의 사람이었다.

'절대 용서 못 해.'

이를 악문 카밀로가 고개를 들었다. 그리고 그녀는 비틀린 미소를 지었다.

"제게 좋은 생각이 있어요."

＊　　　＊　　　＊

"디아나!"

마차 안의 실비아가 손을 흔들었다. 디아나 또한 미소로 화답했다.

실비아 곁에는 처음 보는 영식이 있었다. 같은 색의 머리칼로 실비아를 닮은 소년이었다. 바로 누군지 알았다.

슈워츠 파트리시오. 실비아의 오라버니였다. 그리고 맞은편엔 역시 남매와 같은 머리 색을 한 중년의 부인이 앉아 있었다.

"어머니세요."

"안녕하세요, 파트리시오 백작 부인. 디아나 오흐리드입니다. 편하게 이름 불러 주세요."

"고맙군요."

부채로 입을 가리고 있던 파트리시오 백작 부인이 고개를 끄덕이곤 모로 비켰다. 자연스럽게 디아나의 시선은 다음 소개자로 향했다.

"그리고 여기는 제 오라버니랍니다."

"……."

그런데 파트리시오 영식이 말 없이 멍하니 디아나를 보았다. 디아나가 고개를 갸웃 기울이고 실비아가 오라버니의 옆구리를 보이지 않게 찔렀다. 퍼뜩 정신을 차린 파트리시오 영식이 인사했다.

"슈워츠 파트리시오입니다. 만나 뵙게 되어 영광입니다."

마차에서 내려온 슈워츠가 손을 내밀었다. 수행 하녀로 따라온 네리아는 마차 뒤에 마련된 자리에 앉았다.

"선뜻 샤프롱을 맡아 주셔서 감사해요."

샤프롱은 미성년자인 아이들이 연회에 갈 때 함께하는 보호자를 일컬었다. 그리고 이번 노르반 백작가의 무도회에 함께할 샤프롱을 파트리시오 백작 부인이 맡아 주기로 했다.

"별거 아니에요. 실비아도 가는걸요."

"말씀 편히 하셔도 돼요."

"고맙구나."

파트리시오 백작 부인이 부드럽게 답했다.

원래는 실비아와 백작 부인은 다른 무도회에 갈 예정이었지만, 이 정도야 얼마든지 도와줄 수 있었다.

그런데 디아나가 조금 이상했다. 오랫동안 파트리시오 백작 부인을 보았다. 백작 부인이 고개를 기울였다.

"하고 싶은 말이 있니?"

디아나가 흠칫했다. 실례를 깨달은 디아나의 뺨이 붉어졌다.

"죄송해요. 롬벨 후작 부인이 생각나서요."

"내 어머니?"

의외라는 듯 파트리시오 백작 부인이 되물었다. 확실히 외모는 크게 닮지 않았다.

"네. 미소가 고우신 게 닮으셨어요."

백작 부인의 눈이 살짝 커졌다.

"듣기 좋은 말을 해 주는구나."

파트리시오 백작 부인은 디아나라는 소녀가 조금 더 마음에 들어졌다. 어머니의 말도 있었고 실비아의 말도 들었지만, 아무래도 오흐리드라니. 은연중에 거만할 거라 생각되었다. 그러나 직접 만나 보자, 완전히 편견이었음을 깨달았다.

'소백작이랑은 정말 외모만 닮았구나.'

그리고 소백작을 떠올리니 조실부모한 아이라는 점도 연이어 떠올랐다. 그 점이 조금 더 파트리시오 백작 부인을 마음 쓰이게 만들었다.

"앞으로 도움이 필요한 일이 있다면 얼마든지 말하도록 하렴."

눈을 동그랗게 뜬 디아나가 배시시 웃었다.

"감사해요. 백작 부인."

"영애의 미소도 매우 아름다워요."

그때 슈워츠가 끼어들어 말했다. 잠시 놀라던 디아나가 까르르 웃었다.

"칭찬 감사해요."

"칭찬이 아니라 진심입니다."

그런 슈워츠를 보는 실비아의 눈이 가늘어졌다. 노르반 백작가 저택 근처로 갈수록 지체되기 시작하더니 어느 순간 마차가 거의 멈췄다.

"사람이 정말 많네요."

"그러게요. 예상했지만 그보다 더하네요."

실비아가 이럴 줄 알았다는 양 고개를 저었다. 파트리시오 백작 부인이 그녀를 슬며시 보고 말했다.

"오겠다는 이가 많아져 무도회 규모를 급하게 키웠다더군요."

지루한 시간을 수다로 때우며 한참을 기다리자 마차가 드디어 노르반 저택에 도착했다.

마차에서 내리자마자 네리아가 재빠르게 디아나의 구겨진 드레스를 정리했다. 파트리시오 백작가에서 데려온 하녀도 바삐 움직였다.

아치형의 무도회 문 앞에 시종이 초대장을 확인하고 있었다. 그녀가 긴장한 걸 알아보았는지 파트리시오 백작 부인이 어깨를 다독였다. 파트리시오 백작 부인이 아들을 보며 말했다.

"슈워츠, 제대로 에스코트해야 한다."

"염려 마세요."

다소 긴장한 기색의 슈워츠가 답했다. 실비아도 어머니인 백작 부인에게 가까이 붙었다. 뒤편의 네리아가 시종에게 초대장을 건넸다. 초대장을 확인한 시종이 목청 크게 외쳤다.

"파트리시오 백작 부인과 백작 영애, 영식, 그리고 오흐리드 영애 들어오십니다!"

\*　　\*　　\*

느리게 부채질을 하는 귀부인들은 환영사를 듣는 척하면서 한 방향을 힐끔거리며 주시했다. 옅은 갈색 머리카락의 가족 사이에 홀로 눈에 띄는 은발, 주홍색 눈동자.

"정말 소백작을 쏙 닮았어요."

"사진보다 더 닮았네요."

"정말 대공이 친부일까요? 대공과는 닮은 점이 없어요."

"친부가 아니라면 그런 무리수를 두겠어요?"

"맞아요. 들었어요? 대공이 글쎄……."

— 짝짝짝

노르반 백작 부인이 무도회를 잘 즐기시기 바란다는 요지의 환영사를 마친 걸 알리는 박수 소리였다. 소곤거리던 이들은 언제 그랬냐는 듯 미소 띤 얼굴로 박수를 쳤다.

노르반 백작 부인의 손짓에 악사들이 연주를 시작했다. 슈워츠가 기다렸다는 듯 손을 내밀었다.

"영애와 첫 춤을 출 수 있는 영광을 얻을 수 있을까요?"

"잘 부탁해요."

디아나가 힐끗 홀 입구를 본 다음 수락했다.

'한 번 정도는 춰야, 네리아가 좋아하겠지.'

디아나가 슈워츠와 함께 플로어로 나왔다. 다른 이들도 춤 신청을 받고 플로어로 한둘씩 나왔다. 색색의 빛깔이 플로어를 채우는 건 한순간이었다.

황실 무도회는 일반적으로 황족이 첫 춤을 연다고 들었다. 하지만 이런 귀족의 무도회는 달랐다. 추고 싶은 이들이라면 처음부터 아무나 나올 수 있었다.

대부분은 이미 황실 무도회에서 친교를 다진 연인들이었다. 하지만 오늘은 조금 다르게 가족이 함께 온 경우가 많았다.

디아나가 한쪽 벽에 붙어 서 있는 네리아를 힐끗 보았다. 마침 눈이 마주쳤다. 네리아가 주먹을 불끈 쥐며 힘내라는 포즈를 취했다. 디아나가 피식 웃었다. 그 웃음을 본 슈워츠가 물었다.

"무슨 재밌는 것이라도 보셨나요."

"아, 네리아가 힘내라고 해서요."

"네리아요?"

"네. 오늘 저를 따라온 하녀요."

"아하. 사이가 좋으신가 보네요."

"좋죠."

저택의 하녀들은 디아나가 노르반 백작가에 답신을 보낸 날부터 고대했다.

그리고 기다렸다는 듯 열정적으로 드레스를 골랐다. 오늘 입은 드레스는 겉으로 보기엔 미색에 은 자수 장식뿐이라 가만히 있으면 수수하게 보였다. 하지만 그 속은 달랐다.

겹겹의 화려한 속치마, 속치마의 자수와 다이아몬드 장식에 디아나가 놀랄 정도였다. 잘 보이지도 않을 곳을 이렇게 꾸밀 필요가 있냐고.

"종일 함께하니까요."

가족이라면 또 다른 의미의 가족이었다. 그녀가 백작가에 오고 금방 적응할 수 있었던 이유 또한 그들이었다. 그들이 그녀를 진심으로 아껴 주는 마음이 느껴졌기 때문에.

준비 곡이 끝났다. 악사가 지휘봉을 치켜들었다. 서로 잠시 말을 멈췄다. 디아나는 귀를 쫑긋 세우고 긴장했다. 이렇게 많은 사람 앞에서 추는 건 처음이었다.

그 미약한 긴장을 슈워츠도 느꼈다. 시작하는 음률에 맞춰 발을 뗐다. 한참 발을 맞추던 슈워츠가 감탄한 낯으로 말했다.

"무도회는 처음이라 들었는데 정말 잘 추시네요."

디아나의 뺨이 살짝 붉어졌다. 의례상 하는 말이겠지만 그래도 누군가에게 칭찬 받는 건 기분 좋았다.

"고마워요."

"아니요. 정말 잘 추십니다."

연갈색 눈동자가 그녀를 응시하고 진지하게 말했다.

"제가 처음 무도회에서 춤을 춘 날엔 정말 긴장했습니다. 계속 박자를 놓쳐서 실비아가 고생을 많이 했지요."

디아나가 작게 웃었다.

백작가에 오기 전까지는 몰랐지만, 그녀는 몸을 움직이는 일에 재능이 있었다. 춤 또한 마찬가지였다.

롬벨 후작 부인이 데려온 춤 선생도 디아나가 두어 번 본 것만으로도 모든 스텝을 따라 하는 것을 보곤 크게 당황했었다.

춤을 배운 후 첫 실습 상대는 할아버지였다. 그리고 한 곡이 다 끝나자 할아버지는 무척 슬퍼하셨다.

디아나가 무슨 문제라도 있냐고 묻자 할아버지가 우울한 얼굴로 중얼거렸다. 그녀가 실수해 울며 품에 안기는 꿈이 사라졌다고…….

'하여튼 이상한 꿈을 꾸고 계셔.'

헛기침한 슈워츠가 그녀의 눈치를 보며 입을 열었다.

"그리고, 혹시 슈워츠라고 불러 주실 수 있을까요?"

잠시 생각에 잠겼던 디아나는 말하는 슈워츠의 목덜미가 달아오른 걸 알아채지 못했다. 그저 곱게 마주 웃으며 답했다.

"네. 그러도록 할게요. 저도 디아나라고 불러 주세요."

슈워츠의 낯이 환해졌다.

'실비아의 오라버니니까.'

디아나는 가볍게 생각했다. 그리고 그런 디아나를 많은 이들이 바라보고 있었다.

"무도회는 처음이라더니 무척 여유롭네요."

"그러게요."

실비아도 춤 신청을 받고 플로어로 나갔고, 홀로 있는 파트리시오 백작 부인에게 사람들이 기다렸다는 듯 말을 걸었다.

"이렇게 보니 참 선남선녀네요."

"그러고 보니 영식이 약혼녀가 없었지요?"

파트리시오 백작 부인이 긍정의 미소를 지었다. 설마 파트리시오 영식과 오흐리드 영애가? 몇몇은 흥미로 눈을 빛냈다. 파트리시오 백작 부인이 기대를 잘라 냈다.

"그저 어머니의 소개로 실비아와 디아나 양이 친교를 가지게 된 거랍니다. 그래서 저도 오늘 샤프롱으로 오게 되었고요."

"아아."

몇몇이 실망한 기색을 내보였다. 그리고 몇몇은 파트리시오 백작가가 앞으로 오흐리드와 친교를 이어 갈 것을 중요시 여겼다.

"아이들끼리 사이가 좋은 것이 중요한 거죠."

파트리시오 백작 부인이 아이들이 좋다면 어찌 될지 모른다는 듯 은근히 돌려 말했다.

이런 화제는 완전히 잘라 낼 필요도 없었다. 슈워츠는 약혼녀가 없었고, 연애 사이인 여성도 없었다. 그렇다면 진짜로 어찌 될지 모르는 것 아닌가.

하지만 누군가 잘되는 걸 보면 배가 아픈 이는 늘 있었다.

"그러고 보니 오발론 영애와 오흐리드 영식이 파혼했다던데 들었어요?"

오흐리드의 후계자로 낙점된, 디아나 오흐리드의 약혼자로 가장 유력하게 여겨지는 이가 있으니 헛꿈 꾸지 말라 눈치 주었다. 하지만, 적이 있다면 아군도 있는 법. 파트리시오 백작가는 아군이 많은 가문이었다.

"그런데 왜 무도회를 오흐리드 영식과 파트너로 오지 않았을까요?"

"오흐리드 백작의 생각을 다 알 수는 없지만, 솔직히 저라면 아무리 능력이 뛰어나더라도 평민과는 좀……."

여러 사람들의 수군거림 속에 느린 곡조의 첫 곡이 끝났다.

"잠시 쉴까요, 레이디 디아나?"

"후우. 네."

고작 한 곡이었는데 처음이라 긴장했는지 등허리에 식은땀이 느껴졌다. 주변에는 쉬지 않고 바로 다음 곡을 반복하는 이들도 많았다.

디아나가 플로어를 나오자 네리아가 기다렸다는 듯이 물을 건넸다.

"나중에요."

디아나가 괜찮다며 밀어냈다. 많이 마셨다가 화장실에 가고 싶어지면 귀찮았다. 네리아가 물 잔을 거뒀다.

"안에 들어가 있어도 돼요."

간단한 것은 홀을 돌아다니는 하녀와 하인에게 시키면 되니 굳이 홀에 있지 않아도 되었다.

이렇게 손님들이 데리고 온 하녀들이 모여 쉴 수 있는 휴게실도 있었다. 휴게실에서 쉬고 있다가 부를 때만 가서 드레스나 흐트러진 머리를 정돈해 주는 정도의 시중을 드는 것이다.

"오늘 아가씨 첫 무도회인데 지켜보고 싶어요."

디아나가 작게 웃었다.

"알겠어요. 힘들면 들어가서 쉬어요."

실비아는 플로어로, 슈워츠는 친우와 담소를 나누고 있었다. 문득 슈워츠를 보았다가 눈이 마주쳤다. 디아나가 빙그레 웃었다. 슈워츠가 흠칫 놀라더니 시선을 돌렸다.

'뭐지?'

그러나 네리아가 건네는 말에 더는 슈워츠에 대해 생각할 수 없었다.

"그런데 아가씨, 누구 기다리시는 분이라도 있나요?"

"음?"

디아나가 고개를 갸웃 기울였다.

"춤추다가 잠깐씩 입구를 바라보셔서요."

"……그랬어요?"

디아나가 당황했다.

거짓말은 하고 싶지 않았고, 그렇다고 지금 사실대로 말하긴 곤란했다. 웃음으로 얼버무릴 때, 마침 눈이 마주친 파트리시오 백작 부인이 그녀에게 부채를 팔랑거렸다.

"저 파트리시오 백작 부인께 가 볼게요."

"네."

파트리시오 백작 부인은 노르반 백작 부인과 함께였다.

"디아나 양, 이렇게 직접 보게 되는 건 처음이군요."

친근한 호칭에 파트리시오 백작 부인이 놀란 얼굴을 했다. 디아나가 드레스 자락을 잡고 살짝 무릎을 숙였다.

"전번에 주셨던 도움은 정말 감사했어요."

"소피와 도나텔라는 잘 지내고 있어요. 안타깝게도 지금은 영지에 있지만요."

디아나의 기색이 환해졌다. 목소리도 눈에 띄게 상기되었다.

"그래요? 잘 지내고 있다니 다행이네요. 알려 주셔서 감사해요."

"두 분이 아는 사이였어요?"

파트리시오 백작 부인이 놀란 얼굴로 물었다.

"제가 예전에 도움을 받은 적 있어요."

파트리시오 백작 부인이 궁금한 눈을 했다. 노르반 백작 부인이 설명했다.

"헤르만의 부탁을 받아서였는데, 그 헤르만이 부탁이라니, 지금 생각하면 이상하기는 했지요."

"아, 노르반 백작 부인이 학술원을 다녔었죠?"

"그렇지요. 제가 헤르만의 선배였으니까요."

파트리시오 백작 부인이 홀로 고개를 주억거렸다.

"그래서였군요."

파트리시오 백작 부인은 디아나의 샤프롱으로 같이 가 줄 수 있느냐는 딸의 부탁을 받았을 때 의아했다.

디아나 오흐리드의 첫 무도회가 노르반 백작가라니.

사교계에서의 위치는 가문의 힘만으로 결정되지 않는다. 영향이 없진 않았지만 가장 중요한 건 부인의 능력이었다.

노르반 백작가가 정계에서 꽤 힘이 높긴 하지만, 사교계는 아니었다. 노르반 백작 부인이 외국 귀족 출신이었기 때문이다.

"파트리시오 백작 부인. 잠시 디아나 양과 단둘이 대화를 나누어도 될까요?"

파트리시오 백작 부인이 그녀를 보았다. 디아나가 고개를 끄덕였다.

*　　*　　*

"오라버니."

"응?"

대답하면서도 슈워츠의 시선은 함께 춤을 추고 있는 실비아를 향하지 않았다. 실비아가 들리지 않게 한숨을 내쉬었다. 오라버니의 시선을 따라갔다. 춤 신청을 받는 디아나가 보였다.

붙잡은 오라버니의 손에 살짝 힘이 들어간 걸 실비아만 알 수 있었다. 디아나가 거절하자 다시 힘이 빠졌다.

스텝이 꼬이지 않아 다행이라고 해야 하나. 수도 없이 밟은 스텝이었다. 모조리 다른 곳에 신경이 쏠려도 움직임은 기계적이었다.

디아나가 노르반 백작 부인을 따라 테라스로 나갔다. 그제야 시선이 다시 돌아왔다.

눈을 가늘게 뜬 실비아가 말했다.

"오라버니. 디아나 양이 부담스럽겠어."

"응?!"

슈워츠가 놀라 실비아를 보았다.

"설마 해서 물어."

실비아가 멀어지며 빙그르르 돌면서 잠시 말이 끊겼다. 다시 슈워츠 품에 안긴 실비아가 말을 이었다.

"오라버니, 디아나 양한테 반했어?"

"무, 무슨 소리야?"

슈워츠의 귀가 빨갛게 달아올랐다. 굳이 답을 듣지 않아도 알 수 있었다.

"그 아니, 그냥, 그냥 좋은 영애인 것 같아."

눈을 가늘게 뜬 실비아가 다급히 변명하는 꼴을 지켜보았다.

"……응. 그렇지. 좋은 친구가 될 수 있을 것 같아."

오라버니만 방해하지 않는다면.

"미안, 실비아. 집중할게."

슈워츠가 면목 없다는 듯 사과했다.

'이걸 어쩌지.'

실비아의 오랜 친구. 샬럿 코티아르가 오라버니를 좋아했다. 하지만 실비아가 친동생이기도 해서인지 샬럿이 그녀에게 알리고 싶어 하지 않아 모른 척하고 있었다. 그래도 나름 잘되기를 응원하고도 있었다.

하지만 오라버니가 디아나에게 관심이 있으면 상황이 묘해졌다.

'오늘 샬럿이 없어서 다행이지.'

이런 식이면 샬럿도 보자마자 바로 알아챌 것이었다.

'정말 이걸 어쩌지.'

실비아는 오랜 친구인 샬럿도 좋아했지만, 디아나와도 친하게 지내고 싶었다. 그녀가 또래 친구들과 미묘하게 다른 점이 좋았다. 하지만 오라버니가 이런 식이라면 디아나에게도 금세 들킬 터였다.

그때 슈워츠가 실비아의 발을 밟았다.

"윽."

몇 년 만의 실수였다. 심지어 실비아의 신음에도 슈워츠는 실비아의 발을 밟았는지도 모르는 듯했다.

아무리 디아나 양이 좋다지만, 지금 홀에 같이 있지도 않은데 스텝이 꼬인 거야?

실비아가 속으로 경악했다.

"오라버니 왜 그래. 집중해."

"앗, 실비아."

슈워츠가 그제야 당황한 얼굴로 그녀를 보았다. 그런데 발을 밟은 것에 놀랐다고 하기는 감정이 너무 컸다.

"오라버니 그렇게 놀랄 거 없어. 진정해."

"어? 놀랄 거 없다고? 너 알고 있었어?"

"당연히 내 발을 밟았으니 알지."

"내가 네 발을 밟았어? 세상에 미안. 아니 근데 지금 그게 아니라 저기, 저기 봐 봐."

"대체 왜 그러는……."

실비아가 슈워츠의 시선을 따라갔다. 그리고 실비아 또한 삐끗했다. 넘어질 뻔한 걸 슈워츠가 붙들어 주었다.

"실비아, 조심해."

실비아가 서둘러 다시 스텝을 밟았다. 실비아의 얼굴도 슈워츠와 비슷했다. 실비아와 슈워츠가 서로 마주 보았다. 서로 말하지 않아도 심정을 알 수 있었다.

악공이 손을 삐끗하였고, 춤추는 이들도 실수하거나 심지어 추는 걸 멈춘 자들도 있었다.

노히바덴 대공은 문 앞을 지키는 시종에게 이름을 호명하지 말라 했다. 한창 무도회 중이었기에 사람들은 그가 들어온 걸 바로 알아채지 못했다.

하지만, 아무리 따로 알리지 않아도 머리 하나는 더 솟아 있는 존재감을 지울 수 있을 리가 없었다.

"지금 제가 헛걸 보고 있는 건가요?"

"아니요. 저도 보여요."

"노히바덴 대공이 무도회에 온 거예요?"

"올해 황실 무도회에도 참석하지 않은 걸로 아는데!"

홀 안의 사람들은 줄로 이어진 것처럼 노히바덴 대공이 걸어가는 대로 고개를 돌렸다.

그러면서도 신기하게 아무도 다가갈 생각을 하지는 못했다. 노히바덴 대공 곁에 보호막이라도 쳐져 있는 듯 일정 반경 안으로 아무도 접근하지 않았다.

그리고 그 공터를 노르반 백작 부인은 태연히 뚫고 들어왔다.

"무도회에 오신 걸 환영해요, 대공님. 생각보다 이르게 왔군요."

테세비츠가 무표정한 얼굴로 노르반 백작 부인을 보았다. 심약한 부인이라면 그 자리에서 졸도했더라도 납득 가는 시선이었다.

"디아나 양은 지금 저 테라스에서 기다리고 있답니다."

"알겠다."

그리고는 곧바로 테라스로 향하려 했다. 노르반 백작 부인이 대공의 앞을 비스듬히 막아섰다. 대공이 인상을 찌푸렸다.

"이게 뭐 하는 짓이지?"

"오랜만에 만났는데, 이렇게 본인 용건만 하려고요?"

"디타."

대공이 경고하듯 노르반 백작 부인의 이름을 불렀다. 눈썹을 치켜뜬 노르반 백작 부인이 곧 작게 웃었다. 그 백작 부인의 모습에 구경하던 이들이 슬그머니 대공의 눈치를 보며 뒤로 물러났다. 분노한 대공이 당장 검을 빼 들기라도 할 것처럼.

"……감회가 새롭네요."

노르반 백작 부인이 꿈꾸는 얼굴을 했다.

"이름으로 불려 본 게 얼마 만인지."

남편과 어릴 적 친우를 뺀다면 정말 오래되었다.

"헤르만과 연락을 주고받은 게 얼마 만인지 아세요?"

노히바덴 대공은 답하지 않았다. 당연히 모르니까.

"22년 만이에요."

노르반 백작 부인의 장남이 스물둘이었다.

"결혼하고 처음 연락을 주고받은 거죠."

노히바덴 대공이 인상을 찌푸렸다. 스물두 해 만에 연락하여 아이를 부탁하겠다는 생각을 한 헤르만에게 어처구니가 없어서였다.

"헤르만의 부탁을 선선히 들어준 이유는 그 부탁이 내게 어렵지 않아서이기도 했지만……."

노르반 백작가의 영지는 아헨에서 가까웠고, 당시 그녀가 영지에 있었기에 직접 하녀를 챙길 수도 있었다. 무슨 일이 생긴다면 주변 인맥을 이용할 수도 있었다.

"더 큰 이유는 편지 봉투에 '디타에게'라고 쓰여 있어서였죠."

노히바덴 대공을 표정을 노르반 백작 부인이 작게 웃음을 터트렸다. 이 헛소리를 언제까지 들어 주고 있어야 되는지 모르겠다는 얼굴이었다.

"무슨 소린지 모르겠죠?"

전혀 모르겠지. 알아 봤자 그녀의 고뇌의 한 0.1% 정도일까.

남자들이란 원래 이해력이 쥐똥만 해서, 자신에게 피해가 가는 일이 아니라면 상상도 공감도 하지 않는 족속들이었다.

디타 무티뉴.

노르반 백작 부인의 원래 이름이었다. 그리고 디타 무티뉴는 제국인이 아닌 남부 잉센 왕국의 무티뉴 자작가의 둘째 딸이었다.

디타 무티뉴는 학술원에서 촉망받던 인재로 세계탑에 들어갈지도 모른다는 이야기가 돌 정도였다.

그러나 현 노르반 백작과 눈이 맞더니 돌연 결혼, 세계탑을 포기하고 노르반 백작 부인으로 살고 있었다.

노르반 백작가가 권세가 남다른 귀족 가문은 아녔다. 그러나 무난한 가문이더라도 제국 백작과 남부의 작은 왕국 자작가였다. 가문 간의 격차가 무척 컸다. 일반적으로라면 절대 혼담이 오갈 수 없었다.

그들의 결혼은 여러 추측을 만들었고, 디타 노르반이 다섯 달 만에 아이를 낳자 추측은 사실로 밝혀졌다.

그렇게 노르반 백작 부인이 되었지만, 디타 노르반의 제국 생활은 녹록치 않았다.

전혀 제국에 영향력 없는 친정 가문. 노르반 전 백작 부인은 디타를 도와주지 않았고 디타는 제국 사교계에 편입되기 위해 아등바등거려야 했다. 아등바등하던 날 중 가끔은 자신이 포기해야 했던 것들이 떠오르곤 했다.

그녀는 남편을 사랑하고 배 아파 낳은 자식들도 사랑하고 자신의 삶에 만족했으나, 그것이 그녀가 포기해야 했던 것에 미련을 가지지 않는다는 뜻은 아니었다. 제국 생활이 힘들지 않았다는 뜻도 아니었다.

"아이가……."

거론했을 뿐인데 대공의 눈초리가 대번 사나워졌다.

"필리파를 닮았더군요."

"안다."

"대공님은 전혀 닮지 않았고요."

"……."

"아이에게 너무 과한 짐을 얹는다고 생각해 본 적은 없나요?"

그 말이 나름 대공의 폐부를 찌른 모양이었다. 사납던 눈초리가 대번에 가라앉았다.

"너무 몰아붙이지 마세요."

팔꿈치를 감싸 안은 노르반 백작 부인이 싱긋 웃었다.

"저는 필리파가 왜 그런 선택을 해야 했을지 이해 갑니다."

"그게……."

그때 노르반 백작이 숨을 몰아쉬며 다가왔다.

"노히바덴 대공 아닙니까."

잠시 자리를 비웠던 백작이었다..

노르반 백작은 노히바덴 대공과 꽤 연이 있는 사람이었다. 부인과의 관계 때문이 아니라 재무부 관료로 직급이 높아 노히바덴 대공이 군부 회의를 할 때 자주 배석하곤 했다.

더는 마물 토벌을 나서지 않겠다고 폭탄선언을 할 때도 자리에 있었다. 그리고 방금 전 대공이 아닌 다른 손님 때문에 불려 나갔다 온 상태였다.

"대공, 대공. 노하지 마십시오."

테세비츠 노히바덴은 낮은 한숨을 삼켰다. 언제라도 터질 시한 폭탄 취급엔 익숙했지만, 지긋지긋하기도 했다.

그를 잘 알지도 못하는 주제에 그가 늘 화만 나면 사람을 죽이고 다니는 광인으로 몰아대는 것이 못내 짜증스러웠다.

"그대도 내가 미치광이로 보이나?"

"아니요. 그것이 아니오라, 그럼 정녕 화내지 않으시는 것이죠?"

노르반 백작이 눈치를 슬슬 보며 말했다. 테세비츠가 고개를 까딱 끄덕였다. 노르반 백작이 부인의 손을 꽉 잡았다. 노르반 백작 부인이 '이이가 대체 왜 저래?'라는 얼굴로 남편을 보았다.

"이 무도회에…… 지그프리트 저하가 오셨습니다."

"드디어 죽고 싶나 보군."

으르렁거리는 목소리였다. 노르반 백작이 다급하게 소리쳤다.

"화내지 않으시기로 하지 않으셨습니까! 저랑 약속하셨습니다!"


\*　　　\*　　　\*


"여기 머물고 있으면 됩니다."

"도와주셔서 감사해요."

디아나가 고개 숙여 인사했다.

"이런 재밌는 일의 무대로 제 무도회를 이용한다면 저야 얼마든지 찬성이죠."

노르반 백작 부인이 미약한 주름이 진 눈가를 휘며 웃었다. 백작 부인이 나가고 테라스 문이 탁 닫히자 순식간에 무도회 음악 소리가 멀어졌다. 커튼 너머로 비치는 빛에 그림자가 테라스 밖으로 길게 이어졌다. 그 그림자를 따라가듯 여러 상념들이 잇따라 떠올랐다 가라앉기를 반복했다.

'정말 이래도 되는 걸까.'

디아나가 섬세한 문양이 조각된 난간을 쥐었다. 그렇다고 정말 두 손 놓고 할머니와 대공님을 내버려 둘 수도 없었다. 자신은 그럴 수 있는 사람이 아니었다.

— 달칵

조용히 테라스의 문이 열렸다. 디아나가 재빨리 뒤돌아보고 눈을 깜빡였다. 기다리던 사람은 아니었다. 바짝 긴장했던 몸이 탁 풀렸다.

"오흐리드 영애시죠?"

"네."

"노르반 백작 부인께서 보내셨습니다."

하녀가 쟁반 위에 있던 주스가 담긴 잔을 건넸다. 피처럼 붉은 빛깔이 유리잔 안에 투명하게 비쳤다.

"목이 마르실 것 같아서 음료를 준비했습니다."

안 그래도 목이 마른 참이었다. 디아나가 주스를 건네받았다. 석류 맛이 났다. 한 모금 마신 디아나가 주스를 난간에 내려놨다.

"물은 없나요?"

"……마음에 들지 않으신가요?"

"시원한 걸로 마시고 싶어서요. 음, 그래. 얼음물로 부탁드려요."

긴장해서인가, 손발은 찬데 시원한 얼음물이 당겼다. 곤혹스러운 기색을 보이던 하녀가 다시 공손히 몸을 숙였다.

"……알겠습니다."

테라스를 나가려던 하녀를 디아나가 다시 불러 세웠다.

"아, 거기."

"예?"

하녀가 왠지 당황한 얼굴로 그녀를 돌아보았다. 그 모습이 약간 이상했다. 일하기 시작한 지 얼마 되지 않은 사람인가? 이상할 정도로 긴장한 듯했다.

디아나가 눈짓으로 허리춤을 가리켰다.

"뒤에 리본이 거의 다 풀렸어요."

"아…… 그, 감사합니다."

그때 문 앞이 소란스러워졌다. 안 된다고 말하는 소리와 비키라는 소리가 섞여 들렸다.

디아나가 미간을 찌푸린 순간 누군가 외쳤다.

"저하!"

저하?

디아나가 놀라 문을 창가에 다가가는 순간 문이 벌컥 열렸다.

"저하! 일단 진정하십시오!"

목소리를 낮춘 외침이 들어오는 이의 뒤를 따라왔다.

"여기 있었군. 오흐리드 영애."

디아나가 당황하여 입을 작게 벌렸다. 기다리던 손님은 안 오고 무슨 불청객만 이렇게 들이닥치는 거지?

"지그프리트 저하를 뵙습니다."

그래도 일단 치맛자락을 잡고 무릎을 살짝 굽혔다.

"그렇게 편지를 보냈는데 답변 하나 없더군."

디아나가 고개를 갸웃 기울였다. 편지가 왔었다고? 한 번도 받아본 적 없었다.

"그러면서 뻔뻔하게 무도회에 나타나?"

"예?"

감히 자신을 고발하다니.

정확히는 노히바텐 대공이었지만, 지그프리트는 그 배후에 오흐리드 영애가 있다고 생각했다.

하얀 미로에 그가 반데라스 영애와 한바탕 뒹굴려던 건 그때 조우했던 오흐리드 영애밖에 알 수 없었다. 노히바텐 대공을 만난 것은 그 이후이니, 대공이 직접 알 수 있는 일이 아니었다.

지그프리트는 오흐리드 영애가 대공에게 일러바쳤다 여겼다. 그리고 그녀의 말을 들은 대공이 황제에게 항의하였고.

"홀로 쏙 빠져나가니 좋던가?"

아무도 그렇게 여기지 않았지만, 지그프리트는 자숙하는 척하며 이를 갈았다.

그리고 오늘 노르반 백작가의 무도회에 오흐리드 영애가 참석한다는 걸 알고는 단번에 달려왔다.

"저하, 제발!"

지그프리트 뒤의 부관이 절절매는 얼굴로 외쳤다.

"내게 할 말이 있지 않나?"

"제가요?"

디아나는 가만히 미간을 찌푸렸다.

"그래."

"없는데요?"

"없다고? 하!"

지그프리트가 얼굴을 일그러트렸다. 부관이 뒤에서 안 된다며 옷자락을 잡아 왔다. 이를 뿌리치며 말했다.

"내 분명 그 입 가볍게 놀리지 말라 했거늘. 대공에게 쪼르르 일러바쳐?"

"그게 무슨 말씀이시죠?"

"영애가 아니면 대공이 어찌 안단 말인가!"

디아나가 인상을 찌푸렸다.

"반데라스 영애 말일세! 설마 아니라고 하진 않겠지!"

그사이 부관이 지그프리트에게 애걸했다.

"저하 여기서 얘기하지 마시고 나가서 대화하셔야 합니다."

지그프리트의 포악질에 무도회장의 사람들이 모두 눈을 동그랗게 뜨고 지켜보았다. 지그프리트의 성질머리는 모두 알음알음 들었지만, 이렇게 노골적으로 다른 이의 무도회에서 난리를 치는 건 처음이었다.

멈칫한 지그프리트가 그녀를 노려보았다. 그리고 내키지 않는 얼굴로 말했다.

"잠시 대화할 시간이 필요해 보이는군. 시간 좀 내어 주겠소, 오흐리드 영애?"

그때 노르반 백작 부인이 다가왔다.

"그런 건 디아나 양의 샤프롱인 파트리시오 백작 부인께 여쭤야 하지 않을까요. 지그프리트 저하."

저 멀리에서 파트리시오 백작 부인이 디아나를 향해 부채로 어서 오라고 흔들었다.

세상일이 마음대로 되는 거 아니라지만 이런 방해는 정말 가당치도 않았다. 완전히 망해 버렸다. 어떻게 잡은 기회인데.

"이……!"

지그프리트의 낯이 굳었다.

미혼의 남녀, 그것도 약혼자 사이도 약혼이 오가는 사이도 아닌 지그프리트와 단둘이 이야기하는 것을 샤프롱이 허락할 리가 없었다.

"굳이 물어봐야 하겠나? 내가 오흐리드 영애에게 해를 끼칠 리 없지 않은가."

"디아나 양의 샤프롱을 곤란하게 하지 마세요. 지그프리트 저하."

노르반 백작 부인이 부드럽게 거절했다. 지그프리트가 악문 잇새로 말을 내뱉었다.

"그대는 뭐길래 나와 영애 사이의 이야기에 껴드나?"

"인사가 늦었군요. 디타 노르반, 노르반 백작 부인입니다. 그리고 지금 이 무도회는 제가 주최한 무도회랍니다."

노르반 백작 부인은 눈 하나 깜짝하지 않고 답했다.

"그러니 이 이상의 소란은 곤란하답니다."

지그프리트가 굳은 얼굴로 노르반 백작 부인을 노려보았다. 그러곤 피식 웃었다.

"그래. 무도회라. 좋아."

그는 디아나를 바라보았다. 거만한 눈길의 지그프리트가 손을 내밀었다.

"춤 한 곡 출 수 있겠소, 오흐리드 영애?"

흠잡을 곳 없는 신청이었다.

노르반 백작 부인의 얼굴이 굳었다. 춤 신청까지 막을 명분은 없었다. 물론 거절하면 되었다.

"그대가 떳떳하다면 춤 신청마저 거절하진 않겠지."

"저하……!"

빠져나갈 구색도 없게 막았다.

이제 거절한다면 정말 디아나가 뭔가 잘못한 것이 있어 지그프리트를 피한다고 소문이 날 터였다.

노르반 백작 부인이 디아나를 돌아보았다.

디아나가 눈앞에 내밀어진 지그프리트의 손을 가만히 응시했다. 한숨을 내쉬고 손을 내미는 찰나, 누군가 디아나의 손목을 잡아챘다.

놀란 디아나가 눈을 동그랗게 떴다.

"각하!"

노르반 백작이 뒤늦게 따라와 소리쳤다.

"앤 나와 선약이 있어서."

"무슨……!"

그리고 지그프리트는 물론 디아나조차 손쓸 새도 없이 그녀를 데리고 갔다.

"대공님……!"

플로어 중앙에 온 대공이 디아나를 놓았다. 디아나가 손목을 매만지며 눈을 굴렸다.

아니…… 도와줘서 고맙다고 해야 되나?

"설마."

일자로 입술을 꽉 다문 대공이 지긋이 그녀를 바라보았다. 이어질 말을 기다리던 디아나가 고개를 갸웃 기울였다.

"저 자식과 춤을 추고 싶었던 건 아니겠지."

"당연히 아니죠!"

디아나가 억울한 얼굴로 목소리를 낮춰 소리쳤다. 디아나에게 대공이 손을 내밀었다.

"그래. 그럼 됐다. 추지."

"예?"

디아나의 깜빡이는 눈이 대공의 손에서 얼굴로 시선을 올렸다. 대공의 얼굴은 방금 춤 신청을 한 사람이 맞는가 싶을 정도였다.

"지금 춤을요?"

이 상황에서?

"할 이야기가 있다며 부른 건 네가 아닌가?"

"그건 맞지만……."

"둘만 이야기하기에 춤은 합리적이라고 보는데."

"그것도…… 맞네요?"

꼭 테라스에서 얘기해야 할 필요는 없었다. 거기다 대공과 추지 않으면 저기서 승냥이처럼 그녀를 노려보는 지그프리트와 춰야 될 판이었다. 그렇게 생각하니 이 상황이 꽤 만족스러워졌다.

무례한 지그프리트도 떨쳐 내고, 대공님과 대화도 하고.

디아나가 대공의 손을 잡았다. 대공이 한 손에 쥐고도 남을 정도로 작은 손이었다. 대공이 살짝 눈을 가늘게 떴다.

"한 곡이면 충분할 거예요."

바짝 붙어 서자 그의 커다란 키가 더 돋보였다. 하지만 손을 올리는 게 불편하지 않았다. 대공이 손의 위치를 낮게 맞춰 주었기 때문이다.

그들이 춤을 출 자세를 취하자 플로어에 있던 이들이 슬금슬금 곁을 빠져나갔다. 디아나가 음율에 귀를 기울였다. 다섯 박자 후에 발을 떼면 되었다. 하나, 둘……다섯.

발을 내딛은 디아나는 아래에 콱 밟히는 감촉에 눈을 크게 떴다.

"죄, 죄송해……. 음?"

사과하던 디아나가 멈칫했다.

아니, 왜 여기에 발이 있었지?

"대공님."

디아나가 재촉하듯 손을 쥐었다. 침묵하던 대공이 뒤늦게 답했다.

"기억이 안 난다."

"네?"

"……춤이 기억이 나질 않는다."

디아나가 입을 벌렸다. 대공은 당당하게 말했다.

"안 날 수도 있지. 무도회장에 마지막으로 왔던 게…… 15년 정도 되었군."

"……."

그럼 뭐 어쩌라는 거야?

멍하니 입을 벌리고 침묵하던 디아나가 또 대공의 발을 밟았다.

"앗 괜찮……거기서 대각선 앞으로요."

대공이 발을 떼는 걸 본 디아나가 저도 모르게 말했다.

"그다음 바로 뒤로, 한 번 더."

대공이 바로 그녀의 말을 따라 스텝을 밟았다. 몸놀림은 좋았다.

"왼발 뒤로 옆으로 다시 오른발 뒤로 옆으로. 아뇨. 더, 네."

말하면서 추는 박자는 중간중간 건너뛰어 엉망이었다.

"앗, 그쪽 말고 반대쪽으로요."

하지만 대공은 빠르게 따라오고 있었다.

"다시. 처음부터 하나, 둘, 셋."

계속 반복되는 스텝에 몇 번의 변주만이 있을 뿐인 곡이었다. 점점 대공과 디아나의 스텝이 맞아 들어갔다.

"이제 잘하시네, 앗!"

그 순간 디아나가 다시 또 대공의 발을 밟았다.

"괜찮아."

이미 수 번을 밟아 발등에 시퍼런 멍이 들고도 남았을 것 같은데, 그녀가 밟아도 대공의 낯은 아무렇지도 않았다.

처음에는 자신의 실수가 아니었기에 뻔뻔하게 나가던 디아나도 이쯤 되니 걱정되지 않을 수 없었다.

"안 아프세요?"

"네가 무거워 봤자."

대공님의 얼굴은 진심인지 고통을 참는 건지 알 수 없게 무표정했다.

'그러고 보니 대공님은 발을 밟는 실수는 안 하네?'

그리고 깨달았다. 대공은 혹시나 실수로 그녀를 밟을까 조심하고 있었다. 그 순간 또 디아나가 아슬아슬하게 밟을 뻔했다.

그도 아주 잠시, 다시 처음부터 반복되는 스텝에 대공의 움직임 또한 정확해졌다.

"이제 기억나는군."

"그것참, 다행이네요."

디아나가 우울하게 중얼거렸다. 이미 노래가 반이나 흘러갔다. 한 곡이면 충분할 거라고 했는데, 이래서야 용건은 꺼내지도 못했다.

그 심경을 안다는 듯 대공이 피식 웃었다.

디아나가 눈을 휘둥그레 떴다.

"대공이 웃는 모습은 처음 보오."

누군가 멍하니 중얼거렸다. 돌아오는 답은 없었지만, 모두 동의했다. 홀 안의 모두가 부녀를 멍하니 바라보았다. 기묘한 조화였다.

홀에서 가장 커다란 남자와 가장 작은 소녀.

춤을 전혀 모르는 듯 움직이던 대공을 익숙하게 리드하는 소녀와 자신의 반절짜리 소녀의 리드에 맞춰 주는 대공. 그들을 감싼 분위기는 소송 중인 부녀라기엔 너무 부드러웠다.

"그래서 날 보자는 용건이 뭐였지?"

"아."

디아나가 마른침을 꿀꺽 삼켰다. 헤르만을 통해, 노르반 백작가의 무도회에서 만나자는 연통을 한 이유. 심장이 조이는 느낌이었다.

"헤르만이 그러더라고요. 제가 대공님께 남은 유일한……."

입술을 깨문 디아나가 숨을 들이쉬었다. 가슴께가 뻐근했다.

"가족이라고요."

"……."

"제가 할머니가 아닌 대공님을 먼저 만났다면 달라졌을지 모른다고."

아닐거라 답하고 싶어도, 헤르만의 말은 틀리지 않았다. 한쪽 손을 놓고 한 발씩 멀어지며 잠시 대화가 멈췄다.

하필이면 클라이맥스였다. 이제 춤이 기억난다고 했지만, 과연 대공님이 이것 또한 기억할까? 그냥 무난하게 넘어가는 것이 좋을 것 같은데. 디아나가 눈치 보며 살짝 몸을 빼며 입을 뗐다.

"그래서 대공님께 제안을……!"

그러나 뒤이어 대공이 몸을 붙였다. 살짝 숙이곤 두터운 팔이 허리를 감쌌다. 휘둥그레 뜬 눈이 대공을 보았다.

그대로 바닥에서 다리가 떴다.

"흐읍!"

그녀가 연습하던 상대와 완전 다른 높이었다. 놀란 디아나가 숨을 들이켰고 그녀의 몸이 허공을 그대로 빙그르르 돌았다.

허리춤의 기다란 리본이 디아나를 따라 나부꼈다. 드레스 안감을 화려하게 장식하던 다이아몬드들이 샹들리에의 불빛을 반사하며 반짝였다.

경탄이 홀을 가득 채웠다. 아주 짧은 시간 디아나가 대공을 내려 보았다.

― 탁

바닥에 굽이 닿는 순간 멈추었던 숨을 터트렸다. 디아나가 반짝이는 눈으로 대공을 보았다.

"정말 모두 기억하셨네요?"

"그래."

대공이 그것 보라는 얼굴을 했고, 디아나가 졌다는 듯 웃었다.

디아나는 한결 산뜻해진 심경으로 입을 열었다.

"대공님께 제안이 있어요."

"무엇이기에?"

"제가 오흐리드에서……."

그런데 빙글빙글 돈 탓일까? 아니면 높이 올라가서인가? 춤을 출 때부터 살짝 조이던 속이 뒤집힌 느낌이었다. 잠시 참았던 디아나가 입을 뗐다.

"오흐리드에서……."

그러나 다시 말을 멈췄다.

"왜 그러지?"

입을 열면 그대로 안에 있는 걸 쏟아 낼 것 같았다. 겨우겨우 억누르며 대공을 밀어냈다. 하지만 밀릴 리가 없었다. 가슴께의 뻐근함이 이젠 고통으로 느껴졌다.

"저 속이⋯⋯."

순간 속에서 무언가가 욱 치받았다. 입을 가린 디아나가 손쓸 새
도 없이 토했다.

뻣뻣하게 굳은 대공의 눈이 크게 확장된 것이 보였다.

"하아, 하아."

다급한 숨을 내쉰 디아나가 입을 가렸던 손을 뗐다.

붉은색⋯⋯ 피?

"어⋯⋯?"

하지만 더 이상 목소리가 나오질 않았다. 쌕쌕 숨을 내쉬며 디아
나가 대공을 보았다. 누군가 비명을 지르고, 음악 소리가 끊겼다.
그리고 암전이었다.

# Chapter 6.

—바스락 바스락

모두 살얼음판 위를 걷고 있었다. 이 죽음 같은 침묵 속에서 유일하게 한 사람만 눈치 보지 않고 움직였다.

"목숨은 건졌어."

헤르만이 낮은 목소리로 말을 이어 갔다. 며칠 밤은 꼬박 샌 듯 꾀죄죄한 몰골이었다.

"일단, 내가 할 수 있는 건 다했어. 열상도 문제 될 정도는 아니고. 운이 좋았어."

음료에 희석된 독을 한 모금도 안 되게 마셨다.

약간의 독은 대공이 재빨리 정령의 불로 태워 없앴다. 장기에 열상을 입었지만 그래도 목숨은 건졌다.

다른 문제는 어떤 독인지 알아내기도 힘들어졌다는 점이었다. 앞섶에 토한 피에 미약하게 독의 흔적이 있었지만 그 정도로는 알아낼 수 없었다.

그러니 해독 마법도 불가능했다.

독의 종류를 알고 펼치는 마법이었다. 그렇기에 섭취한 독의 종류를 알아내다가 골든타임을 놓쳐 사망하는 경우가 대부분이었다.

하지만 다행히 피를 토할 당시 대공이 함께였다. 재빠르게 처치한 대공은 곧바로 디아나가 활동한 경로를 색출했다.

디아나가 마신 걸로 추정된 유리잔을 테라스 아래 수풀에서 발견했으나, 범인은 이미 도주한 후였다.

헤르만이 이를 갈았다.

개자식들. 이렇게 작은 아이에게 무슨 짓인지. 찾으면 절대 쉽게 죽이지 않으리라.

"그런데 왜 눈을 못 뜨지?"

"몰라."

"무책임하다."

헤르만이 와락 인상을 찡그렸다. 들고 있던 빈 약병을 집어던지며 벌떡 일어났다. 화를 참고 있는 건 헤르만도 마찬가지였다.

"지금 애 하나 두고 싸워서 이 꼴로 만든 게 누군데……."

실수를 깨달은 대공이 다시 말했다.

"……미안하다."

"……."

"누구든 원망하고 싶은 건 알겠지만……."

한숨을 쉰 헤르만이 됐다는 듯 손을 내저었다. 헤르만 곁에 서 있던 나이 든 여성이 약병을 주워 테이블에 올렸다. 여성의 짓눌린 눈가가 눈물의 흔적을 보여 주었다.

헤르만이 가방에서 주사기를 꺼내 들었다. 소독 후 뾰족한 철제 심이 가느다란 팔뚝을 찔렀다.

노히바덴 대공이 한 손으로 얼굴을 덮었다.

지독한 악몽을 꾸는 기분이었다. 아니, 평생을 악몽 속에서 살아 새삼스럽지는 않았다. 다만, 이렇게 한 장면이 계속해서 떠오르는 건 처음이었다.

앞섶을 적신 붉은 피.

영문을 모르던 얼굴.

그를 향해 뻗던 손과 끈 잘린 인형처럼 쓰러지던……

어떻게 다뤄야 할지 모르는 것에 가까웠다. 아이와는 가까워 본 적이 없었다. 조심스럽게 다뤄야 한다는 건 알았지만, 어떻게 조심스럽게 다뤄야 하는지는 몰랐다. 알려 줄 수 있는 이도 없었다.

심지어 아이는 그를 좋아하지 않았다.

아이가 있는지도 모르다 13년, 아니 15년 만에 아버지라고 나타난 터니 당연하다 생각했다.

그 또한 적의가 편했다. 익숙했으니까.

그러니 만날 필요는 없다고 생각했다. 일단 친권을 찾는 것이 먼저라고 생각했다.

눈 뜬 장님처럼 손에서 놓치는 건 한 번으로도 충분했다. 필리파의 유일하게 남은 흔적이었다. 하지만 지금은 차라리 장님이길 바랐다. 저 모습을 보지 못했을 테니 부러울 지경이었다.

붉은 피가 주사기 눈금의 반을 채우자 헤르만이 이를 뽑아냈다. 바늘 자리에서 몽글몽글 솟는 피를 마법 처리한 시험지에 흡수시켜 상태를 체크했다.

─ 똑똑

조심스러운 노크가 대공의 침실을 두드렸다. 대공은 침실 근처를 떠나지 않았다. 상황 보고 또한 바로 곁방에서 들었다.

"들어 와."

조엘이었다. 조엘은 그날 이후로 모든 일을 멈추고 범인을 추적 중이었다.

"보고 드릴 것이 있습니다."

눈을 감고 있던 대공이 느리게 눈을 떴다. 조엘을 응시하는 짙은 눈동자가 섬뜩했다.

"하녀를 살해한 자의 흔적을 찾았습니다만……."

조엘이 등 뒤에 식은땀이 흐르는 걸 느꼈다.

이미 한 번 놓쳤던 흔적을 어떻게 파헤치고 파헤쳐 겨우 찾은 터였다.

"말해."

"그것이 다만, 다만……."

대공이 고개를 기울였다. 그가 이 일에 얼마나 매달렸는지 아는 조엘이 벌벌 떨다 눈을 질끈 감고 말했다.

"오흐리드 백작가에서 선수를 쳤습니다."

"……."

침묵을 견디다 못한 조엘이 변명을 덧붙였다.

"그쪽도 바짝 독이 오른 터라."

조엘이 주먹을 불끈 쥐었다. 당장 소리치고 싶은 걸 참았다.

그치들은 양심도 없나? 누구 때문에 저리되셨는데!

조엘은 대공에게 충성했으나, 대화 한 번 제대로 한 적 없는 아가씨에게 정이 들긴 힘들었다. 명은 따랐지만, 여전히 필리파에게 집착하는 각하를 이해치 못했다.

하지만 저렇게 핏기 없이 누워 있는 모습을 본다면 누구라도 그 원인에 대해 따지지 않을 수 없었다.

"이대로 충돌한다면 가문 간의 전쟁도 불사할 것처럼 굴어, 일단 물러났습니다."

침묵을 이어 가던 대공이 물었다.

"잡았다던가."

"……아니요. 아직 그쪽도 추적 중이라고 합니다."

오흐리드 영애이자 노히바덴 대공이 친딸이라 소송중인 소녀가 무도회 도중 독에 당한 사건이었다.

노히바덴가와 오흐리드가 두 가문이 처음으로 의견에 일치를 보였다. 두 가문이 합심한 분노에 황제는 불에 덴 듯 조사권을 던져 주었다.

두 가문이 범인에 대해 하는 조사는 모두 최대한 협조해라.

괜히 분란에 끼어들고 싶지 않았다는 게 정확할 터였다.

하지만 황후의 의견은 달랐다. 당연히 협조해야 한다는 것도 사건이 일어난 초기뿐이었다.

시일이 지나고 충격이 가시자 곧바로 언제까지 이 일로 제도를 소란스럽게 할 거냐며 목소리를 높였다. 그 배후엔 오발론 남작이 있었다.

그때 다급한 발소리가 들렸다. 조엘이 눈을 크게 떴다. 대공가의 저택에서 요란스럽게 굴 일은 하나뿐이었다. 대공 또한 마찬가지로 당장이라도 몸을 일으킬 듯했다. 열린 문 앞으로 기사가 다급히 들어왔다. 기사의 안색이 새파랬다.

조엘은 심장이 바닥에 떨어졌다.

"아가씨께 무슨 일이라도 생겼습니까?"

"예? 아가씨께 무슨 문제가 있습니까?!"

하지만 기사가 펄쩍 놀라며 되물었다.

"……아가씨 문제가 아닙니까?"

"아닙니다만……."

"그럼 무슨 일로 이리 소란입니까?"

별다른 일 아니면 당장 그 목을 매달아 버리겠다는 눈빛으로 쏘아보며 날카롭게 말했다.

"오흐리드에서 손님이 방문했습니다."

"오흐리드에서요?"

조엘이 대공을 힐끗 보았다.

대공은 무표정했다. 이미 몇 번이나 디아나를 돌려보내라는 전령을 쫓아낸 참이었다. 이번엔 필시 엉덩이를 걷어차겠다는 각오를 다졌다.

"지금 그딴 걸로 소란 피우신 겁니까? 당장 내쫓으세요."

기사가 어쩔 줄 모르며 답했다.

"그…… 방문하신 분이 오흐리드 백작님이십니다."

*　　*　　*

너른 들판. 디아나는 피어난 들꽃 사이에 앉아 있었다. 혼자였지만 외롭지 않았다. 포근했고 오히려 이대로 눈을 감고 푹 쉬고 싶었다. 그대로 눈을 감으려 할 때였다.

붉은 새가 튀어나왔다. 대체 어디서 나타났는지 알 수 없는 새가 그녀의 앞에서 부산스럽게 날개를 펄럭였다.

디아나는 느껴 본 적도 없을 정도의 짜증이 차오르는 걸 느꼈다. 화가 난 디아나가 새를 밀쳐 냈다. 다시 잠이 들고 싶었다. 하지만 새는 다시 날아와 꿋꿋하게 디아나의 잠을 방해했다.

"나한테 왜 그러는 거야?"

서러움이 복받쳤다. 엎드린 디아나가 울음을 터트렸다. 그러자 새가 언제 괴롭혔냐는 듯 그녀의 곁에 위로하듯 앉았다. 울고, 울고 또 울었다. 눈물로 강을 만들 수도 있겠다고 생각될 만큼 울다 어느 순간 아무렇지도 않아졌다.

"……?"

왜 울었는지도 기억이 나질 않았다.

벌떡 몸을 세운 디아나가 곁의 새를 유심히 보았다.

"너……."

목을 길게 뺀 새가 머리를 갸웃거렸다.

"이름이 있었던 것 같은데."

새가 날개를 쫙 펼쳤다.

"도와줄까?"

그리고 믿을 수 없게도 새에게서 음성이 들렸다. 그런데 어째서인지 디아나는 그것이 자연스럽게 느껴졌다. 어떤 의문도 들지 않았다.

"뭘?"

"도와줄까?"

"그러니까 뭘?"

"나랑 계약하면 도와줄게."

계약? 그게 뭐였지? 디아나가 눈을 가늘게 뜨고 어떤 단어인지 떠올리려 노력했다.

"디아나!"

그때 누군가 그녀를 불렀다. 디아나가 소리가 들린 방향을 돌아보았다.

"칫."

혀를 차는 소리에 돌아보자 어느새 붉은 새가 다시 사라졌다.

"디아나!"

디아나가 반색했다. 그리워하고 또 그리워했던 목소리.

"엄마!"

벌떡 일어난 디아나가 달려갔다. 품에 안긴 순간 다시 눈물이 터졌다. 감정이 극단적으로 휙휙 변했다.

"생전 안 울던 애가 무슨 일 있었어?"

치마폭에 얼굴을 묻은 디아나가 고개를 가로저었다.

"아가씨!"

다른 이의 음성에 디아나가 놀라 고개를 들었다.

어느새 집 앞이었다. 그녀가 아주 어릴 때 1년 정도 살았던 집이었다. 왜 여기 와 있는 거지? 하지만 그 생각을 이어 갈 수 없었다.

집 앞엔 처음 보는 여인이 있었다.

"……사!"

엄마가 놀라 소리쳤다.

"여긴 어떻게 왔어?! 그리고 애프릴이야."

"아, 편지에서 그렇게 말하셨죠."

"말도 놔."

디아나가 엄마의 치맛자락을 당겼다.

"엄마, 누구야?"

"응? 엄마 오래된 친구. ……이모라고 불러. 여기는 디아나. 내 딸이야."

이름이 뭐랬지? 방금 들었는데 왜 기억이 나질 않지? 지금 와 생각하니 엄마 친구를 만났던 것이 헤르만이 처음이 아니었다.

그때 헤르만의 목소리가 들렸다.

"이제 그만 일어나야지."

무슨 시름이라도 있는지 땅이 꺼질 듯 한숨을 푹푹 내쉬었다.

"완전 지옥이다. 정말."

왜냐고 묻고 싶은데 아까와 달리 입이 움직여지질 않았다. 그러고 보니 주위를 둘러봐도 헤르만이 보이질 않았다. 목소리만 들렸다.

"세니르 걔가 여길 왜 와?"

헤르만의 목소리가 어느새 성나 있었다.

"안 된다고 해!"

'세니르 구박하지 말아요!'

소리치고 싶었으나 나오질 않았다. 디아나는 어디라도 움직이기 위해 안간힘을 썼다. 손가락이 살짝 움직였다.

"디아나! 디아나!"

'아이 시끄러워요.'

귀청이 떨어져라 불러댔다.

"왜, 왜 그러시는 거죠? 무슨 문제라도……."

"디아나가 움직였어. 테세비츠! 테세비츠 불러!"

그리고 잠시 후 옆방에 있던 대공이 왔을 때였다. 디아나는 미동도 하질 않았다. 30분을 지켜보던 대공이 헤르만을 물끄러미 보았다.

"……."

아무 말도 하지 않았지만, 헤르만이 억울함을 토로했다.

"아니 분명 손가락을 움직였다니까?!"

지금은 둥실둥실 수면 위를 떠다니는 기분이었다. 잠깐 잠이 들었는데 여기가 어딘지 알 수 없었다.

'제발.'

절절했다. 목소리는 정말 좋았다. 그런데 알 수 없는 거부감이 들었다.

'일어나거라.'

아, 그런데 목소리만큼은 정말 좋다.

엄청 낮아서 듣고 있으면 잠이 잘 오는 목소리였다. 이렇게 낮은 목소리로 자장가를 불러 준다면 금방 잠에 빠질 수 있을 것 같았다.

'네가 일어나기만 한다면……'

한다면?

하지만 더는 말이 들리지 않았다. 뒷말이 궁금했다. 목소리를 더 듣고 싶었다. 얼굴은 무표정해서는 가끔 보이는 모습이 되게 어처 구니없는 이였다. 떠오르니 갑자기 웃음이 나 피식거렸다.

가끔은 짜증 나게 해서 정말 싫기도 했다. 그래도, 그 사람이 우 는 건 보고 싶지 않았다. 디아나가 안간힘을 써 눈을 떴다.

그리고 눈을 뜬 순간 방금까지 떠올리던 모든 생각이 휘발되었 다.

'무슨…… 꿈을 꾼 것 같은데?'

몽롱한 얼굴로 눈을 깜빡였다. 오랫동안 쓰지 않은 듯 뻑뻑한 눈 은 초점이 맞질 않았다. 심지어 어둑했다. 눈을 비비려던 디아나는 몸이 잘 안 움직이는 걸 깨달았다.

'뭐지?'

한참을 꼼지락거리자 손가락부터 조금씩 감각이 돌아왔다. 초점 도 차차 돌아왔다. 천장은 처음 보는 문양이었다.

'뭐야? 여긴 어디야?'

간신히 고개를 돌리던 디아나가 그대로 굳었다.

'대공님?'

헛것을 보는 건가?

의자에 앉은 노히바덴 대공이 테이블에 머리를 대고 고개를 숙이고 있었다. 전혀 움직이지 않았다. 잠든 모양이었다.

'대공님이 왜 여기서 주무시지?'

그 순간 대공이 움직이더니 고개를 들었다. 디아나가 숨을 들이켰다. 대공과 눈이 마주쳤다. 대공 또한 그대로 뻣뻣하게 굳었다.

"……."

"……."

기이익 ─ 의자가 밀리는 소음이 컸다. 벌떡 일어난 대공이 성큼성큼 걸어왔다. 커다란 그림자가 그녀를 삼켰다. 디아나가 대공의 품에서 눈을 끔뻑였다.

'뭐, 뭐야?'

얼떨떨했다. 당장 밀어내기엔 대공이 너무 절절해 보였다. 잠시 참던 디아나가 꼼지락거렸다. 상황도 상황이었지만 답답하고 ─

"아, 아파……."

'내 목소리 맞아?'

쉬어 빠진 목소리가 났다. 숨이 막힐 정도로 꽉 끌어 안겨 있으니 아팠다. 대공이 화들짝 놀라며 멀어졌다.

"……미안하다."

곧바로 대공이 떨어졌다. 그러자 몸을 바로 세울 힘이 없어 옆으로 쓰러지려 했다. 대공이 놀라며 다시 붙잡았다.

"괜찮나?"

디아나가 쌕쌕 가쁜 숨을 몰아쉬며 고개를 까딱였다. 잠시 숨을 고르던 디아나가 입을 열었다.

"여기가⋯⋯."

입 안이 너무 말라 디아나가 콜록콜록 마른기침을 했다.

대공이 황급히 머리맡의 테이블로 몸을 돌렸다. 그러나 손을 떼자 디아나의 몸이 다시 확 넘어갔다. 대공이 놀라 다시 돌아왔다. 어쩔 줄 몰라 하던 대공이 침대 헤드에 베개를 세웠다. 그러곤 그녀를 번쩍 들었다.

"⋯⋯!"

헤드에 몸을 바짝 붙여 베개에 기대도록 한 대공이 다시 테이블로 향했다. 주전자에 담긴 물을 따라 냈다. 그러더니 갑자기 그의 손에서 불길이 확 피어올랐다.

디아나가 눈을 휘둥그레 떴다가 금방 감았다. 머리가 지끈거렸다.

'아, 눈뜨는 것도 힘들어.'

"마셔라."

대공의 손에 있을 때는 장난감처럼 보이던 잔이었는데 그녀의 손에 쥐자 평범해졌다. 잔은 따듯했다.

디아나는 잔을 받아 들려 했으나 아귀힘이 전혀 들지 않았다. 바닥으로 떨어지려던 잔을 대공이 재빨리 받았다.

"그냥 가만히 있거라."

대공이 잔을 그녀의 입가에 대주었다.

따뜻할 거란 생각과 다르게 물은 미지근했다.

그러나 적당한 온도에도 목구멍이 까끌까끌해 넘기는 게 고역이었다. 그러나 너무 물이 고팠기에 꾸역꾸역 넘겼다.

겨우 한 모금이었다. 그런데 참을 수 없이 속이 울렁거렸다. 대공이 컵을 내려놓았다. 짙은 눈썹을 있는 대로 좁힌 대공이 심각한 얼굴로 그녀를 들여다보았다.

디아나는 신경 쓸 겨를도 없이 입을 틀어막고 참았다. 식은땀이 줄줄 흘렀다.

"괜찮나?"

디아나가 입을 가리던 손을 떼며 손바닥을 보였다.

"의사를……."

그 순간 참을 수 없는 구토감이 치솟았다. 디아나가 반사적으로 방금 물을 마셨던 컵 쪽으로 몸을 숙였다. 겨우 토해 내곤 헉, 헉, 숨을 내쉬었다.

물 한 모금을 넘기는 게 이렇게 힘들었나?

그때 희미한 목소리가 들렸다.

"피가……."

목이 졸린 것 같은 목소리였다. 그 갈라진 목소리의 주인이 대공님인 걸 뒤늦게 알았다.

피? 디아나가 컵을 보았다. 붉은 기는 전혀 없었다. 방금 마셨던 목구멍을 꽉 틀어막았던 물뿐이었다.

석상처럼 굳었던 대공이 비틀 테이블을 짚었다.

"……아니군."

대공이 소매로 그녀의 입가를 닦았다. 디아나의 눈가가 움찔 떨렸다. 디아나가 대공을 이해할 수 없는 눈으로 보았다.

입가를 닦던 자세 그대로 멈췄던 대공이 손을 내렸다.

"네가 거기 누워 있은 지 한 달이 지났다."

"⋯⋯?"

그게 무슨 소리지?

대공은 그녀와 시선을 마주치지 않았다. 침대 한편을 바라보던 대공이 몸을 돌렸다. 어느새 목소리는 평소처럼 돌아와 있었다.

"헤르만을 불러오마."

＊　　＊　　＊

그녀는 몇 번을 잠들었다 깨기를 반복했다. 낮과 밤을 구별할 수 없는 나날이었다. 조금씩 깨어 있는 시간이 늘어났다. 가끔 한밤중 눈을 떴을 땐⋯⋯.

디아나가 기억을 털어 내듯 고개를 저었다.

"아가씨이이!"

제인이었다.

"아가씨, 어떻게, 어떻게 해⋯⋯. 세상에."

제인은 그녀의 얼굴이 많이 상했다며 엎드려 펑펑 울었다.

디아나가 몸을 숙인 제인의 어깨를 토닥였다.

"⋯⋯괜찮아."

"허어어엉. 끅, 아, 아가씨. 허어어엉."

그러나 위로는 오히려 반대의 결과를 냈다.

제인은 그녀를 수행하기 위하여 온 하녀였다. 대공가에 백작가의 하녀가 들어올 수 있는 이유는 간단했다.

대공가에는 우락부락한 기사들만이 가득했다. 지체 높은 여인 없이 지낸 세월이 오래되었다고 한다. 당연히 레이디의 시중에 대해 제대로 아는 하녀가 없었다.

'그냥 돌려보내 주면 편한데.'

돌아가고 싶다, 말을 꺼내긴 했다.

바로 거절당했지만.

'그래도 대공님 덕에 목숨을 구했다니까.'

아직은 움직임도 불편하고. 애써 스스로를 다독였지만 그래도 돌아가고 싶었다.

이곳이 너무 불편했다. 독에 쓰러진 걸 안 이후 디아나는 꽤 불안감에 시달렸다. 당시 기억도 흐릿했지만, 영문 모를 악몽을 꾸다 일어나기도 했다.

여기는 안전하다고 마음을 편하게 먹으라 했지만 아무도 그녀를 안정시킬 수 없었다. 그나마 헤르만이 있어 버텼다.

"이 작고 여리신 분한테 독이라니……."

한창 눈물 콧물을 빼던 제인은 약 먹을 시간이라는 의사의 방문에 일어났다.

간단한 식사를 하고 약을 먹고 진찰을 받았다. 제인은 의사에게 그녀의 상태에 대해 꼼꼼하게 물어보고, 주지 받았다. 중간중간 울음이 차오른 듯했지만 잘 참아 냈다.

제인이 하인에게 물수건과 대야를 받아 들었다. 물수건을 적신 후 쭉 짜냈다.

살짝 따뜻하게 느껴지는 부드러운 수건이 얼굴을 닦아 냈다.

"어떻게, 아가씨 곁에 시중들 사람 하나 없이 둘 수가 있어요?"

"없지는 않았는데……."

그녀를 마주할 수 있는 이는 아주 소수였다. 헤르만, 의사, 집사, 그리고 남성의 손을 빌리기 힘들 때는 중년의 부인이 방문했다.

'어디서 많이 뵌 분 같았단 말이야.'

목욕도 그분이 도와주었다.

복장을 보아 노히바덴가의 고용인인 것처럼 보이진 않았다. 하지만 시중을 드는 것에 익숙한 손길이었다.

'대체 뭐 하시는 분이지?'

아무리 생각해도 이전에 마주쳤을 리 없는 분이었는데 어딘가 익숙한 느낌이었다.

어느덧 디아나의 손끝까지 꼼꼼하게 닦은 제인이 대야를 밖에 내놓았다.

"정말 너무했어요. 대공가에서 아무도 못 들어오도록 막았다구요."

"그래요?"

"작은 도련님도 방문하셨는데 바로 쫓겨났잖아요."

"뭐라구요?"

디아나의 얼굴이 굳었다. 그건 처음 듣는 이야기였다.

"모르셨어요? 엊그제도 방문했다가 그냥 돌아가셨어요."

제인이 약간 놀라 말했다. 디아나가 얼굴을 찌푸렸다.

"아니, 제 손님인데 왜 물어보지도 않고……."

기분이 좋지 않았다. 그렇지 않아도 방에 거의 감금하다싶은 게 불만스럽던 차에 저 이야기까지 들으니 살짝 화가 났다.

'내가 아파서, 아프니까 신경 쓰지 말라고 한 거겠지.'

그래도 말을 해 줘야지. 디아나가 입술을 잘근잘근 씹다 다시 심해지는 두통에 머리를 짚었다.

"아가씨, 머리 아프세요? 이제, 그만 쉬세요."

제인이 호들갑을 떨며 그녀를 눕혔다.

"후우, 그래요. 할머니랑 할아버지는 어떻게 지내고 계세요?"

"아!"

제인이 한쪽에 놓아둔 보따리를 가지고 왔다.

"저 편지 가지고 왔어요."

"편지?"

디아나의 얼굴이 밝아졌다. 다시 몸을 일으킨 디아나가 어서 달라는 손짓을 했다.

"바로 전해 드리려고 했는데, 아가씨 보자마자 우느라 정신이 없었죠. 죄송해요."

"페이퍼 나이프를……."

"괜찮아요."

편지를 받은 디아나가 제인의 말이 끝나기도 전에 인장을 뜯어냈다. 제인이 눈을 동그랗게 떴다가 웃었다. 봉투 안에서 좋은 향이 나왔다.

디아나가 편지를 펼치며 물었다.

"다른 사람들은 어떻게 지내요?"

"……"

"아, 그러고 보니 네리아 많이 혼나진 않았죠? 네리아 잘못이 아니니까……"

무도회장에 같이 갔으니 엄청 놀랐을 것 같았다. 말을 이어 가던 디아나가 기묘한 침묵에 고개를 들었다.

"제인?"

제인의 안색이 창백했다. 제인이 입술을 파르르 떨었다.

"왜 그래요?"

"아, 아무것도 아니에요."

전혀 설득력이 없는 변명이었다. 디아나가 미간을 좁혔다.

"말해 줘요. 뭘 숨기고 있는 거예요?"

"그게, 아가씨……"

제인이 얼굴이 보이지 않게 고개를 푹 숙였다. 꽉 쥔 주먹 위로 눈물이 툭 떨어졌다.

심장이 바닥으로 쿵 떨어졌다. 목덜미가 섬뜩했다.

"네리아는……"

디아나가 저도 모르게 고개를 저었다.

"죽었어요."

"……"

디아나가 제인을 멍하니 바라보았다. 손 사이로 편지가 빠져나가는 것도 알지 못했다.

"그게…… 무슨 소리예요?"

"네리아는 죽었어요."

"아니, 아니요. 제인, 이상한 말 하지 마요."

제인은 고개를 들지 않았다. 후드득 떨어지던 눈물이 제인의 손등을 넘어 치맛자락도 적시고 있었다.

디아나가 침대 위를 기어가 제인의 손을 잡고 흔들었다.

"제인. 아니지? 아니죠? 아니라고 말해 줘요."

"아가씨께서 쓰러진 그날……. 노르반 저택에서……."

"어떻게? 누가? 왜? 무슨 이유로!"

"아가씨께 접근하려고 떼어 놓을 생각이었대요. 그런데, 중간에, 중간에 네리아가 눈치채고…… 도망치려다가…….."

디아나가 입을 틀어막았다.

네리아가, 죽었다고? 말도 안 돼.

그녀가 노르반 저택에서 쓰러진 지 벌써 한 달하고도 보름이 넘었다. 그런데 그녀는 지금껏 아무것도 몰랐다. 아무도 말해 주지 않았기에.

"장례식도 이미 예전에 끝나서, 저, 저는 당연히, 아가씨가 알고 계신 줄…….."

디아나의 손에서 힘이 빠졌다. 마른 팔로 겨우 숙인 몸을 지탱했다.

어떻게 이걸 비밀로 해?

나 때문에 죽었다고.

"어디, 어디에…… 네리아 지금 어딨어요?"

"제도 서쪽 공동묘지에 ……아가씨?"

침대에서 일어선 디아나가 제인에게 다가오지 말라며 손바닥을 내밀었다. 그녀는 비틀비틀 방문으로 걸어갔다.

문을 열자 양옆에 서 있던 기사들이 그녀를 보았다.

"아가씨? 필요한 게 있으십니까?"

문고리를 쥐어뜯을 듯 쥔 디아나 손등이 창백했다.

"네리아가 죽었다는 게 사실인가요?"

"……."

기사들이 서로를 바라보았다.

"대답해 주세요. 사실인가요?"

"……네리아가 누굽니까?"

"하……."

절로 헛웃음이 터졌다.

하, 하하. 그렇지. 여긴 그녀의 집이 아니었다.

"모르면 됐어요."

디아나가 발을 떼자 기사가 황급히 막아섰다.

"아가씨 일단 들어가 계십시오. 사람을 불러오겠습니다."

"아니요. 필요 없어요. 그냥 제가 직접 가서 볼 거예요."

이를 무시하며 문지방을 넘었다. 맨발에 푹신하면서도 까슬한 카펫 바닥이 느껴졌다.

"안 됩니다. 아직 방 밖을 나서시면……."

"아가씨! 어디 가셔요!"

제인이 서둘러 뛰어나왔다. 디아나는 모두 무시했다. 제인이 붙잡았지만 어디서 그런 힘이 나왔는지 세게 뿌리쳤다.

그러자 기사들이 손을 뻗어 그녀의 앞을 막았다.

"비켜요."

"안 됩니다."

"비키라고 했어요."

"아가씨, 먼……."

"날 그렇게 부르지 마!"

디아나가 소리 질렀다. 기사들과 제인이 화들짝 놀랐다.

"내가 왜 여기 아가씨야? 대공님과 내가 무슨 상관이 있어서!"

꽉 쥔 두 손이 새하얗게 질렸다. 그리고 그때 대공과 눈이 마주쳤다.

'아.'

다 들었다.

소란에 방에서 나오기라도 한 걸까? 하지만 그런 게 다 알 게 뭔가.

크르룽—

그때 익숙한 짐승 소리가 들렸다. 디아나가 뒤를 돌아보았다. 복도의 반을 차지하는 커다란 짐승이 있었다. 제인의 시선이 이리저리 흔들리고 기사들의 몸이 딱딱하게 굳었다.

"하늘이?"

언제 어떻게 나타난 거지? 중요치 않은 의문은 넘겼다. 제인이 백작가에서 올 때 데려왔지만 들여보내지 않고 있었나 보지. 중요한 건 그게 아니었다.

"소환수?"

"어떻게?"

"어서 현자님을……!"

검 손잡이를 쥔 기사들이 당황했다. 디아나가 하늘이에게 손을 뻗었다.

"하늘아, 가자."

기사들이 검을 뽑았다. 그보다 하늘이가 오는 게 먼저였다. 하늘이를 공격하려던 기사들이 멈칫했다.

디아나가 하늘이의 목덜미 가죽을 붙잡고 다리에 힘을 주어 올라타는 순간 하늘이가 크게 점프했다. 벽을 딛고 그대로 기사를 넘었다.

"무슨!"

"아가씨!"

제인이 비명처럼 소리쳤다.

착지하는 바로 반 발자국 앞에 대공이 있었다. 그대로 하늘이가 복도를 달려갔다.

디아나는 타고난 기수였고, 일반적인 동물이 아닌 하늘이는 흔들림이 크지 않았기에 떨어진 체력으로도 버틸 수 있는 정도였다.

"꺄!"

"왠 짐승이……! 아가씨!"

"피해!"

하늘이를 본 하인과 하녀들이 비명을 질렀고, 곧 위에 올라탄 그녀를 보곤 경악을 금치 못했다.

뛰쳐나온 기사들이 막아서기도 했다. 그러나—

"검 치워! 미쳤어?! 아가씨께 무기 겨누지 마!"

저택을 나가는 건 순식간이었다.

"윽."

오랜만에 쬐는 볕에 부신 눈을 잔뜩 찡그렸다가 겨우 떴다. 달려가던 하늘이가 어느새 멈춰 있었다.

붉은 새, 홍염이 새파란 하늘 위를 날아다녔다.

하늘이가 주춤 물러났다. 털가죽 아래 바짝 긴장한 근육이 느껴졌다. 언제, 어떻게 먼저 왔는지 막아선 대공이 말했다.

"데려다주마."

*      *      *

머리가 지끈거렸다. 디아나는 신음하며 눈을 떴다. 아니, 뜨려고 했다. 눈이 통통 부어 있었다. 거울을 보지 않아도 어떤 상태일지 훤히 보였다.

머리맡에서 기척이 느껴졌다. 몽롱한 정신을 가다듬으며 작게 말했다.

"물 좀 부탁드려도 될까요."

대답은 없었다. 방 안에는 인기척 하나 없었다. 디아나가 피식 웃었다. 바닥에 발을 내딛을 때 코앞에 물 잔이 내밀어졌다.

살짝 놀랐던 디아나가 잔을 받아 들었다.

"고마워요."

미지근한 물을 넘겼다. 목구멍이 약간 따가웠다.

"왜……. 콜록, 콜록."

기침을 내뱉자 상대가 이번엔 물 주전자를 가져와 통째로 물을 따라 주었다.

그러니까, 네리아의 무덤에 가서 묘비를 보고, 그 앞에 엎드려 한참을 울다가 그 이후로 기억이 없었다. 디아나가 띵한 머리를 붙잡았다.

"대공님은 왜 밤에만 와요?"

"······."

기다려도 답은 없었다.

"말하기 싫으시군요."

오늘 낮에 소리 지르는 걸 모두 들으셨을 테니, 대공님이 화가 나실 만했다.

겨우겨우 살려 냈더니, 고작 하녀 한 명의 죽음에 눈이 뒤집혀 막말을 지껄였다 여겨도, 모두 사실이었다.

네리아는 그녀에게나 소중하지, 대공이신 분께는 별다른 의미가 없을 테니까.

디아나는 손에 쥔 잔만 만지작거렸다. 몇 번이고 입술을 짓씹던 디아나가 겨우 입을 뗐다.

"저······."

"너는······."

둘이 동시에 입을 열었다. 닫았다. 디아나가 어색하게 말했다.

"말씀하셔요."

"아니. 네가 먼저 하거라."

얼굴이 보이지 않으니 차라리 나았다. 디아나가 습―하고 숨을 들이쉬었다.

"오늘 데리고 가 주셔서 감사했어요."

"그 네리아란 하녀, 친밀했느냐."

"……제가 할머니 댁에 오고 나서부터 함께했으니까요."

그리고 또 조용해졌다. 이젠 이 어둠이 답답해졌다. 대공의 실루 엣만 어렴풋이 보여, 대체 무슨 얼굴을 하고 있는지 도통 알 수가 없었다.

그리고 또 침묵.

꽤 오랜 시간 흐른 뒤 대공이 뜬금없이 말했다.

"답답하더라도 참거라."

"네?"

"네가 내게 별로 좋은 감정을 지니지 않은 걸 안다."

디아나가 자신의 혀를 깨물었다.

대공의 말투는 그저 사실을 말한다는 듯 담담했다. 당연하다는 듯한 체념이 느껴졌다.

아무리 화가 나도 그런 말은 해선 안 됐는데.

이불을 쥐어뜯듯 잡은 디아나의 고개가 바닥을 향했다.

"이해한다. 네게 나는…… 갑자기 나타난 불청객이겠지."

"……죄송해요."

"네게 사과를 들으려고 꺼낸 말이 아니다."

디아나가 고개를 저었다.

"아니요. 그래도 제가 한 말이 대공님께 상처를 준 건 사실이니 까요. 정말 죄송해요."

"……."

대공은 이 상황이 못내 어색한 듯 다시 침묵 농성에 들어갔다. 무슨 말이라도 하길 기다리던 디아나가 점점 무거워지는 눈꺼풀을 버티기 힘들다 여길 때였다.

"네가 답해 줬으면 하는 게 있다."

"……네?"

디아나가 잠을 밀어내며 뒤늦게 답했다. 정말 체력이 너무 떨어졌다. 이 잠깐 새 졸음도 참지를 못하다니.

"싫다면 말하지 않아도 된다."

"아니에요, 말씀하세요."

"네가 하려던 말이 뭐였지?"

막상 대공이 입을 열자 쭈뼛 긴장이 되었다.

"네가 무도회장에서 쓰러지기 전에 내게 무슨 말을 하려 하지 않았느냐."

"……아."

디아나가 눈을 깜빡였다.

그랬지. 완전히 잊어버리고 있었다. 그녀가 무도회에서 대공과 단둘이 이야기하려고 했던 목적을.

"신경 쓰이셨어요?"

"……그래. 무척."

디아나가 눈을 동그랗게 떴다.

'엄청 신경 쓰이셨나 보네.'

그래도 다행이었다. 저만큼 신경 썼다면 그만큼 그녀의 말을 진지하게 생각해 보실 테니까.

"저 잠시만요."

대공이 의아하게 그녀를 보았고, 디아나는 마구 머리를 흔들고 양 뺨을 착 ─ 소리 나도록 때렸다.

"무슨……?"

당황한 대공의 목소리가 들렸다. 디아나는 곧장 대공을 마주 보며 당당하게 말했다.

"대공님께 제안하고 싶은 게 있어요."

"네가 날 무도회장에 부른 이유였느냐?"

"네. 듣고 판단해 주세요"

침묵을 허락으로 여기고 디아나가 말을 이었다.

"제가 오흐리드 백작가에서 지낸 지가 2년이 지났어요. 이번 겨울이 지나면 3년째겠네요."

벌써. 정말 시간이 쏜살같이 지나갔다.

"노히바덴 대공가에서도 3년을 지낼게요."

대공은 그 질문의 의도를 모르겠는 모양이었다. 한껏 집중해 그녀의 의도를 파악하려는 얼굴이었다. 그 모습에 왠지 웃음이 터질 뻔한 걸 볼을 씹어 참았다.

그리고 다시 진지하게 말했다.

"대신 소송은 취하해요."

"……."

또 정적이 방을 채웠다. 왠지 대화한 시간보다 침묵으로 보낸 시간이 배는 될 것 같았다.

침묵도 계속 겪다 보면 익숙해지는지 처음보다는 덜 불편해졌다.

대공이 깊게 가라앉은 목소리로 물었다.

"백작도 동의한 건가?"

디아나가 대공의 시선을 피했다.

"모르는군."

살짝 고개를 끄덕였다.

"동의할 리가 없지."

미간을 찌푸린 대공이 문이 있는 방향을 짧게 노려보았다.

"그럼 3년이 지나고 나선?"

"그땐 제가 성인이 돼요."

성인이 되면 소송에 발언권이 생길 테니 스스로가 결정하겠다는 의미였다.

"네가 두 가문을 재보겠다는 건가."

다행히 설명을 덧붙일 것 없이 대공이 바로 이해했다.

"혹시 자신 없으신 건 아니시죠?"

디아나가 일부러 도발하듯 말했다.

"……"

그러나 금세 우물쭈물하며 손가락을 꼼지락거리며 말했다.

"최대한 공평하게 생각하도록 할게요."

도발은 무슨, 그녀 주제에 웃기지도 않았다.

괜히 화나서 제안 안 받으신다고 하면 어쩌지? 그럼 진짜 소송을 계속하게 될 텐데. 근데 그럼 정말로 계속 제도에 머무시는 건가?

그래도 되나? 안 될 것 같은데.

홀로 꿍얼꿍얼 생각할 때였다.

"알겠다."

디아나가 숙였던 고개를 치켜들었다.

이렇게 쉽게? 정말 이렇게 넘어가는 건가?

휘둥그레 뜬 눈에 대공이 비쳤다. 대공이 갑자기 자리에서 일어났다. 커다란 몸이 소리 없이 움직이는 모습이 흡사 표범 같았다.

어느새 방문에 다가간 대공이 벌컥 손잡이를 밀었다.

복도는 디아나의 방과 달리 밝았다. 열린 문 앞에 서 있는 이의 그림자가 선명하게 그려질 정도로.

"뭘 엿듣고 있나?"

"큼큼."

기침하는 목소리는 헤르만의 것이었다. 디아나가 입을 작게 벌렸다.

"저녁에 열이 좀 있었어서 확인해 보려고 한 거거든?"

"각하. 죄송합니다."

"죄송합니다."

헤르만의 뒤에 서 있던 기사들이 죽을죄를 지었다는 표정으로 고개 숙였다.

대공은 타박하지 않았다. 기사들이 헤르만을 막을 수 있을 리 없었다. 헤르만은 뻔뻔하고 당당한 표정으로 팔짱을 꼈다.

"근데 그럼 어떻게 되는 거야? 둘이 화해하기로 했어?"

　　　　　*　　　*　　　*

　이튿날.

　ㅡ똑똑

　노크 소리가 들렸다.

　"들어가겠다."

　제인이 디아나의 얼굴을 덮고 있던 차가운 수건을 치웠다. 디아나가 거울을 집어 보았다. 처음 거울을 보았을 땐 저절로 비명이 나올 정도였다. 거울 속에 웬 두꺼비가 있었다.

　'어제 이 얼굴로 대공님이랑 얘기했단 말야?'

　그나마 어두워 제대로 못 봤으리라고 기도하는 수밖에 없었다.

　지금은 계속된 냉찜질로 눈을 떴을 때 보단 부기가 빠져 있었다. 하지만 초췌한 안색은 일어나지도 못했던 때의 모습 그대로였다.

　'하루 만에 다시⋯⋯.'

　누군가 침실로 들어오는 소리에 거울을 내렸다. 그런데 제인 말고도 두 사람이 더 있었다. 대공님과 제인이 오기 전에 가끔 그녀의 시중을 도와주던 중년의 부인.

　디아나가 갸웃 고개를 기울였다.

　'정말 어디서 본 것 같은데.'

　디아나의 시선이 중년의 부인에게 길게 머물다 대공에게 향했다.

　"넌 잠시 나가 있거라."

　제인이 조용히 물러갔다. 중년의 부인이 희미하게 웃었다.

"역시 저를 기억하지 못하시는군요."

"……저를 아세요?"

원래부터 느끼던 기시감과 함께 의문이 다시 불을 지폈다. 디아나가 미간을 좁히고 기억을 더듬었다.

"그래요. 어쩔 수 없지요."

부인이 씁쓸하게 웃었다. 그러나 금방 털어내고 다정하게 말했다.

"아가씨가 다섯 살밖에 되지 않았을 때니까요."

"다섯 살이요?"

"아주 어리실 적에 뵌 적 있습니다."

부인의 눈동자가 과거를 상기하는 듯 허공을 더듬었다.

"아가씨의 품에 꼭 안겨 있던 모습이 선명하네요. 그때와 많이 달라지셨습니다."

그녀를 칭하는 것이 아닌 것은 눈치로 알 수 있었다.

"어……."

대공은 한발 물러 서 있었다. 한참을 망설이던 디아나가 옷자락을 쥐고 입을 뗐다.

"화, 확실하진 않은데, 그, 라일락이 많이 핀 곳에 살 때, 엄마 친구가 방문했었는데……. 혹시……."

치솟는 감정을 내리누르려 숨을 크게 들이쉰 부인이 입을 뗐다. 담담하게 설명하던 부인의 목소리가 마지막엔 가늘게 떨렸다.

"전 아가씨, 그러니까 필리파 오흐리드 소백작님의 하녀였던, 마거릿입니다. 아가씨께선 마리라고 부르셨죠."

이름을 들으니 기억이 조금 더 선명해졌다. 어머니의 친구를 마리 이모라고 불렀었다.

디아나가 눈을 빠르게 깜빡였다.

"동대륙에 있던 저를 소공작, 아니, 대공님께서 찾아오셨습니다."

그리고 지금껏 침묵하며 지켜보던 대공이 입을 뗐다,

"여기서부턴 내가 설명하지."

대공은 그녀의 어머니를 계속 찾아다녔다. 오랜 노력 끝에 어머니와 같이 사라졌던 어머니의 측근 하녀인 마거릿의 흔적을 찾았고, 대공은 바로 동대륙으로 향했다.

그 시기에 헤르만이 그녀를 찾은 것이다.

"이걸 받으십시오."

디아나는 마거릿이 내민 함을 반사적으로 받았다. 오래된 느낌이 물씬 풍기는 나무함이었다.

"아가씨께서 제게 남기신 물건입니다."

"……엄마가요?"

당시만 하여도 마거릿은 불안감에 시달리고 있었다. 동대륙까지 왔지만, 백작가의 집요한 추적을 다 떨쳤을 거라 믿을 수 없었다.

필리파는 아이가 기어 다니기 시작하자 마거릿에게 헤어지자고 말했다. 그리고 절대 떨어지지 않겠다는 마거릿을 설득했다. 아이까지 태어났으니, 위험 부담은 나누자며.

당시엔 '아이를 정말로 지키고 싶어 하시는구나.'라고만 여겼다. 아가씨의 뜻은 나중에 시일이 지나고 나서야 깨달았다.

마거릿이 추억에 잠긴 채 웃었다.

"예. 언제 열어야 하는지는 제가 알게 될 거라고 말씀하셨지요."

그리고 마거릿이 열라는 듯 손짓했다.

"제가 열어요?"

마거릿이 고개를 끄덕였다. 함은 가벼웠다. 뭐가 들었는지는 전혀 예상 가지 않았다. 고리를 돌리는 정도의 잠금만 되어 있었다. 잠금장치를 풀고 열었다.

"……?"

텅 빈 함이었다.

디아나가 이게 대체 뭐냐는 얼굴로 마거릿을 보았다.

"고리를 눌러서 열어 보십시오."

시키는 대로 다시 함을 닫았다. 그리고 아까는 돌렸던 고리를 힘주어 눌렀다. 달칵, 소리와 함께 고리가 안으로 밀려 들어갔다. 디아나가 눈을 크게 떴다. 다시 함을 열자 다른 공간이 나왔다.

먼저 봉투가 보였다.

디아나가 봉투를 들자 그 아래 다른 반짝이는 것이 보였다.

'반지?'

한눈에도 사용감이 느껴지는 반지였다. 디아나가 반지를 꺼냈다. 반지를 돌려 중앙을 확인한 순간 힘이 풀려 떨어트리고 말았다.

허벅지 위를 반지가 굴러갔다.

\*     \*     \*

"아가씨."

"……."

"아가씨."

"……."

부르는 것도 벌써 세 번째이건만 소리도 들리지 않는 듯싶었다. 더는 내버려 둘 수 없다 생각한 제인이 목소리를 높였다.

"아가씨!"

"어? 아, 무슨 일이에요?"

디아나가 화들짝 놀라며 제인을 보았다.

"무슨 고민 있으세요?"

"아뇨? 없는데요?"

제인의 시선이 한곳을 향했다. 디아나가 제인의 시선을 따라 고개를 숙였다.

"으악!"

펜촉에서 흘러나온 잉크가 열심히 써 내려 가던 편지지에 커다란 검은 점을 만들었다.

"아, 처음부터 다시 써야겠다."

이건 회생 불가능이었다. 작게 신음한 디아나가 편지를 구겨 한쪽으로 밀어냈다.

잠시 밖으로 나갔던 제인이 대야에 우유를 한가득 담아 왔다.

"아가씨, 여기에 씻으세요."

잉크는 우유로 지워야 잘 지워졌다. 디아나가 손을 담그기 무섭게 침대에 엎드려 있던 하늘이가 내려왔다. 벌떡 일어난 디아나가 대야를 테이블 안쪽으로 밀어냄과 동시에 거대한 발이 테이블에 올라왔다.

"안 돼! 아냐! 이거 네가 먹는 거 아냐!"

디아나가 하늘이의 얼굴을 밀어냈다.

그런 하늘이를 제인이 신기하게 보았다. 소환수라고 들었지만 능력을 직접적으로 느낀 건 이번이 처음이었다.

헤르만은 디아나의 분노를 느낀 소환수가 그녀가 위협을 당하고 있다 판단한 거라고 설명했다.

한참을 이어 가던 실랑이는 제인이 대야를 가지고 가서야 끝났다. 하늘이는 아쉬웠는지 디아나의 손에 남은 우유를 샅샅이 핥았다.

잠시 숨을 돌리고 있자, 손님이 방문했다는 소식이 들렸다. 제인이 하늘이를 데리고 다른 방으로 향했다. 손님을 맞이하지도 않았는데 벌써 지쳐 버렸다.

"몸은 어때요?"

"많이 좋아졌어요."

그날 이후로 처음 보는 얼굴이었다. 그런데 안부를 묻는 것치고 되려 실비아의 안색이 창백했다. 실비아도 한참을 앓아 누웠다고 했다.

헤르만의 말로는 디아나가 그 자리에서 토한 피 자체는 적었다고 했다. 하지만 마침 석류주스가 붉었고 피와 섞여서, 보자마자 죽었는지 의심 갈 정도로 앞섶이 새빨갛게 변해 있었단다.

실시간으로 이를 목격한 실비아도 덩달아 실신한 것이다. 너무 미안해졌다.

"그동안 대공님이 병문안도 모두 거절하셨거든요. 저는 정말로……. 너무 놀라서……."

숨을 크게 들이쉬는 실비아의 눈가가 젖었다. 놀란 디아나가 실비아의 손을 잡고 다독였다.

"저는 괜찮아요. 대공님이 빠르게 처치해 주셔서 무사했어요. 깨어나는 데 조금 오래 걸렸을 뿐이에요."

"여기 쾌차 기원 선물이에요."

겨우 진정한 실비아가 하녀에게 손짓했다.

실비아의 하녀가 들고 있던 선물을 디아나를 향해 내밀었다. 그러자 존재감 없이 벽에 바짝 붙어 있던 한 여성이 하녀에게 선물을 받아 갔다. 하녀가 약간 자존심 상한 얼굴을 했으나 태연한 실비아의 모습을 보고 물러났다.

여성은 곧바로 포장을 뜯고 선물을 꺼냈다. 그리고 여기저기 살펴보고 냄새를 맡아 보았다.

"아무 문제도 없습니다."

한참을 살피던 여성이 디아나에게 선물을 건넸다. 정말 민망했다.

"미안해요. 실비아를 의심하는 게 아니라……."

"아니어요. 당연히 조심해야지요."

실비아가 고개를 저었다.

화려한 자수가 새겨진 향낭이었다. 실비아가 직접 한 자수라고 수줍게 웃었다. 안에선 좋은 향이 나왔다. 심신을 편안하게 하는 향으로 머리맡에 두고 자면 된다고 하였다.

제인이 어느새 바닥이 보이는 실비아의 잔에 다시 뜨거운 차를 따랐다.

이후로 디아나는 실비아의 어머니와 오라버니, 그리고 롬벨 후작 부인의 근황과 샬럿과 리스벳에 관한 이야기도 들었다.

슈워츠도 오고 싶어 했다고 했다. 정말 파트리시오 백작가에 민폐도 여간 민폐가 아니었다.

롬벨 후작 부인이 몸도 좋지 않은 레이디를 방문하는 신사가 어딨냐며 혼냈다는 대목에서는 작게 웃음이 났다.

"역시 소문은 소문일 뿐이네요."

"무슨 소문이요?"

"그, 디아나 양이 듣기엔 좋지 못한 내용이에요."

"전 괜찮아요."

한참 시선을 내리고 있던 실비아가 조심스럽게 운을 뗐다.

소문의 종류는 아주 다양했다.

"디아나 양이 오래 깨어나질 못했잖아요. 그래서…… 디아나 양의 사망을 대공가랑 오흐리드에서 숨기고 있는 뿐이라고도 소문도 있고……."

디아나가 헛웃음을 흘렸다.

"대공가에서 영애를 자신의 가문으로 데려가려고 벌인 자작극이라는 소문도……."

"자작극이요?"

실비아가 조심스럽게 고개를 끄덕였다.

"정말 말도 안 되네요."

네리아의 무덤에 방문했던 일은 어떻게 막았는지 알려지지 않은 모양이었다.

"그렇죠. 저는 쓰러져서 기억하지 못하지만, 오라버니 말로는 그때 대공님이⋯⋯."

갑자기 멈춘 말에 디아나가 고개를 갸웃 기울였다. 실비아가 아니라며 고개를 젓고 말했다.

"하지만 제가 이렇게 디아나 양을 만났으니 이제 헛소문도 사라질 거예요. 너무 걱정 말아요."

왠지 갑자기 병문안을 허락한다기에 이상했더니, 소문을 불식시키기 위해서인 모양이었다. 실비아를 이용하는 것 같은 모양새에 괜히 미안해졌다.

"어머, 미안해하지 말아요."

표정에 드러났는지 실비아가 먼저 손을 내저었다. 실비아가 살짝 상기된 얼굴로 이어 말했다.

"저도 원했던 일인걸요. 솔직히 노히바덴 대공가에 방문해 봐서 조금 신기해요."

"⋯⋯그래요?"

이곳에 초대된 것이 신기할 일인가?

"네. 노히바덴 대공가에 초대받은 영애는 제가 10년 만일걸요?"

"아⋯⋯."

왠지 모르게 얼굴이 화끈거렸다. 마치 대공이 자신을 매우 아껴 실비아를 대공가에 들여보내 주었다는 뜻처럼 들리지 않는가.

그 모습을 실비아가 가볍게 웃으며 보았다.

얼굴을 식히며 고민하던 디아나가 일단 지르고 보자는 심정으로 운을 뗐다.

"그 실비아."

주변을 흘끗 보고 잠시 멀어져 달라 손짓했다. 그리고 목소리를 낮췄다.

"후계자 인장이요."

"인장이요?"

"만약에 없어지면 어떻게 되죠?"

실비아가 경악한 얼굴로 입을 가렸다.

"잃어버리셨어요?"

실비아가 속삭이듯 물었다.

"아뇨. 잃어버린 건 아니고요."

실비아가 가슴을 쓸어내렸다. 심장이 철렁했다며 고개를 저었다.

"그런 무서운 소리 하지 마세요."

후계자의 인장은 가주의 인장과 거의 동등한 효력을 지니고 있었다. 만약 사라진다면, 그런 일은 상상하기조차 끔찍하지만, 사라진다면 다시 만든다 했다. 단 100년간 정말로 없어진 것이 인정된다면.

그리고, 찾는다면 언제든 다시 효력을 발휘했다. 후계자의 인장을 잃어버려서 새로 만들었는데 다른 이가 그 없어졌던 인장을 가지고 나타나 권리를 주장하는 경우도 꽤 있다고 한다.

실비아가 돌아간 후 방에 홀로 남은 디아나는 한쪽에 놓아둔 상자를 가져왔다. 고리를 눌러 열자 노히바텐 대공가의 반지가 보였다.

"진짜…… 제정신이신가?"

쓰러지듯 바닥에 주저앉은 디아나가 침대에 몸을 기댔다.

> 「이게 왜 어머니 유품에서 나오죠?」
> 「내가 줬으니까.」
> 「……네?」
> 「반지는 네가 알아서 해라. 버리든지 말든지.」

'이런 중요한 걸, 나 보고 어떡하라고?!'

그저 울고 싶었다.

― 똑똑

벌떡 일어난 디아나가 반지를 상자에 넣고 닫았다.

"네. 들어와요."

당연히 제인일 줄 알았는데 들리는 목소리가 아주 낮았다.

"친구는 잘 만났나."

디아나가 고개를 들었다.

"네. 방문을 허락해 주셔서 감사해요."

"감사할 필요 없다."

그녀를 응시하던 대공이 용건이 끝났다는 듯 몸을 돌렸다.

'뭐야? 이게 끝이야? 왜 오신 거야?'

대공이 나가고 다시 문이 닫히려는 찰나 디아나가 다급하게 외쳤다.

"대공님!"

"무슨 일이지."

디아나가 부르기 무섭게 다시 문이 열렸다.

약간 충동적으로 불렀지만, 용건이 있기도 했다. 어차피 뵌 김에 지금 말하는 것도 나쁘지 않을 성싶었다.

"저 할머니 뵈러 가도 될까요."

"……."

실비아가 방문했다지만 소문이 완전히 불식되진 않을 것 같았다. 오히려 실비아도 같이 거짓말을 한다는 말을 들을 수도 있었다.

게다가 소문의 내용을 듣고 나니 백작님이나 대공님 두 분이 헛소문에 휘둘리진 않겠지만, 신경 쓰였다.

그리고 헛소문을 불식시키는 가장 좋은 방법은 —

'내가 모습을 보이는 거지.'

그런데 갑자기 대공이 뚱딴지같은 소리를 했다.

"네가 백작을 보고 싶어 하는 마음은 알겠다."

"네?"

"하지만 아직……."

대공은 미묘한 표정이었다. 마치 뭔가에 실망한 것만 같은…… 그러나 언제 그런 얼굴을 했냐는 듯 금세 본래 무표정한 얼굴로 돌아갔다.

"아니, 헤르만에게 물어보마."

대공이 닫고 나간 문을 바라보며 디아나가 알쏭달쏭한 얼굴을 했다.

*　　*　　*

일주일 후 디아나는 헤르만에게 드디어, 드디어! 외출 허가 판정을 받았다.

만약 이번 주까지 못 나간다고 한다면, 입구에 드러누워 나갈 거라며 생떼를 쓸 생각까지 했었다.

'하늘이 타고 몰래 나가 볼까도 생각했지만.'

방문만 나가도 뒤따르는 대공님을 보아 절대 불가능해 보였다.

날아갈 듯 가벼운 걸음이었다. 디아나는 온몸으로 기분 좋은 기색을 뿜으며 걸었다. 복도에서 그녀와 마주친 대공가의 사람들이 올라가려는 입꼬리를 필사적으로 내렸다.

복도를 빠져나간 디아나가 계단 앞에 멈췄다.

눈부시게 반짝이는 크리스털 샹들리에, 그 아래에서 대공이 그녀를 기다리고 있었다.

'아니 왜…….'

대공은 평소 걸치던 흔한 셔츠에 검은 바지, 혹은 재질 자체는 고급이지만 아무런 장식도 없던 튜닉 차림이 아니었다.

그동안 한 번도 본 적 없는 정복 차림이었다. 화려하고 각이 선 차림새였다. 평소 대공을 무서워하던 제인도 홀린 듯한 낯이었다.

"그…… 저, 백작가에 가는 거 맞죠?"

디아나가 걱정스레 물었다. 대공은 무뚝뚝하게 끄덕였다.

"맞다."

맞다고? 그러니 더 의아했다.

황궁에 가는 것도 아닌데 왜 저렇게 화려한 차림새란 말인가.

대공이 말하라는 듯 고개를 기울였다. 디아나가 아무것도 아니라며 고개를 저었다.

대공은 마차에 타지 않았다. 마차 옆에 세워 둔 말에 올라탔다. 대공과 단둘이 마차를 탈 걱정을 한 것이 무색했다. 괜스레 머쓱한 감정을 숨겼다.

가는 내내 시선이 엄청나게 집중됐다.

'그럴 수밖에 없지.'

저렇게 눈이 부시는 대공님이 말을 타고 있으니. 사람들이 수군거리며 마차를 들여다보려는 것이 느껴졌다.

디아나는 마차의 커튼을 걷었다. 모두 그녀를 확인할 수 있도록.

"할아버지!"

"디아나!"

오흐리드에 도착해 마차에서 내린 디아나가 쪼르르 달려가 할아버지에게 안겼다.

"어이구 우리 아가 얼굴이 반쪽이 되었어."

"할아버지가 더 마르셨어요."

"누가 누굴 걱정하니. 몸은 어때."

한참을 서로 괜찮았느냐 안부 인사를 하며 손수건으로 눈물을 찍어내는 광경을 자아냈다. 그리고 다음 차례는 할머니였다.

"할머니!"

휠체어에 앉은 할머니가 그녀를 꽉 끌어안아 주었다.

집에서는 느리더라도 걸어 다니는 것을 고수하셨는데…….

디아나가 비집고 나오는 눈물을 막으려 입술을 깨물었다. 할머니가 걱정스러운 얼굴로 그녀를 보았다.

"너와 좀 더 이야기를 나누고 싶지만……."

할머니가 고개를 돌려 한곳을 응시했다.

그리고 그동안 투명 인간 취급을 받던 대공이 말에서 내려왔다. 그 커다란 몸으로 내려오는 모습이 날쌘 표범처럼 가볍기 그지없었다.

"손님이 있구나."

베일로 얼굴을 가린 마거릿도 마차에서 내렸다.

"안에서 기다리고 있으렴."

할머니가 고개를 끄덕였다.

정말 오랜만인 기분이었다. 오흐리드가는 그동안 하나도 변한 점이 없었다. 환영해 주는 고용인들과 인사하고 미셸, 안나, 데이지를 끌어안았다. 이렇게 모두 함께 있자 네리아의 빈자리가 더 크게 느껴졌다. 콧등이 찡했다.

"아가씨."

디아나가 고개를 들어 천장을 바라보았다. 애써 눈물을 삼키고 추스를 수 있게 되자 다시 미셸을 보았다.

"대부인 뵈러 갈래요."

미셸이 나직하게 한숨을 쉬었다.

대부인 또한 그녀가 죽을 뻔한 일에 큰 충격을 받고 상태가 악화되었다고 했다. 디아나는 아주 조심스럽게 잠든 대부인의 모습만 보고 나올 수 있었다.

그리고 지금까지 이상하게 모습을 보이지 않는 이에게 의문을 가졌다.

"세니르는요?"

곧이어 디아나는 세니르의 서재로 향했다.

"작은 도련님은 방금 자리를 비우셨습니다."

"……그래요?"

서재에 있다는 걸 미셸에게 확인하고 왔는데, 이상했다.

"외출한 건가요?"

"아니요. 오늘 외출 일정은 없습니다."

"그래요? 흠……."

세니르가 저택에 있을 땐 대부분의 시간을 개인 서재에서 보냈다. 잠잘 때도 서재에 딸린 곁방을 이용하는 경우가 많을 정도였다.

'금방 돌아오겠지.'

디아나는 산뜻하게 생각하며 물었다.

"그럼 안에서 기다려도 될까요?"

잠깐 멈칫한 부관이 고개를 끄덕였다.

"차를 들이겠습니다."

"아니에요. 오면 같이 마시죠."

"……알겠습니다."

서재도 그동안 전혀 변한 것이 없었다. 아니, 오히려 더 깔끔해졌다.

혹시나 실수로라도 건들지 않도록 뒷짐을 진 디아나가 마음 놓고 서재를 구경했다. 책상 위에 가지런히 놓인 서류들의 가장 윗장을 읽어 보기도 하고, 선반의 장식품들을 구경해 보기도 하고.

한참을 구경하던 디아나가 다시 밖에 나가 보았다.

"혹시 세니르, 언제쯤 돌아온단 말 없었어요?"

"······그것이."

부관이 말을 흐렸다. 디아나가 고개를 갸웃 기울였다.

"작은 도련님께서 오셨다가 그냥 가셨습니다."

"네?"

부관이 땀을 뻘뻘 흘렸다. 디아나 또한 약간 당황스러웠다. 세니르는 그녀를 피하고 있었다. 그것도 아주 노골적으로.

'뭐지?'

그러나 아무리 생각해도 세니르가 그녀를 피할 이유를 알 수 없었다.

"혹시 왜 저를 피하는지 이유를 아세요?"

"저도 잘 모르겠습니다."

"흠."

디아나가 팔짱을 끼고 고민했다. 세니르를 찾아서 이 넓은 저택을 돌아다닐 건지 아니면······.

디아나는 식은땀을 뻘뻘 흘리는 부관을 두고 다시 서재로 들어갔다. 그러나 금세 다시 나왔다.

"그럼 어쩔 수 없죠. 다음에 봐야겠네요."

"가, 가시는 겁니까?"

"네."

부관은 어쩔 줄 모르며 복도를 걸어가는 그녀를 배웅했다. 그리고 한참 뒤에 그 자리로 백금발을 가진 잘생긴 이가 다시 찾아왔다.

"아가씨는?"

"돌아가셨습니다."

그제야 세니르가 서재 문손잡이를 잡았다. 그 모습에 부관이 입을 열었다.

"작은 도련님. 왜 아가씨를 피하시는…… 주제넘었습니다."

세니르가 부관을 보았다. 부관이 바로 고개 숙였다. 세니르가 조용히 서재로 들어가고 문이 닫혔다.

세니르가 누군가 앉았다 일어난 흔적이 있는 소파를 흘끔 보고 책상으로 저벅저벅 걸어갈 때였다.

"왁!"

"……."

세니르가 뒤에서 튀어나온 디아나를 보았다.

"하하하, 하, 하하. 안 놀라네요."

웃던 디아나가 금세 시무룩하게 말했다.

"놀랐습니다."

세니르가 나직하게 답했다.

"거짓말."

디아나가 축 처진 어깨를 하고 입을 삐죽였다.

"대체 어떻게 들어오신……."

부관이 그를 속였을 리는 없었다. 디아나를 바라보던 세니르가 곧 알아챘는지 헛웃음을 지었다.

"창문 열어 놓고 나간 다음에 하늘이 타고 들어왔죠."

디아나가 장난스럽게 웃었다.

"……."

당연히 그러면 안 된다는 타박이나, 못 당하겠다는 말이 돌아올 거라 생각했는데, 돌아온 건 침묵이었다.

'설마 마음대로 들어왔다고 화났나?'

멈칫한 디아나가 눈을 깜빡이다 세니르를 살폈다. 그런데 잠깐 웃는 듯했던 세니르가 눈조차 깜빡이지 않고 그녀를 뚫어져라 보았다.

"노르반 백작가의 무도회에서……."

노히바덴 대공이 노르반 백작가의 무도회에 참석했다는 소식이 들리자마자 세니르도 마차를 노르반 백작가로 돌렸다.

그는 조금 뒤늦게 무도회장에 도착했고, 이미 손쓸 틈 없었다.

말하던 도중 멈춘 후 한동안 계속 그녀를 바라보기만 했다.

"세니르?"

세니르가 뻗은 손이 뺨에 닿았다. 세니르의 손은 무척 차가웠다. 이에 반대로 디아나의 뺨은 뜨끈했다.

"세니르 손, 엄청 시원해서 좋네요."

"그런가요."

중독되었다 깨어난 이후로 몸에 열이 많아졌다.

뺨을 감싼 그의 손을 잡은 디아나가 이마 위로 위치를 조정했다. 이마를 덮었을 뿐인데 조막만 한 얼굴에 눈까지 가려졌다.

"네. 으으, 시원해."

눈을 감고 중얼거리느라 디아나는 보지 못했다.

세니르의 얼굴이 잔뜩 일그러진 것을.

그리고 디아나가 눈을 떴을 땐 방금 전까지의 표정이 거짓말인 듯, 다시 세니르의 얼굴이 부드러운 미소로 덮였다.

"그래서, 절 이렇게 기다리신 이유가 무엇인가요?"

*　　*　　*

마차 문을 연 순간 분뇨와 타는 냄새가 같이 풍겨 왔다.

'진짜 오랜만인데.'

제도에, 아니 아헨에 들어가게 된 이후로 맡을 일이 없었으니까.

아주 평범한 농가였다. 강아지 한 마리가 그녀의 발치를 맴돌았다. 어미로 보이는 개는 그녀를 보자마자 꼬리를 말고 도망갔다.

디아나가 갸웃 고개를 흔들었다.

울타리 안으로 들어갔다. 분뇨 냄새가 강해졌다. 담벼락 안에 있던 돼지가 꾸룩! 하고 소리 질렀다. 세니르가 그녀에게 향수를 뿌린 손수건을 건넸다.

"괜찮아요. 옛날엔 자주 맡았는걸요."

손님이 온 사실을 알려야 할 개가 짖지 않아서인지, 집에서 아무도 나오질 않았다.

'아니면 다 일하러 갔나?'

"네리아의 집 맞죠?"

"……맞습니다."

세니르가 한숨을 쉬며 답했다. 세니르는 그녀가 여기를 가고 싶다 말했을 때부터 못마땅해 했었다.

"여긴 대체 왜 가시려는 겁니까."

"그냥 제 눈으로 확인해 보고 싶어서요."

잘 지내는지. 그녀 때문에 가족이 죽은 이들이었다.

"글쎄요. 아마…… 전보다 더 잘 지낼 겁니다."

뒤의 말은 너무 작아 디아나 귀에 닿지 않았다.

네리아는 신분만으로 따지면 백작가의 아가씨를 수행하기에 부족했다. 네리아가 하녀로 발탁될 수 있던 건 그녀가 제국 아카데미 장학생이었다는 점 때문이었다.

하지만 졸업하지는 못했다. 어머니가 쓰러졌기 때문이다.

넉넉하지 않은 집안 사정으로는 들어가는 약값에 학비까지 부담할 수 없었다. 네리아는 아카데미를 그만두었다.

따지고 보면 장학금을 받을 정도로 뛰어났던 네리아보다 평범했던 오라버니가 그만두는 것이 마땅했으나, 가족 간에 어떤 이야기가 되었는지 그만둔 건 네리아였다.

그 사정을 가엽게 여긴 아카데미 교수가 소개장을 써 주었다. 백작가에서는 그 점에 구미를 당겨 했다.

쉽게 그만둘 수 없을 테니까. 가족을 사랑하지만 동시에 회의감을 느낄 수밖에 없는 환경은 자신의 일에 더 집착하게 만들 테니까.

그렇게 그녀는 오흐리드 백작가에서 일하게 되었다.

예상대로 네리아는 번 돈의 대부분을 가족들에게 보냈다. 그러면서도 자주 내려가진 않았다. 그나마 결국 병색이 깊어진 어머니가 돌아가시고 나서는 뜨문뜨문해졌다.

다른 가문의 하녀들에 비해 높은 급료는 어머니의 치료비와 가족들 생활비, 오라비의 학비 및 생활비로 사라졌다.

"에잉? 여까지 올 사람이 없는디, 거 누구쇼!"

디아나와 세니르가 뒤를 돌아보았다.

소쿠리를 든 흙투성이의 사내가 둘의 모습을 확인하고는 입을 쩍 벌렸다.

"안녕하세요."

한참을 굳어 있던 사내가 벼락이라도 맞은 듯 숨을 들이켜곤 뒷걸음질 쳤다.

"허억, 헉."

"연락도 없이 방문……."

뒷걸음질 치던 사내가 다리가 꼬인 듯 엉덩방아를 찧었다. 소쿠리가 구르며 들어 있던 것들이 바닥을 굴렀다.

"괜찮으세요?"

"오, 오흐리드 영애."

그러더니 넙죽 엎드렸다.

들어와서 본 네리아 집안의 사정은 네리아에게 듣던 것보다 괜찮은 것 같기도 하고 나빠 보이기도 했다.

거실에 딸린 방문 뒤에서 신기하듯 바라보는 아이들도 있었다.

네리아가 말한 동생들 같았다.

"저 애들은……."

"제 자식들입니다! 어서, 어서 나와서 인사하거라."

그 말에 문틈으로 구경하던 아이들이 쭈뼛쭈뼛 나왔다.

꾀죄죄한 몰골의 아이들은 둘 다 그녀보다 어려 보였는데, 키가 식탁만치도 못 오는 아이는 한 손에 꽤 좋아 보이는 곰 인형을 들고 있었다.

'저 인형은…….'

네리아가 그녀의 옷을 짓고 남은 천으로 만드는 걸 본 적 있었다.

"저 아이가 넷째, 쟈가 여섯째인 막내입니다. 하나는 언제 뛰어나가 놀고 있는지 지, 집에 없네유."

고개를 끄덕인 디아나가 부드럽게 웃었다.

"안녕."

"아, 안녕하세요."

"안녕!"

놀란 넷째가 막내의 입을 틀어막았다. 막내가 왜 이러냐는 듯 빠져나오려고 몸을 뒤틀었다.

"아이고! 저, 쟤가 아직 그 말을 길게 못 해서……."

"괜찮아요."

아이가 넷째의 손을 빠져나와 그녀에게 휙 뛰어들다가 세니르에게 잡혔다. 세니르는 두 발 정도 앞에 아이를 세우고 손을 뗐다.

다행히 아이는 크게 신경 쓰지 않는 기색이었다. 아니, 오히려 세니르 얼굴에 정신이 팔린 것 같았다.

사내가 허겁지겁 손을 휘두르며 말했다.

"빨리, 인사했으니까 빨리 데리고 들어가."

넷째가 움츠린 채 막내를 끌어당겼다. 버티던 막내는 힘에 못 이기고 방으로 들어갔다.

그리고 아이들이 방으로 들어가자 집 안이 금방 조용해졌다.

선뜻 무슨 말을 꺼내기 어려웠다.

"……어떻게 지내셨나요."

"그냥, 뭐, 그냥저냥 지냈습니다."

그는 안절부절 어쩔 줄 모르며 불편해했다.

"네리아의 일은 정말 유감이에요."

"아녀요. 아닙니다. 제, 제 딸이 아가씨를 제대로 보필했었어야 하는디 오히려 제가 죄송하쥬."

"……"

디아나가 입술을 슬쩍 깨물었다. 그냥 빨리 돌아가 주는 것이 이들에게 이로울 듯싶었다.

디아나가 주방 겸 거실인 곳을 훑었다. 오래되고 낡은 가구와 식기 사이로 오늘 식사 거리인 듯한 재료들이 놓여 있었다.

"혹시 뭐 더 필요하신 건 없나요?"

"아, 아, 아닙니다. 정말 충분합니다."

"괜찮으니 말하셔요. 네리아는 제 가족 같은 사람이었으니까요. 저도 최대한 도와드리고 싶어요."

"아유 정말 아닙니다. 보, 보, 보상금도 받았고 거기에 아가씨 아버님……. 아니, 아버님이 아니라, 아이고 요놈의 주둥아리."

"아버님이요?"

"노, 노히디바 대공님께 받은 걸로도 충분해요."

"……노히바텐 대공님이요?"

"예? 예에. 맞습니다. 예."

멈칫한 디아나가 알 수 없는 얼룩이 진 식탁을 가만히 내려다보았다.

"그래도, 여기까지 왔으니까요."

식탁의 모서리를 잡고 일어난 디아나가 품에서 작은 주머니를 꺼냈다. 테이블에 올릴 때 짧게 짤랑이는 소리가 들렸다.

"그럼, 잘 지내시는 것 같으니 이만 가 볼게요."

"예, 예. 살펴 가십시오."

가족을 죽게 만든 원망이나, 한탄은 전혀 없었다.

그 모습을 세니르가 가만히 지켜보았다.

그녀를 부담스럽게 여기는 태도로 봐선 말을 아낀 것도 있겠지만 왠지 모르게 기분이 떨떠름했다. 그때 작은 몸짓이 느껴졌다.

"언니 가는 거야?"

어느새 튀어나온 막내가 고사리 같은 손이 로브 자락을 잡아 왔다.

"아이고, 얘가 미쳤나. 그 손 놓아!"

"얘, 얘, 얘가 왜, 왜 이러지."

사내가 놀라 외치자, 뒤따라 나온 넷째가 막내를 잡아당겼다. 아이가 잡은 로브 자락에 자국이 남았다.

마침 가지고 있는 게 떠올랐다.

"사탕 먹을래?"

"사탕?"

디아나가 품속에서 포장된 사탕을 꺼냈다. 헤르만이 챙겨 준 건데 이렇게 쓰게 될 줄이야.

아이가 손을 내밀자 넷째가 서둘러 잡아당겼다.

"괘, 괜찮아요. 너 아까 쿠키 먹었잖아!"

디아나는 웃으며 품속의 사탕을 식탁에 내려놨다. 색색의 포장지가 식탁 위에서 빛났다.

"와! 네리아 언니 오면 같이 먹을래!"

"……."

"……."

아이는 무거운 분위기를 느끼지 못하고 신나게 사탕을 품속에 담았다.

"……그럼 정말 가 볼게요."

인사를 하고 밖으로 나온 디아나가 멈춰 섰다. 등 뒤에서 나무로 된 문이 삐걱거리며 닫히는 소리가 들렸다.

디아나는 이해가 가지 않는다는 얼굴이었다. 디아나가 고개를 젖혀 세니르를 보았다.

"세니르도 알았어요? 대공님이 네리아 가족에게 지원한걸요."

"알았습니다."

디아나가 입술을 깨물었다.

"아니, 대공님이 왜……."

이러면 그녀가 더 미안해지지 않는가.

고개를 저은 디아나가 나무로 된 계단을 내려갔다.

"조심하세요."

＊　　＊　　＊

돌아가는 마차는 오흐리드 백작가가 아닌 노히바덴 대공가 저택
으로 돌아갔다. 대공님은 늦은 시각까지 돌아오지 않았다. 서성이
며 대공님을 기다리던 디아나는 결국 질문하지 못하고 먼저 잠들고
말았다.

이튿날 저녁 평화롭던 노히바덴 저택이 갑자기 소란스러웠다.

"무슨 일 있나?"

오흐리드 저택에서 홀로 대공가에 오게 된 이후로 제인은 그녀
의 곁을 비우는 일이 거의 없었다. 누구에게도 맡길 수 없다는 결의
가 느껴질 정도였다.

그런데 그 제인이 아침나절부터 자리를 비우곤 보이질 않았다.
디아나가 겉옷을 걸쳐 입고 방을 나섰다.

그 뒤를 기사 둘이 조용히 따라왔다. 집 안에서도 호위라니. 디
아나 속으로 한숨을 쉬었다. 복도를 걷던 디아나가 입을 뗐다.

"이름이 어찌 되세요?"

"예?"

디아나가 기사들을 바라보았다.

"론 바셋입니다."

"그레이시 테론입니다."

"……앞으로 잘 부탁해요."

디아나가 쓸쓸하게 웃었다. 대공가에 계속 머물겠다는 건 자신의 선택일지라도 감정까지 어찌할 수는 없었다. 문득 이 상황이 답답하게 느껴질 때가 있었다.

'그래도 이제 노력해야지.'

입구 홀이 보이는 계단 앞에 서자 홀에 가득히 쌓인 궤짝과 아직도 들어오고 있는 짐들이 보였다.

"제인!"

그 앞을 제인이 통솔하고 있었다.

"어머, 아가씨!"

"이게 다 뭐예요?"

"아가씨 물품들이요."

"……네?"

디아나가 의심스러운 눈으로 궤짝들을 보았다.

"부군께서 아가씨께 말씀하시지 않으셨나요?"

"아뇨, 듣긴 했어요. 들었는데……."

할아버지가 편하게 지내라고 쓰던 물건들을 보낼 거라고 하길래, 알았다고 했다. 그때는 옷가지나 그녀가 부탁한 책 같은 걸 보낼 거라 여겼는데.

"설마 이 궤짝이 다 제 물건이에요?"

디아나가 다가가 궤짝을 열었다.

"뭐야, 이건? 슬리퍼?"

디아나가 양손에 하나씩 슬리퍼를 꺼내 들었다.

"이건 왜 보내셨지? 여기도 슬리퍼는 있는데? 아이 참, 진짜 미치겠네. 이게 다 뭐람?"

디아나가 이번엔 그녀가 자주 베던 강아지 모양의 인형을 꺼내 들고 어이없어 웃었다.

허리를 짚고 하늘을 보았다. 아주 오흐리드 저택에 있는 물건 중에 그녀의 손이 잠시라도 스쳤던 모든 것을 싸그리 모아 보낸 것 같았다.

디아나가 제인이 들고 있던 체크 리스트를 가져갔다.

"같이 정리해요. 이거 정리하려면 종일 해도 모자라겠어요."

"아니에요. 아가씨, 들어가 쉬세요!"

제인이 놀라 다시 체크 리스트를 가져가려 했다.

"안에 있어 봤자 할 것도 없어 심심하단 말이에요. 안 돼, 안 줄 거야, 싫어 —"

디아나가 체크 리스트를 꽉 잡고 고개를 저었다. 한참 실랑이를 하던 디아나가 뭔가 이상한 느낌에 고개를 돌렸다. 주변에 궤짝을 옮기던 고용인들이 고개를 샤샤샥 돌리는 것이 보였다.

디아나가 얼굴을 잔뜩 찌푸렸다.

그래 봤자, 전혀 위협적이지 않은 모습이었다.

무섭고 커다랗고 어둡고 말 없는 대공, 그리고 쇠 냄새 풍기는 건장한 기사들만 보던 고용인들이었다. 그에 비해 작고 반짝이는 소녀를 보니 입꼬리가 절로 올라갔다.

어디선가 참지 못하고 터진 것 같은 웃음소리가 들렸다. 디아나가 뒤를 휙 돌아보았다.

급하게 표정을 굳힌 기사가 내가 웃었소, 자백하듯 그녀의 시선을 피했다. 그때 현관 쪽에서 누군가 외쳤다.

"잠시만요. 입구에 계신 분들 잠시 모두 나와요! 빨리빨리!"

그리고 현관 쪽의 일꾼 근처의 궤짝을 한쪽으로 치웠다. 디아나가 고개를 기울였다.

'뭐가 들어오려고 그러는……'

일꾼이 가지고 들어오는 짐을 바라본 디아나의 얼굴이 순간 창백해졌다가 점차 붉게 달아올랐다.

"이, 이, 이, 할아버지!"

침대가 들어오고 있었다.

*　　*　　*

이곳에서 지내기로 마음먹자 대공가의 생활도 나쁘지 않았다. 거기엔 할아버지가 그녀가 쓰던 모든 물품을 통째로 보낸 부분도 어느 정도 영향이 있었다.

제도 바닥에 아주 소문이 짜하게 났다.

노히바덴가에 손녀딸을 뺏긴 오흐리드 부군이 눈물 바람으로 손녀딸이 쓰던 모든 물건을 노히바덴 저택으로 보냈다고. 보내는 데 쓴 궤짝이 몇십 개에 마차도 열 대 이상이더라.

어디서부터 해명해야 할지 답도 없었다.

'이제 나는 모르겠다.'

심지어 할아버지는 노히바덴, 그 악마 같은 대공이 손녀딸을 뺏어갔다고 소문을 내고 다녔다.

분명 할머니께서 대공님과 합의했다 직접 들었건만.

저러다 대공님이 명예훼손으로 결투라도 걸까 봐 아주 조마조마했다.

'3년만 잘 지내자.'

그녀가 성인이 된다면 더는 볼 것도 없었다.

몸을 맴돌던 차가운 기운이 한 지점으로 모여들다 어느 순간 모두 빠져나갔다.

"다 됐어."

그녀의 손목을 잡고 한참 집중하던 헤르만이 눈을 떴다.

디아나가 기지개를 켜며 가뿐해진 몸을 확인했다.

"많이 가라앉았네."

"그래요? 언제까지 계속해야 할까요?"

"얼마 남지 않았어. 이대로면…… 한 달 정도?"

"그래도 꽤 오래 걸리네요."

"당연하지. 고대 정령의 열기야. 테세비츠가 조금만 조절 잘못했어도 독이 아니라 네가 통구이가 됐어."

"말을 해도 진짜."

"그리고. 나 정도 되니까 이렇게 빨리 끝나는 거지. 다른 마법사였으면 일 년 내내 치료해도 안 끝날 수 있거든?"

"언제나, 늘, 감사합니다."

할머니가 대공님과 합의한 이유기도 했다. 헤르만이 백작가에서 머무는 걸 격렬하게 거부했기 때문이다.

오흐리드에서 마법사를 고용하는 수도 있었지만, 가장 빠르고 안전하게 치료할 수 있는 헤르만을 두고 그녀의 치료를 방해하고 싶어 하지 않았다.

'할머니…….'

할머니껜 늘, 죄송스러웠다.

'내가 조금만 더 조심해서 그 주스만 안 먹었어도.'

석류라면 아주 지긋지긋해졌다. 디아나가 폴짝 침대에서 뛰어내렸다.

"조심히 움직여."

"이제 이 정도는 괜찮아요."

"어디 가려고."

"산책 좀 하려고요."

어제 머리가 아파 약을 먹고 내내 잤더니 조금 답답했다. 최소한의 관리만 이뤄졌던 정원은 휑해서 솔직히 볼 것은 별로 없었다. 내년 봄이 되면 새로 단장을 한다 했다.

때마침 정원을 산책 중인 마거릿과 마주쳤다. 마거릿이 살짝 고개 숙여 인사했다. 보통은 그러고 넘어가는데 이번엔 마거릿이 할 말이 있는 듯 다가왔다.

"며칠 내로 떠날 생각입니다. 제가 맡은 일은 모두 끝났으니까요."

"아……. 어디로요?"

"동대륙에 제 가족이 있으니까요."

아, 그렇지. 그녀는 동대륙에서 결혼해 자식도 둘이나 있다 했다.

"조용히 갈 예정입니다."

배웅은 필요 없다는 뜻이었다.

"정말 감사했어요."

"아닙니다. 그리고……."

마거릿이 약간 머뭇거렸다.

"아가씨의 묘가 아헨의 공동묘지 맞습니까?"

마거릿의 아가씨는 영원히 어머니였다.

"네. 하지만 지금은 거기 안 계세요. 오흐리드 영지로 이장했거든요."

"예. 괜찮습니다."

대화를 끝내려는 인사하던 마거릿이 마침 떠올랐다는 듯 말했다.

"그러고 보니, 소백작의 인장은 혹시 모르니 몸에 지니고 계세요. 각하는 믿을 수 있지만, 여기는 노히바덴 저택이니까요."

디아나가 고개를 기울였다.

"소공작의 인장 말씀하시는 거예요?"

"아니요. 오흐리드 소백작의 인장을 말씀드리는 겁니다만……."

그녀의 얼굴을 본 마거릿의 표정이 천천히 경악에 물들었다.

*Chapter 7.*

디아나는 숨을 크게 들이쉬었다.

'몇 달 만이지? 아니, 거의 반년 만인가?'

매일매일 색달라지는 제도에 비해 아헨은 전혀 변화가 없었다고 봐도 됐다. 일렁이는 마법진이 문양을 다시 바꾸고 있었다.

'이런 이유로 방문하게 될 줄이야.'

디아나는 익숙하게 걸어 나갔다.

곧바로 아헨 게이트 앞에 있는 마구간으로 향했다.

"두 필이요."

"신분패를……."

신분패를 본 마주가 눈을 휘둥그레 뜨고 고개를 들었다.

"이걸로 하지."

대공이 말 두 필을 골라왔다. 대공보다 먼저 디아나가 마주에게 금화를 건네고 말에 올라탔다.

"잔돈은 됐어요."

아헨에서 말을 타고 외진 곳으로 들어가면 교도소가 하나 있었다. 아헨 근방에서 범죄를 저지른 이들을 가두는 곳이었다.

디아나와 대공은 그 교도소까지 네 시간 거리를 두 시간 만에 주파했다.

"예약하셨습니까?"

"아니요."

교도관의 눈이 이리저리 흔들렸다.

"저, 절차상 그, 예약을 하셔야, 그, 죄, 죄수에게 동, 동의를……."

겁에 질린 기색이 역력했으나, 혹시 문제될 상황이 걱정되어 이러지도 저러지도 못하는 것이 뻔히 보였다.

디아나는 품에서 손바닥만 한 짙은 벨벳 주머니를 꺼냈다. 교도관이 의아하게 묵직한 주머니를 받았다. 끈을 풀고 주머니를 털자 새 모양의 금 조각이 나왔다.

"안 되나요?"

교도관의 눈이 탐욕으로 번들거렸다. 눈을 굴리던 교도관이 서둘러 품 안으로 금 조각을 넣었다.

"그…… 안으로 들어와 기다리고 계십시오."

면회실은 낡고 후줄근했다.

체면치레로 칠해진 석회는 다 벗겨져 있었다. 다듬어지지 않은 돌벽에 벽을 타고 흐른 물 자국이 선명했다. 손바닥만 한 창에서 들어오는 빛으론 면회실을 다 밝히지도 못했다. 희미한 곰팡이 냄새도 났다.

교도관이 어색한 몸짓으로 벽에 걸린 석유등에 불을 붙였다. 매캐한 냄새가 그 작은 창으로 빠져나갔다.

교도관이 삐걱거리는 의자를 바꿔 주려 했으나 디아나는 되었다며 거절했다. 어차피 잠시만 있다 갈 것이었다. 디아나가 뒤를 돌아보았다.

"대공님, 나가서 기다리셔도 돼요."

팔짱을 끼고 벽에 기대 서 있던 대공이 그녀를 보았다.

"내가 들어선 안 되는 건가?"

"음⋯⋯."

잠시 고민하던 디아나가 고개를 저었다.

"아니요."

"그럼 있겠다."

불편하니 나가 있으란 뜻이었으나 굳이 있겠다는데 내보낼 이유도 없었다.

얼마나 기다렸을까. 철창 안에 있던 문이 열리는 소리에 디아나가 고개를 들었다.

포승줄에 묶여 피로에 찌든 여인이 교도관에게 끌려 왔다. 여인의 시선이 그녀에게 향했다. 순간 눈이 커졌다.

"⋯⋯너, 너⋯⋯."

"안녕하세요. 하녀장님."

부르고 나서야 여인이 이젠 하녀장이 아니란 사실을 떠올렸다.

그러나 다르게 부를 마땅한 호칭을 떠올리지 못했다.

그동안 고생이 심했는지 머리엔 새치가 가득했고, 피골이 상접할 정도로 살도 빠져 있었다. 날카로웠던 눈매는 퀭한 다크서클로 푹 패였고, 늘 굳어 있던 입매는 마르고 부르터 있었다.

이런 사람을 무서워했다니.

"나, 날 비웃으러 왔나?"

"뭐 하려고요?"

디아나가 고개를 갸웃 기울였다. 진심으로 그런 일을 왜 하러 오냐는 듯한 태도였다. 하녀장이 멍하니 입을 벌렸다.

"그저 물어보고 싶은 점이 있어 왔을 뿐이에요."

"대, 대체 뭘⋯⋯."

"제 어머니의 유산, 하녀장님이 빼돌리셨죠?"

하녀장이 이를 아득 물었다.

윤기 흐르는 은발에 잡티를 찾아볼 수 없는 매끄러운 얼굴. 생기 있는 복숭앗빛 뺨에 앵두 같은 입술. 평범해 보이는 로브 사이로 보이는 고급스러운 옷.

그간 고생이라는 건 모른 채 자란 것 같은 얼굴이었다. 자신은 이 거지 같은 소굴에서 뒹굴며 지내는데, 저 슬픔이라고는 모르는 듯한 얼굴에 배알이 뒤틀렸다.

"그래. 내가 가져갔다! 네깟 년 때문에! 그년 때문에! 그 얼마 되지도 않는 돈 때문에 내가, 내가 여기⋯⋯."

포승줄에 묶인 하녀장이 몸을 숙이며 소리쳤다. 교도관이 뻑 소리 나게 하녀장을 후려쳤다. 디아나의 눈이 살짝 커졌다.

"이게 어디서 소리를 질러? 물어보는 것에 대답이나 해!"

쓰러진 하녀장이 바닥에서 꿈틀거렸다. 말려 올라간 죄수복 사이로 보이는 다리가 당장이라도 부러질 듯 앙상했다.

디아나가 손바닥을 보였다.

"그만해요."

"귀, 귀한 분께 안 좋은 모습을 보였군요."

교도관이 물러나면서도 하녀장에게 가만히 있으라는 듯이 눈을 부라렸다.

"이, 이미 다 알아 갔잖아! 날 내버려 둬!"

"……."

이미 다 알아 갔다니. 누가? 길게 고민하지 않아도 답은 바로 나왔다. 하녀장을 감옥에 넣은 이들이겠지. 그녀의 일임에도 그녀에게 아무것도 알리지 않은 오흐리드 백작가의 사람들.

여기 오기 전부터 헤르만과 대공이 말했다. 이미 되찾아 갔을 확률이 높다고.

"그저 제가 직접 확인해 보고 싶을 뿐이에요."

교도관이 하녀장을 다시 일으켰다. 몇 번 비틀거리던 하녀장이 철창을 잡고 바로 섰다. 디아나가 물었다.

"어머니의 장신구도 다 팔아넘겼나요?"

"……장신구?"

하녀장이 멍하니 되물었다. 그러더니 고개 숙여 홀로 웃기 시작했다. 호호, 호호호, 웃으며 중얼거렸다.

"그년이 주제에 괜찮은 보석을 가지고 있을 때부터 알아봤어야……."

순간 디아나가 쾅 철창을 내리쳤다. 하녀장이 화들짝 놀라며 몸을 움츠렸다.

"엄마를 그년이라고 부르지 마."

보르도가의 하녀로 일할 때도, 들으란 듯이 그녀의 엄마를 모욕한 걸 몇 번이나 참아야 했다. 그녀를 데리고 있어 주는 것만으로도 은혜라고 생각했다.

'멍청했지.'

이젠, 그럴 필요 없었다. 그래야 할 이유도 없었다.

"내 질문에 대답이나 해."

"……보석류는 모두 남작 부인이……."

역시. 혼자 이런 일을 벌였을 리 없었다. 하녀장이 누구 아래에서 일했는데.

하녀장이 털썩 무릎을 꿇었다. 꾀죄죄한 양 뺨으로 눈물이 흘렀다.

"미안해. 내가 잘못했어. 난, 난 그냥, 그냥 남작 부인이 시키는 대로 했을 뿐이야. 얼마 가져가지도 못했어. 다 남작 부인이 가져갔어. 다 돌려줄게. 미안해."

그 모습을 디아나가 가만히 바라보았다. 손을 모아 싹싹 빌던 하녀장이 엎드렸다.

"그깟 돈 때문에 갇혔다고 하셨죠?"

디아나는 하녀장에게서 몸을 돌렸다.

"당신을 가둔 건 스스로예요."

하녀장이 엎드린 채 고개를 저었다.

"정말 미안해. 평생 사죄할게. 제발 이제 그만 여기서 나가게 해 줘. 정말, 정말……."

계속해 사죄의 말을 중얼거리던 하녀장이 어느 순간 고개를 들었다. 그러나 이미 모두 떠난 면회실은 텅 비어 있었다.

"아아아아악!"

\* \* \*

교도소에서 나와 얼마 가지 않는데 대공이 한복판에 멈췄다. 디아나는 대공의 말을 듣고 귀를 의심했다.

"식사라뇨?"

디아나가 주변을 둘러보았다.

이제 보니 지금껏 왔던 길과 달리 조금 넓게 공터처럼 만들어져 있었다. 일부러 쉬어 가라고 만든 곳으로 보였다. 하지만 가장 큰 문제가 있었다.

디아나가 이마를 문질렀다.

"설마 숲에 들어가서 먹을 걸 찾아오자는 건 아니시죠?"

의심스러운 디아나의 얼굴에 대공이 말안장에 매달려 있던 가방을 끌렀다. 저건 또 언제 챙긴 거지?

"샌드위치가 있다."

디아나가 어처구니없는 얼굴을 했다.

"지금 소풍 나온 게 아니에요."

손을 내저었다.

대공은 단호하게 말했다.

"넌 쉬어야 한다."

"괜찮아요."

"네 체력은 아직 예전과 같지 않다."

다시 괜찮다고 답하기 전에 대공이 말을 이었다.

"너만이 아니라 말도 쉬게 해 줘야 한다."

디아나가 가만히 고삐를 잡은 말의 갈기를 내려 보았다. 대공의 말도 보았다.

"확실히……."

지친 기색이네요. 디아나가 졌다는 듯 떨떠름하게 말했다. 디아나가 말에서 내려와 말을 토닥였다.

"네가 말을 잘 다루긴 하지만, 여기 말들은 수준이 낮다."

"그래요. 제가 빌린 말이라는 걸 깜빡했네요."

그녀가 타던 오흐리드가 마장의 말과 비교할 수 없었다. 디아나가 대공이 가방에서 샌드위치를 꺼내는 걸 보다 툭 내뱉듯 말했다.

"대공님도 잘 다루시던데요."

대공의 의문 어린 눈빛에 설명을 덧붙였다.

"승마요."

"……."

대공이 처음 보는 낯선 생물 보듯 그녀를 바라보았다.

그가 승마 실력으로 누군가에게 칭찬받은 건 생전 처음이었다. 노히바덴이라면 당연하니까.

그러나 디아나는 진심이었다.

그녀가 승마를 배우고, 얼마 지나지 않아 기사들은 그녀의 말을 따라오기 힘들어했다.

일단 그녀가 타는 말은 '말들의 왕'이라고도 불리는 푸른 갈기를 지닌 노히바덴산 말이었고, 그녀의 가벼운 몸무게는 말에게 부담을 주지 않았다.

말을 처음 타면 속도를 냈을 때 그만큼 힘이 따라 주지 못하거나 균형을 잡지 못하는 경우가 많았으나, 디아나는 본능적으로 몸을 놀릴 줄 알았다.

호위 기사들과 달리다 보면 오히려 기사들이 따라오질 못해 달리다 속도를 줄이는 경우가 잦았다.

'오늘은 전혀 신경 안 썼지.'

정신이 다른 곳에 팔렸던 것도 있었고, 대공이 신경 쓸 필요 없이 그녀와 완벽하게 보조를 맞춰 준 것도 있었다.

디아나가 새삼스레 대공을 곁눈질했다.

몸집이 거대한 만큼 무게도 훨씬 나갔다. 똑같이 달려도 상대적으로 뒤처질 수밖에 없었다. 그런데도 여유롭게 함께 달릴 수 있다는 건…….

'그러고 보니 엄마는 승마 엄청 못 했다던데…….'

아, 그렇네. 하나 깨달았다.

대공이 그녀에게 기름 먹인 반질반질한 종이로 싼 샌드위치를 건넸다.

"제 승마 실력이 대공님을 닮았나 보네요."

이렇게 대공이 친부인 걸 느끼게 될 줄은 몰랐는데. 새삼스러웠다.

"……."

아무런 답도 들려오지 않자 고개를 기울였다. 대공은 눈을 맞추지도 못한 채 헛기침을 계속 했다.

"목이 안 좋으세요?"

"……아니. 괜찮다."

디아나가 의심을 거두지 않고 샌드위치를 베어 물었다.

"음?"

그녀가 좋아하는 사과를 넣은 샌드위치였다. 대공이 손바닥만한 유리병을 내밀었다. 찰랑이는 우유가 보였다.

"이런 건 언제 챙기셨어요?"

"사과가 들어간 샌드위치를 좋아한다 들었다. 아닌가?"

"그건 또 어디서……."

디아나가 물으려다 말고 손을 내저었다. 굳이 물어볼 필요 없었다. 할아버지의 구구절절한 편지겠지.

"대공님."

디아나의 손에는 두꺼운 샌드위치였는데 대공의 손에선 샌드위치가 마치 장난감처럼 보였다.

"저 이렇게 따라다니셔도 괜찮으세요?"

마음 같아선 혼자 가고 싶었다. 이런 비참한 과거 따위 누구에게도 알리고 싶지 않았다.

애써 괜찮았다고 여겼던 과거의 고통스럽던 일들이 사실은 누군가의 악의로 빚어졌다는 것이 참담했다.

디아나가 샌드위치를 포장하고 있던 종이를 구겼다.

"안 될 이유가 있나?"

"아뇨, 그냥 바쁘실 것 같아서요."

백작가는 할머니랑 세니르 둘이 일해도 매일같이 바쁘던데 대공님은 일하는 모습을 본 적 없을 정도로 여유로우시네요. 라는 생각을 읽기라도 한 듯 대공이 말했다.

"그들은 가문을 사랑하지."

"대공님은 사랑하지 않는다는 말이에요?"

"……."

대공은 대답하지 않았다. 대공이 씨 부분만 남은 사과를 수풀로 던졌다. 살짝 던진 것 같은데 그녀의 눈으로 볼 수 없는 곳까지 날아갔다. 푹신한 나뭇잎 위에 떨어져서인지 멀어서인지, 바닥에 떨어지는 소리도 들리질 않았다.

대공은 할 말이 아주 많은 얼굴로 그녀를 보았다. 나무에 매어 두었던 말고삐를 잡아끈 디아나가 대공을 확 돌아보았다. 대공은 그녀를 피하지 않고 응시했다. 먼저 진 건 디아나였다.

"……물어보세요."

그녀의 말에 대공이 한쪽 눈썹을 치켜들었다.

"어떻게 알았지?"

"뭘요?"

"내가……."

대공이 말을 멈칫했다가 반 박자 늦게 다시 말을 이었다.

"묻고 싶은 게 있다는 걸 어떻게 알았나."

고개를 갸웃 기울이고 심각하게 듣던 디아나가 대공이 말을 마칠 때쯤엔 입꼬리를 올렸다.

"얼굴에 다 드러나시는걸요."

"……내가?"

디아나가 고개를 끄덕였다. 대공이 당혹스럽게 턱을 쓰다듬었다.

"대공님이 무표정하시긴 한데, 하고 싶은 말이 있을 땐 계속 바라보고 계시거든요."

"그렇군."

대공이 나직하게 긍정했다.

생각해 보면 그에게 질문하거나 말을 걸고 싶어 하던 일반적인 사람들의 반응도 비슷했다. 다만, 바라보다가도 그와 눈이 마주치는가 싶으면 서둘러 시선을 피했다. 겁에 질린 것이다.

때때로 대공이 한 사람을 오래 응시할 때도 있었다. 그런 경우 사람들은 대공에게 할 말이 있느냐 묻기 전에 줄행랑쳤다.

그러고 보니 제 시선을 피하지 않고 마주 보는 사람 자체가 오랜만이었다.

대공이 용건을 꺼냈다.

"손은 괜찮은가."

"네?"

디아나가 생각도 못 한 질문에 되물었다. 뭐 기분이 괜찮은가, 대체 무슨 일이 있었냐고 꼬치꼬치 물어볼 거라고 예상했다. 그런데 전혀 예측 못 한 질문이었다.

손? 손이 왜? 디아나가 어리둥절해하자 대공이 설명을 덧붙였다.

"철창을 내리치지 않았나."

"아아."

디아나가 그제야 정신이 들어 손바닥을 보았다. 저도 모르게 내려쳐서 아픈지도 몰랐다. 왠지 샌드위치를 먹을 때 뻐근하더라. 대공의 말을 들으니 얼얼함을 깨달았다. 주먹을 쥐었다 펴 보았다.

"음, 괜찮은 것 같아요."

많이 흥분하긴 했던 모양이었다. 붉은 자국이 남아 있었지만, 그렇게 심하진 않았다.

"고삐를 잡아야 하니 미리 조심해야 한다."

"이 정도는……."

"뭐라도 감아야 한다."

대공이 단호하게 말했다.

하지만 여기에서 손에 감을 만한 걸 찾을 수 있을 리가 —

대공이 손수건을 들고 그녀의 손목을 잡았다. 대공님답다고 해야 할까, 검은색의 아무런 장식도 없는 손수건이었다.

순식간에 손에 감겼다. 감촉은 부드러웠다. 평생 검만 잡아 온 것 같은 커다란 손이 익숙하게 매듭을 묶었다. 섬세한 일은 전혀 못할 것 같은 손이었으나, 손끝조차 닿지 않고 빠르게 끝났다.

디아나가 이를 멍하니 보았다. 매듭을 당겨 보았으나 아주 단단했다. 디아나가 매듭을 만지작거리다 어이가 없어 웃었다. 대공이 심각한 얼굴로 그녀를 보았다.

"왜 그러지?"

"이거 못 풀겠는데요?"

*　　*　　*

포도나무가 심어진 넓은 들녘, 이미 수확이 끝난 농가도 섞여 있었다. 그 언덕 위엔 바람에 풍차가 돌아가고 저 멀리 마을 초입이 보였다.

보르도 영지였다.

가장 먼저 뛰어노는 어린아이들을 마주쳤다. 아이들은 디아나와 대공을 보고 입을 헤 ― 하고 벌렸다. 그러나 높은 사람의 행차라 여기고 금세 관심을 껐다.

관심을 가진 이들은 오히려 마을 안의 어른들이었다.

"에구머니나!"

그녀를 보고 놀라 바구니를 떨어트린 여인을 시작으로 쾅, 쾅 문을 열고 사람들이 집 밖으로 나왔다.

"갸가 갸여?"

"세상에……."

"그래! 맞다니까! 높으신 분 딸이었대!"

"그런데 왜?"

디아나는 허리를 곧게 세우고 고개를 들었다. 문득 대공님은 괜찮을까, 라는 생각이 들었다.

'괜히 여기까지 같이 오는 바람에 안 봐도 되는 걸 보셨네.'

대공님을 흘끔 보는 순간 그녀와 시선이 마주쳤다.

"괜찮은가."

대공이 낮은 목소리로 물었다. 오히려 그녀를 걱정하고 있었다. 디아나는 대공을 걱정한 자신이 우스워 설핏 웃었다.

"디아나! 나야!"

그때 누군가 소리쳤다. 보이지 않는 선이라도 있는 듯 빙 둘러서서 접근하지는 않던 마을 사람들을 뚫고 나왔다.

"나 기억하지? 내가 어릴 때 많이 놀아 줬잖아."

모아 쥔 손에 반짝이는 눈, 상기된 표정. 한 여인이 말의 앞길을 막아서며 말을 걸었다. 대공이 물었다.

"아는 사람인가?"

디아나는 눈을 가늘게 떴다. 말고삐를 살짝 당겼다. 그리고 그대로 여인을 지나갔다.

"디아······!"

"어머니가 돌아가시기 전엔 그랬을지도 모르겠네요."

이 마을 사람들은 모두 공범이었다. 그녀가 고아가 되고 멀쩡히 지내던 집에서 쫓겨나는 걸 묵인했다. 과연 몰랐을까?

물론 귀족이 얽혀 있는 일에 어떻게 맞설 수 있겠는가. 그들의 묵인을 이해했다. 하지만 —

'양심이 있다면, 아는 척은 하지 말지.'

마을에선 말을 달리면 안 됐지만, 디아나가 대공과 눈을 마주쳤다. 대공이 고개를 끄덕였다. 고삐를 꽉 쥔 디아나가 말의 배를 걸어찼다.

"억!"

"으앗!"

바짝 붙어 서 있던 몇 명이 황급히 뒤로 물러나다 엉켜 넘어졌다. 그러나 디아나는 그들을 돌아보지 않았다. 풍광이 좋은 언덕 위의 저택에 도달하는 건 금세였다.

디아나가 그들을 멍하니 바라보는 문지기 앞에서 뛰어내렸다.

"누, 누구신지……."

"전해요. 디아나 오흐리드가 왔다고."

＊　　＊　　＊

그 시각 보르도 남작 부인은 머리를 짚고 깊은 한숨을 내쉬었다.

'도대체 남편은 대체 어딜 간 거야.'

저도 모르게 계속 입술을 짓씹었다. 들여다보고 또 들여다본다고 없던 돈이 솟아나진 않았다.

노히바덴 대공에게 받아 낸 돈도 다 떨어졌다.

'더 달라고 할 걸 그랬나.'

받을 땐 많아 보였는데, 당장 그만둘 것 같은 하인과 하녀들에게 돈 몇 푼 쥐여 주고, 올 겨울 옷도 새로 맞추고 하니 금세 사라졌다.

지출 중 가장 큰 부분을 차지한 건, 역시 게이트 비용이었다.

'게이트를 타지 말 걸 그랬나?'

그러나 곧 고개를 저었다. 말도 안 됐다.

'그 먼 거리를 어떻게 마차를 타고 다녀. 하녀도 안 데려왔는데.'

아티시아 말대로 불가능한 일이었다. 겨울을 대비한 식료품 비용은 또 어떻게 내야 할지 대책이 없었다.

'대체 왜 내가 이런 고민을……!'

몇 년 전 감옥에 간 하녀장 대신 새로 고용했던 하녀장은 월급이 밀리자, 보르도 남작이 영지를 비운 사이 도망가 버렸다.

남작 부인이 지끈거리는 머리를 부여잡았다. 그때 문이 열리며 하녀가 뛰어 들어왔다.

"마님, 마님!"

"왜 이렇게 소란스러워?"

"소, 손님이 왔습니다."

손님? 보르도 남작 부인이 반사적으로 흠칫했다. 영지 저택에 올 손님이 없었다. 최근 온 손님이라곤 독촉을 하러 온 빚쟁이들뿐이었다. 지긋지긋했다.

"돌려보내!"

"예? 마, 마님 다시 한 번 생각해 보시는 게……."

하녀가 기겁하며 말리자 심기가 불편해진 백작 부인이 노려보며 말했다.

"지금 네가 나에게 명령하는 건가?"

"……."

하녀가 눈을 굴렸다. 뭔가를 재 보는 듯하더니 조심스럽게 말했다.

"그으, 알겠습니다. 그럼 오흐리드 영애께 돌아가라 전하겠습니다."

"그래. 아니, 잠깐."

보르도 남작 부인이 돌아서는 하녀를 불러세웠다.

"누구라고?"

*  *  *

디아나와 대공을 안내하는 하인은 과거 그녀와 함께 일했던 자였다. 하인은 걸어가면서도 그녀를 힐끔거리기 바빴다. 아는 척을 하고 싶어 안달난 마음이 뻔히 보였다. 하지만 디아나는 그를 처음부터 지금까지 무시했다.

저택 안으로 걸어가는 동안 구경 나온 고용인들 사이에 과거 알고 지내던 이들도 몇 명 볼 수 있었다.

"여기서 기다리면 돼. 됩니다."

디아나가 소파에 자리 잡았다. 무언가 할 말이 있는 듯 얼쩡거리던 하인이 결국 방을 나갔다. 응접실에 침묵이 내려앉았다.

"범죄를 인정하는 모습이 될 테니 쉽사리 알려 주진 않을 거다."

"그렇겠죠."

"생각해 둔 바라도 있느냐."

모로 고개를 숙인 디아나가 눈을 내리깔았다.

"보르도 가문이 재정난을 겪고 있다더라고요."

스카일 자작가에서 온 편지에 적혀 있었다.

구구절절이 사과를 늘어놓는 편지였다. 궁금하지도 묻지 않았던 보르도 남작가의 사정도 거기서 알 수 있었다.

보르도 남작가가 재정난을 겪고 있기에 머물 곳을 지원해 줬을 뿐. 테이슬로 에서의 사건 후 내보냈고 연을 끊었으며, 이제 더는 아무 사이도 아니라고 쓰여 있었다.

"일단 안전하게 돌려받는 것이 중요하니까 적당히⋯⋯."

오흐리드가에 가장 많은 게 뭔가. 돈이었다.

대공이 그 생각을 알았는지 굳은 목소리로 말했다.

"남작 부인이 쉽게 내오진 않을 거다. 공범이라 자백하는 셈이 니."

"그렇겠죠."

끝까지 모르쇠 하면 귀찮아질 것 같긴 했다. 디아나가 대공을 올려다보았다.

"좋은 생각 있으세요?"

"⋯⋯."

생각지도 못한 디아나의 질문에 대공이 멈칫했다. 그라면 아마, 간단하게 끝냈을 터였다. 그러니까⋯⋯ 무력으로.

그렇다고 힘으로 토해 내게 할 거라 말하고 싶진 않았다. 그건 자신의 잔혹한 자신의 이미지를 굳어지게 하는 것 같지 않은가. 찝 찝했다.

조금 지적으로, 이런 상황에서 헤르만이라면 뭐라고 했으려 나⋯⋯.

곰곰이 고민하는 대공의 모습에 디아나가 작게 웃었다.

"걱정하지 마세요. 제게 계획이 있어요. 다만 한 가지 부탁이 있 어요."

디아나가 살짝 몸을 일으켜 대공의 귓가에 속삭였다.

"그 정도는 문제없다."

"다행이네요."

희미하게 웃을 때, 달칵 응접실 문이 열렸다. 쟁반을 든 하녀가 들어왔다. 하녀도 알던 이였으나 그 이상 관심 두지 않았다. 잠깐 올라왔던 기분이 순식간에 바닥까지 내려갔다.

하녀는 찻잔을 내려놓고도 나가질 않고 계속 응접실을 얼쩡거렸다. 디아나가 말을 걸거나 바라볼 기색도 없자 하녀가 슬그머니 입을 열었다.

"오, 오랜만이야, 디아나. 네 소식 들었어."

디아나가 하녀를 잠깐 응시하다 말없이 고개를 돌렸다. 명백히 이야기하고 싶어 하지 않는 모습에도 치마를 움켜쥔 하녀는 꿋꿋이 말을 이었다.

"있지…… 추천장 좀 써 줄 수 있을까?"

한번 입 밖으로 꺼내자 이미 저지른 짓에 용기가 나는 듯 다다다 다음 말을 내뱉었다.

"내가 정말 염치가 없지만, 너도 우리 집 사정 알잖니. 지금 집에 병든 노모와 동생들이 있어."

"……."

"네가 추천장 하나만 써 주면 이 은혜는 잊지 않을게. 너도 알잖아. 추천장 없이는 어디도 못 가는 거."

디아나가 눈을 꽉 감았다.

'……지겨워.'

이 모든 상황이 넌더리가 났다. 언제까지 여기에 있어야 하는지 모든 것이 피곤했다.

눈을 뜬 디아나가 하녀를 응시했다. 그의 반응에 하녀가 반색했다. 디아나가 차분하게 말했다.

"내가 왜?"

"뭐, 뭐? 왜긴 왜야……."

"뭐라고 써? 진솔하게 써도 돼? 손님한테 반말한다고 써도 되나?"

하녀가 당혹에 입을 벌렸다.

"어, 어머, 아니, 내 말은 그게 아니라. 너 참, 참 많이 변했다?"

"그럼? 내가 예전이랑 같아야 할 이유라도 있어?"

말문이 막힌 하녀가 입을 다물었다.

"그리고 너는? 너도 많이 변했네. 너 나랑 말도 섞기 싫다고 짜증 냈었잖아."

하녀가 입을 벙긋거렸다. 입이 열 개라도 할 말이 없는 일이었다. 디아나가 자리에서 대공께 눈짓하며 일어났다.

보르도 저택의 구조는 그녀가 아주 잘, 매우 잘, 알고 있었다. 무려 6년을 머문 곳 아닌가. 하녀가 뒤에서 다급하게 소리쳤다.

"디, 디아나!"

응접실을 나오자 구경이라도 난 것처럼 문 앞에 모인 이들이 깜짝 놀라 비켜섰다. 대공의 한쪽 눈썹이 꿈틀거렸다.

익숙한 얼굴도 있었고, 처음 보는 자도 있었다.

'옛날 생각나네.'

예전에도 비슷한 상황이 많았다. 자기들끼리 재밌게 이야기하고 있다가도 그녀가 세탁물을 가지고 가면 말소리가 뚝 그쳤다. 떨떠름한 표정으로 괜히 엮이기 싫다는 듯 자리를 벗어나는 건 예삿일이었다.

저들 중 몇 명은 짜증 나는 걸 보았다는 듯 인상을 잔뜩 찌푸렸고, 발을 걸기도 했었다.

디아나가 그들을 무표정한 얼굴로 훑었다. 거기서 무얼 느꼈는지 몇몇이 움찔 놀라며 몸을 빼거나 후다닥 시선을 돌렸다.

"어, 어딜 가려고? 아니, 가시는 겁니까?"

아직 돌아가지 않은 하인이었다. 디아나는 답하지 않고 걸음을 옮겼다. 무시당했다 여긴 하인이 인상을 찌푸리며 손을 뻗었다.

"야, 디아나! 마님께서 기다리라고……!"

디아나의 어깨에 닿으려는 순간 대공이 손목을 잡아챘다.

"아, 아악."

가해지는 힘에 하인이 신음을 토했다. 하인이 비명을 지르듯 디아나를 향해 소리쳤다.

"조, 좀 말려, 말려 봐!"

"그 더러운 눈으로 내 딸을 보다니."

대공의 말에 하인이 번뜩 정신을 차리고 시선을 내렸다.

"그, 어, 자, 잘못했습니다. 소, 손 좀. 아악!"

대공이 그대로 하인의 손목을 꺾어 던졌다. 날아간 하인에게 얽힌 몇몇이 같이 복도를 굴렀다. 대공에게서 사나운 기운이 흘러나왔다.

겁에 질린 고용인들이 다리에 힘이 풀려 주저앉거나 창백한 낯으로 물러났다.

더는 막아서는 사람이 없었다.

방해하는 이 하나 없이 걸으니 금세 남작 부인의 방문 앞이었다. 그녀는 부르지 않는 한 감히 들어가 볼 수도 없었던 곳.

걸음을 멈추자 낮게 가라앉은 목소리가 속삭이듯 들렸다.

"네가……."

디아나가 고개를 젖혀 대공을 올려다보았다.

"정말 여기서 지냈느냐?"

대공이 눈이 탁하게 가라앉았다. 그 안에 죄책감이 희미하게 반짝였다.

"네게 맡긴다 했지만, 이건, 이건……."

대공이 손으로 얼굴을 덮었다. 그 아래로 보이는 턱에 바짝 힘이 들어가 있었다. 대공의 허리춤의 검이 희미하게 떨렸다. 그 울음소리는 점차 위협적으로 변해 갔다.

디아나가 손을 뻗어 대공의 팔꿈치를 잡아당겼다. 대공이 얼굴을 덮던 손을 내렸다. 그런 후에야 디아나가 그 손을 잡을 수 있었다. 대공이 그대로 굳었다.

"제게 맡긴다고 하셨잖아요."

"……."

"이러실까 봐, 혼자 가겠다고 한 거였는데."

검의 울림이 점차 잦아들었다. 디아나가 희미하게 웃었다.

"……대공님 탓이 아니에요."

대공이 무언가를 인내하듯 크게 숨을 들이쉬었다.

"디아나."

"맡겨 주실 거죠?"

"……."

대공이 그녀에게서 고개를 돌렸다. 정말 내키지 않지만 억지로 받아들인 모습이었다.

─달칵

디아나가 방문을 열었다. 화장대 앞에 앉은 남작 부인이 돌아보더니 인상을 찌푸렸다.

"누가 노크도 없이…… 디아나? 이게 무슨 무례니?"

디아나에게 시선이 팔린 남작 부인은 그녀 뒤에 있는 존재를 알아채지 못했다.

"귀부인의 방은 함부로 들어오면 안 되는 거 모르니? 하긴, 백작 영애가 된 지 얼마 안 됐을 테니."

남작 부인이 혀를 찼다.

"나가 있으렴. 준비가 끝나면 응접실로 가마."

"롬프티 교도소."

"……."

남작 부인이 그대로 뻣뻣하게 굳었다.

"거기 하녀장이 있던데요."

"그, 그걸 네가 어떻게……."

"남작가의 하녀장이었으니, 부인은 무슨 이유인 줄 아시겠죠?"

"……."

순식간에 남작 부인의 안색이 창백해졌다. 머리를 굴리는 것이 뻔히 보였다. 남작 부인이 어색하게 웃었다.

"네가, 뭘 듣고 온 건지 모르겠지만, 범죄자의 말은 믿는 게 아니란다."

"제가 뭘 들었다고 생각하시는데요?"

"그자는 남작가의 재산도 빼돌……."

"남작 부인."

디아나가 품에서 얇은 종이 한 장을 꺼내 들었다.

"보이시나요?"

남작 부인은 저도 모르게 벌떡 일어났다. 어깨에 걸치고 있던 숄이 흘러내렸다.

"오흐리드 백작가의 인장이 찍힌 백지 수표예요."

디아나가 수표를 팔랑거렸다. 할머니께 이걸 받을 때만 해도 이런 일에 쓰게 될 줄 전혀 몰랐는데.

참, 세상일은 어떻게 흘러갈지 모르는 법이었다.

"우, 원하는 게 뭐길래 그러니?"

남작 부인의 목소리가 떨려왔다.

"제 어머니의 유품이 여기 있다고 하던데요."

남작 부인은 자신에게 이득을 계산하는 부분에선 아주 눈치가 빨랐다. 그렇지 않았다면 하녀장이 디아나의 유산을 빼돌리는 걸 눈치챌 수 있을 리가 없었다.

남작 부인이 빠르게 머리를 굴렸다. 그걸 내주면 괜히 고발당하는 거 아냐? 아니, 그냥 모르고 받았다고 하면 돼. 일단 받았는데,

나중에 유품인걸 알았다고 말하자.

백지 수표잖아.

저거 한 장만 있으면 모든 문제가 해결되는데.

남작가의 상황이 좋았을 때라도 그냥 넘어갈 조건이 아니었다.

한참 고민하던 남작 부인이 답을 내렸다.

"디아나 양이 말하는 게 무엇인지 잘……."

디아나가 헛웃음을 토했다. 무표정한 낯의 디아나가 그대로 수표를 찢으려 했다.

"잠깐!"

멈추긴 했지만 당장이라도 찢을 듯 움켜쥔 건 그대로였다. 남작 부인이 이를 초조하게 바라보며 입술을 훑었다.

"잠깐, 사람 말은 끝까지 들어야지."

열렬한 눈으로 수표를 보고 있으면서도 끝까지 체면은 지키고픈 지 턱 끝을 치켜들고 내리깔 듯 말했다.

"하녀장이 내게 준 물건이 있긴 하단다."

남작 부인이 마른 침을 삼켰다.

"그 물건이 네가 찾는 물건이었으면 하구나."

*　　*　　*

화장대 앞의 아티시아가 버럭 소리쳤다.

"뭐? 걔 독 마시고 쓰러졌다며!"

"그, 얼마 전에 깨어났다더라고요."

"그런데 걔가 우리 집을 왜 와?"

"저도 잘 모르겠어요."

하녀가 최대한 아티시아와 눈을 마주치지 않은 채 공손하게 답했다.

"걔는 왜 여기까지 따라와서 난리야!"

아티시아가 온몸을 흔들며 짜증 냈다. 그렇지 않아도 제도에서 당한 수모에 잠을 못 이룰 정도였는데!

"설마 집에 들인 건 아니겠지?"

"그게, 아가씨……."

"벌써 들였어?!"

아티시아가 소리를 빽 질렀다.

"지금 응접실에 있대요."

씩씩거리던 아티시아가 벌떡 일어났다.

"엄마에게 가야겠어."

"아, 아가씨!"

아티시아가 방을 나서는 걸 하녀가 허겁지겁 뒤따랐다. 한참 복도를 걸어갈 때였다.

"진짜라니까!"

소리가 들린 곳을 보자 하녀와 하인들이 모여 있었다. 아티시아의 눈이 세모꼴로 변했다.

"쟤네 일은 안 하고 모여서 뭐 하는 거야?"

아티시아의 뒤따르던 하녀가 속으로 혀를 찼다. 통제할 하녀장이 없으니 저택의 고용인들 태도가 여러모로 방만했다.

솔직히 이해는 갔다. 월급도 이미 1년이나 밀렸다. 열심히 일해서 뭐 한단 말인가. 지켜보는 이가 있는지도 모르고 모인 이들은 목소리를 높였다.

"뒤에 같이 온 기사는 대체 누굴까?"

"엄청 잘생기셨던데."

"뭐? 아까 집어 던지는 거 못 봤어? 엄청 무섭던데."

"맞아, 잘생겼는데 왠지 소름 끼쳤어."

한참을 모여 떠들 기색이었다. 하녀는 핑계를 대고 아가씨 곁에서 멀어질 생각으로 말했다.

"가서 주의 주고 올게요."

그러나 하녀가 미처 당도하기 전에 사달이 벌어졌다.

"그런데 디아나 진짜 완전 귀족 같았어. 허리를 딱 세우고 꼿꼿하게 쳐다보는데ㅡ"

아티시아의 얼굴이 싸늘하게 굳었다.

"걔 원래도 좀 남달랐잖아."

"맞아. 그때보다 훨씬 예뻐졌더라."

"솔직히 디아나, 아가씨가 질투해서 괴롭힌 거잖아. 이젠 아가씨랑 비교가 안 되더라. 오늘 보니까 훨씬……."

한참 신나게 떠들던 하녀가 갑자기 조용해진 주변에 의아하다는 듯 되물었다.

"뭐야? 다들 왜 갑자기 조용해졌어?"

함께 있던 하인과 하녀들이 필사적으로 뒤를 돌아보라 눈짓했다.

"장난치지…… 아, 아가씨?"

뒤를 돌아본 하녀가 놀라 뒷걸음질 쳤다.

싸늘한 표정의 아티시아가 하녀를 노려보며 말했다.

"너 지금 뭐라고 했어?"

"아, 아가씨. 그, 그게……."

― 짝

매서운 파공음이 울렸다. 하녀의 얼굴이 휙 돌아갔다. 하녀가 숨을 삼킨 채 떨리는 손으로 뺨을 감쌌다.

"다시 말해 봐."

― 짝

이번엔 반대로 돌아갔다.

"죄. 죄송……."

― 짝

"다시 말해 보라니까?"

제대로 걸렸다. 바닥에 박을 것처럼 고개를 숙인 하녀와 하인들이 어깨를 움츠렸다.

다시 아티시아가 손을 치켜든 때였다. 입구 방향에서부터 무리지은 사람들이 우르르 몰려 들어왔다. 평범한 일꾼들처럼 보이는 이들 사이에 몇 명은 갑옷에 무기를 들고 있었다. 그리고 그들의 제일 앞을 깔끔하게 차려입은 자들이 지휘했다.

어울리지 않는 조합이었다.

"아무도 못 빠져나가게 감싸. 저택의 물품 목록 바로 작성하고 빼돌리지 못하게 감시도 해!"

"당신들 뭐야?"

아티시아가 놀라 소리쳤다.

일꾼을 부리던 사내가 아티시아를 돌아보고 눈을 빛냈다.

"여기! 영애 데려가!"

사내의 말에 다가온 이들이 아티시아의 양팔을 붙들었다. 아티시아가 깜짝 놀라 소리쳤다.

"너희들 다 뭐야! 내 몸에 손대지 마!"

"아, 아가씨!"

"조심해! 걸치고 있는 것들, 다 돈이다!"

"당신들 뭐냐니까!"

일반적으로 타당한 이유 없이 귀족의 몸에 함부로 손댈 수 없었다. 그러나 저들은 개의치 않는다는 듯 아티시아를 질질 끌고 갔다.

"아가씨! 아가씨! 이분은 보르도 남작 영애예요! 이게 무슨 무례세요!"

아티시아의 뒤를 따라왔던 하녀가 소리질렀다.

대체 이게 어떻게 돌아가는 상황이야?

모인 이들이 서로서로 손을 잡고 겁에 질린 채 주변을 둘러보았다. 바닥에 쓰러졌던 하녀 또한 손을 들어 눈물이 범벅된 채 벌겋게 부은 뺨을 가렸다.

그러나 그들을 지휘하는 자는 친절하게 설명해 주는 대신, 모여 있던 이들을 향해 물었다.

"여기, 남작 부인은 어디 있나?"

　　　　　*　　　*　　　*

　　남작 부인은 바깥의 상황을 전혀 모른 채 디아나가 귀금속을 확인하는 걸 침을 삼키며 바라보았다. 시선은 계속해 테이블에 놓인 백지 수표를 향했다 돌아오길 반복했다.

　　「커다란 오팔을 붙여 인장을 가려 놓았습니다. 모르는 사람이 본다면 평범한 반지로 여길 겁니다.」

　　솔직히 없을 수도 있다고 생각했다. 남작가의 재정 상황이 좋지 않다 들었기에 현금화시켜 버렸다면 —

　　걱정이 무색하게 바로 찾았다.

　　'아니지. 범죄의 증거이니 역시라고 해야 하나.'

　　바로 찾을 수 있었다.

　　"내가 내온 게 정말 다란다."

　　"……."

　　인장 반지 외에 몇 개는 어머니의 물건인 걸 바로 알아볼 수 있었다.

　　"확인했어요."

　　하녀장이 주도했지만 남작 부인 또한 공범이었다. 이렇게 증거까지 나왔건만 결국 하녀장만 감옥에 들어가 있었다.

　　대체 이유가 뭘까?

　　"그럼, 이건 내가 가져가마."

남작 부인이 체통 따윈 벗어 버린 모습으로 재빨리 수표를 채 갔다. 침을 꿀꺽 삼키는 남작 부인의 입꼬리가 바들바들 떨렸다.

"대공님."

"……대공?"

놀란 남작 부인이 그제야 디아나의 뒤에 있던 사람을 볼 때, 손안의 수표가 그대로 화르륵 타올랐다.

"꺅!"

비명을 지르는 남작 부인의 손에서 떨어진 수표가 그대로 팔랑이며 바닥에 떨어졌다. 남작 부인이 놀라 소리쳤다.

"수, 수표가! 너! 너! 빨리 불 좀 꺼 봐!"

"네, 네?"

"빨리 불 끄라고!"

하녀에게 옥박지르는 사이 수표는 검은 잿더미로 사라졌다. 남작 부인이 절망에 차 소리쳤다.

"이, 이게 뭐야! 뭐냐고!"

타 버린 재를 바라보며 발광하던 남작 부인이 그녀를 향해 눈을 부라렸다.

"네가, 네가 그랬지!"

이를 무시하며 방을 나섰다.

"어디가! 들고 있는 거 도로 다 놓고 가지 못해!"

디아나의 걸음이 멈췄다. 어깨에 닿는 손길이 느껴졌다. 대공이 그녀를 보호하듯, 혹은 위로하듯, 어깨를 감쌌다. 디아나가 남작 부인을 돌아보았다.

"남작 부인."

디아나의 눈빛은 싸늘했다. 남작 부인이 움찔 놀랐다. 순간 잊고 있던 이가 떠올랐기 때문이다.

이보다 훨씬 나이 든 모습이었지만, 똑같은 색의 눈빛을 가졌던……

"이건 제 어머니 유품이에요. 남작 부인의 말대로라면 모르고 받은."

디아나가 고개를 기울였다.

"아니면, 이 물건의 소유권을 주장하시는 건가요?"

그럼 너도 공범으로 감옥에, 하녀장 옆으로 갈 거라고 말하고 있었다. 남작 부인이 주먹을 움켜쥐고 부들부들 떨었다.

"어려우면 좀 돕고 살아야지! 어찌 이리 악독해! 애프릴이 그렇게 가르치던?!"

"양심도 없지. 어떻게 그쪽이 제 어머니를 거론하세요?"

"디아나!"

"그래요. 저는 애프릴의, 필리파 오흐리드의 딸이죠. 디아나 오흐리드. 제 이름 부르지 마세요. 허락한 적 없으니까."

그때 쾅— 하고 문이 열렸다.

대공이 그녀를 감싸며 검 손잡이를 잡았다.

"마, 마님!"

하녀의 외침과 함께 정장을 차려입은 여인이 또각또각 구두 굽 소리를 내며 걸어 들어왔다.

"당신 누구야! 누가 마음대로 들어오랬어!"

"오, 제대로 찾아왔나 보군. 확실히 방 때깔이 달라. 남작 부인. 여기 계셨······. 오흐리드 영애?"

여인은 좌우를 둘러보고 대공까지 보곤 완전히 기겁했다. 눈을 굴리던 여인이 조심스럽게 물었다.

"왜, 왜, 각하와 오흐리드 영애께서 여기 계시는지요?"

여인의 말은 반은 거짓말이었다.

사실 여인은 세니르가 때를 맞춰 보낸 자였다. 다만 노히바덴 대공이 있을 거란 말은 안 했다.

"아, 전 추심원 소속의 가넷입니다. 전에 황궁에 오셨을 때 멀리서 뵈었지요. 여기 허가증입니다."

가넷이 그녀를 향해 붉은 비단으로 감싼 서류첩 사이에 한 종이를 보여 주었다. 황가의 인장까지 찍혀 있었다. 이게 대체 뭐길래?

디아나가 고개를 갸웃 기울였다.

가넷은 아주 즐겁고 재밌는 사실을 말하듯 웃었다.

"보르도 남작가는 오늘부로 파산입니다."

"······뭐?!"

답은 디아나의 뒤에서 나왔다. 상체를 앞으로 내민 남작 부인이 믿기지 않는다는 듯 가넷을 보았다.

"그, 그게 무슨 소리죠?!"

"오늘부로 모든 재산을 압류했고, 작위도 몰수되었습니다."

"아니, 그럴 리가 없어요. 남편, 남편에게 물어봐야······."

"보르도 남작은 현재 국외 도주 중입니다. 구테르그에 있는 걸 확인했으니 곧 만나실 수 있을 겁니다."

가넷은 오흐리드 도련님의 취미 한번 독특하다고 생각했다. 진작 처리되었어야 할 일을 지금까지 미루고, 미루다가 —

가넷이 오흐리드 영애를 흘끔 보고 말했다.

"치안대보다 추심원이 사람은 더 잘 찾습니다."

"마, 말도, 말도 안 돼."

남작 부인이 힘없이 고개를 저었다. 저들이 도망칠 구석은 없었다. 아, 아니 딱 하나 있었다.

죽음뿐.

\*    \*    \*

방을 나오자 피로가 확 몰려왔다. 저도 모르게 비틀거렸는지 대공이 놀라 그녀를 잡아 주었다.

저택은 그야말로 엉망이었다. 돌아다니는 사람들이 가구란 가구에 모두 빨간 물감으로 표식을 남기고 있었다.

분주하게 뛰어다니는, 혹은 겁에 질려 나가려고 하는 사람들 사이에서 오직 두 사람만 평온했다.

정원으로 향한 디아나가 화단에 걸어 들어갔다. 그러곤 꽃을 마구 꺾어 들었다.

무척 예전부터 해 보고 싶었다. 이곳에 흔들리는 꽃을 가만히 두고 길가에 있는 들꽃을 꺾으며, 여기에 있는 꽃을 꺾으면 정말 풍성한 꽃다발을 만들 수 있지 않을까 생각했었다.

그런데 날이 추워 꽃이 거의 남아 있지 않았다. 겨우 몇 송이 건

졌을 때였다.

"이봐! 여기 있는 거 이제 함부로 건들면 안 되는 거 몰라?!"

디아나가 소리친 상대를 돌아보았다. 사내가 헉, 하고 숨을 들이켰다. 신문에서 수도 없이 본 얼굴이었다.

"아……, 마음대로 꺾으셔도 됩니다."

디아나가 품 안의 꽃을 보았다. 꽃이 꺾였는지도 모르고 개미는 열심히 기어갔다.

"……여기 고용인들은 어떻게 되나요?"

꽃에 시선을 고정하느라 사내는 자신에게 질문하는지 뒤늦게 알아챘다.

"자동으로 고용 관계가 파기됩니다."

사내는 처음의 위협적인 태도와 상반되게 아주 다소곳하게 답했다.

"받지 못한 월급은 소송을 건다면 남작가의 영지와 저택, 각종 재산을 모두 처분했을 때 파산 금액을 갚고, 남는다면 거기에서 받을 수 있을 겁니다."

"남작가가 모두 갚지 못하면요?"

"받지 못하겠지요."

"소송을 걸어도요?"

"누가 소송을 걸까요?"

"하긴…… 그도 그렇겠네요."

파산하고 작위가 회수되었다지만, 귀족이었던 이에게 평민이 소송을 걸 수 있을 리가 없었다. 그녀도 어머니가 누군지 알지 못했다면, 평생 유품은 돌려받지 못했을 것이다.

"솔직히, 영애도 아시다시피 소송이라는 게 매우 힘드니까요."

디아나 뒤에 서 있던 대공이 미간을 찌푸렸다. 사내는 섬뜩한 느낌에 그제야 디아나 뒤편의 거대한 사람을 보았다. 그리고 자신의 주둥아리를 때리고 싶은 충동에 휩싸였다.

'영애도 아시다시피'의 뜻은 그저 신분 관계를 이야기 한 것뿐이었으나, 친권 인정, 양육권 소송의 당사자에게는 또 다른 의미로 들렸을 터였다.

다행이랄까, 디아나는 그런 쪽은 전혀 생각지 않았다.

"그냥 못 받는 거네요."

"그, 그렇지요."

영애가 원하는 대답이 무엇인지 알 수 없어 눈알만 굴렸다. 괜히 또 말실수를 했다가 대공에게 찔려 죽는 마지막은 사양이었다.

"설명해 주어 감사해요."

"예? 예."

소녀가 몸을 돌렸다. 그를 노려보던 대공이 조용히 그 뒤를 따랐다.

"……만날 사람은 없나."

그나마 챙겨 주던 마틴 부인은 꽤 전에 보르도 저택을 그만두었다. 당시에 추천장을 받지도 못하고 그만두었다고 했다. 그녀가 대신 써 줄 사람을 구해 볼까 물었으나 마틴 부인은 괜찮다고 말했다.

친척의 여관에서 같이 일하게 되었다고.

귀족 저택에서 주방장을 하다가 여관으로 내려가는 거였는데,

그래도 요리에 자부심 있던 마틴 부인이었다.

그러면서 귀족가 저택에 있으니 안 좋은 별꼴을 다 봐서 귀족가에서 더 일하기 지친다고도 말했다. 그 말의 뜻을 이젠 확실히 알았다.

"없어요."

꽃다발에서 고개를 든 디아나가 대공을 보고 희미하게 웃었다.

"대공님, 어머니 뵈러 가실래요?"

＊　　＊　　＊

대공이 머리를 털며 들어왔다. 걸음걸이를 따라 물웅덩이가 생겼다.

"와, 그 짧은 사이에 다 젖었네요."

공동묘지에서부터 한두 방울씩 떨어지던 빗줄기가 아헨으로 돌아오는 길에는 폭우가 되었다. 로브를 벗어 의자에 걸어 놨다.

대공과 디아나 둘 다 어느 정도 방수 기능이 있는 로브였기에 안쪽 옷은 건질 수 있었다.

디아나가 어디론가 익숙하게 향했다. 그사이 대공이 집안을 둘러보았다. 평범한 주택이었다. 꾸준히 관리된 것 같지만 살고 있는 사람은 없어 보였다. 눈을 감고 기감을 확대하자 저택 주변을 둘러싼 보호 결계도 느껴졌다.

이런 주택에 보호 결계라니? 별 할 짓도 없는 이로군.

"아, 다행히 수건이 있네요."

디아나가 종종 걸어오며 수건에 얼굴을 대고 쿵쿵 냄새를 맡아 보았다.

"살짝 먼지 냄새가 나긴 하는데, 그래도 이만하면 다행이네요."

대공이 수건을 받아 들어 디아나의 머리를 덮었다.

"아?"

뭐라고 말하기도 전에 대공이 디아나의 머리를 벅벅 닦기 시작했다. 심취해 머리를 털던 대공은 이리저리 비틀거리며 휘청이는 디아나의 다리를 보고 나서야 손을 멈췄다.

"……."

수건 사이로 디아나가 토끼 눈을 하고 대공을 보았다. 무슨 강풍이라도 맞은 머리로 변한 디아나였다. 대공도 당황한 기색으로 슬그머니 수건을 내렸다.

"이제 네가 닦아라."

몸을 휙 돌린 대공이 벽난로 앞으로 걸어갔다. 장작 위를 덮어 놓은 천을 치우고 벽난로 안으로 장작을 던져 넣었다. 약간 크다 싶은 장작을 맨손으로 쪼개는 걸 디아나가 가늘게 뜬 눈으로 보았다.

'저런 힘으로 머리를 문대니 이렇게 되지.'

디아나가 짧은 새 엉켜 버린 머리를 만져 보았다.

'이거 빗어지긴 할까?'

제인이 보면 당장에 비명을 지를 모습인 걸 거울을 보지 않아도 알 수 있었다.

만족할 만큼 장작을 넣은 대공이 손짓하자 벽난로에서 불이 크게 확 피어올랐다가 줄어들었다. 디아나가 멀쩡한 수건을 다시 대공에게 건넸다.

"대공님도 닦으세요."

"여긴 어디지?"

그가 수건을 한 손으로 받으며 물었다.

"여기, 제 집이요."

"집?"

"네. 제가 구매한 집이에요."

"왜?"

"음……."

설명하자면 꽤 길었다. 잠시 살았던 것은 맞지만 사실 떠나고 난
후 팔아도 되었다. 관리를 위한 사람은 두었지만 머무는 일은 거의
없었다.

"예전에 엄마랑 살던 집하고 비슷해서요."

"……."

"일단 비가 조금 잦아들 때까지만 있을까요?"

비가 바닥과 천장을 때리는 소리는 침묵을 덮었다. 먼지를 막기
위해 덮어 놓은 흰 천을 끌어내리고 흔들의자에 앉은 디아나가 발
을 까딱거리며 벽난로 빛을 보았다. 간간이 창밖도 바라보며 비가
언제 그칠지 재고 있었다.

그러다 한순간 대공이 허리춤의 검을 쥐었다. 느리게 고개를 들
어 주변을 살폈다.

까딱거리던 디아나의 발은 멈춰 있었다. 눈을 감은 디아나의 숨
소리는 규칙적이었다. 병석에서 일어난 지 얼마 지나지 않은 아이

에게는 고된 일정이었다. 정신력으로 버틴 것도 한계가 자명했다.

대공은 소리 없이 문을 열고 나왔다. 말리는 데 들었던 시간이 무용하게, 다시 순식간에 온몸이 젖었다.

그가 검을 휘두르는 박자에 맞추어 빗소리가 커졌다가 작아지길 반복했다.

돌아다니는 내내 거슬리게 따라다니던 기척이었다. 그의 능력을 경계하는지 아주 멀리 있었다. 그래 봤자 진작에 알아차렸지만, 먼저 죽이러 갈 수가 없었다. 디아나의 곁을 비울 수 없기 때문이다.

그대로 덤비지만 않는다면 인내하려 했건만…….

대공이 박아 넣은 검을 뽑았다. 검날의 핏자국이 세찬 비에 쓸려 내려갔다.


*[얘들, 네가 비가 와서 약해졌을 거라고 생각했나 봐!]*


홍염이 재밌다는 듯 깔깔거렸다.

"들어가라."

홍염이 다시 검, 정확히는 검날과 손잡이 사이의 보석 속으로 들어갔다. 대공이 검을 치켜들자 비를 가르고 불이 하늘로 쏘아 올라갔다. 눈이 좋은 자는 보았으리라.

신호를 보냈으니, 아헨에 대기하던 부하들이 알아서 시체를 정리할 터였다. 비가 온다고 알아채지 못할 모자라는 이들은 아니니.

대공이 나왔을 때처럼 조용히 문을 열고 들어왔다. 새로운 물웅덩이 자국이 생겼다.

디아나는 나올 때와 같이 잠들어 있었다. 그러나 달라진 점도 있었다. 살짝 맺힌 눈가의 물기. 앓는 목소리가 흘러나왔다. 발음은 부정확했다. 그러나 누구를 부르는 지 바로 알 수 있었다.

'엄마'.

그리고 그가 사랑했던 연인.

이 아이는 그냥⋯⋯그냥 아무것도 모른 채 사는 편이 행복하지 않았을까.

친모가 누군지, 친부가 누군지 모르고 적당한 돈을 가지고 평범하게.

차라리 모르는 것이 행복할 수도 있었다.

가령, 그가 필리파가 죽은 걸 모른 채 찾아다닐 때처럼.

필리파를 닮은 필리파의 아이.

당연히 자신이 키워야 한다고 생각했다. 필리파의 마지막 흔적. 자신의 아이라는 건 크게 중요한 이유가 아니었다.

「대공님을 닮았나 보네요.」

대공은 왠지 손을 가만히 둘 수 없어 주먹을 쥐었다가 폈다. 그럴 리가 없건만, 싸우다 다치기라도 한 걸까? 상처 하나도 나지 않았는데.

대공이 손으로 얼굴을 쓸어내렸다. 손은 축축하게 젖어있어 시원할 만도 하건만 이미 뜨끈한 손에 달궈진 물기는 미지근했다.

어떻게 그렇게 자신했을까.

자신은 사랑을 제대로 받은 적도 없는데 대체 어떻게 애를 데려와 키울 수 있다고 자신했는지 알 수가 없었다. 미친 거 아닐까.

필리파의 웃음기 어린 목소리가 들렸다.

「멍청이.」

*　　　*　　　*

우악스러운 손길로 밀어 넣어졌다.

*"다시 올 때까지 절대 나오면 안 돼."*

벽장 안에 들어가면서도 영문을 알 수 없었다. 하지만 이 상황이 갑자기 문을 두들기고 들어온 자들과 연관이 되어 있다는 건 알았다.

아래층에서 당황한 목소리가 들렸다.

*"이보시오! 누구 맘대로 들어오는 거요!"*

벽장의 문이 닫히고 발걸음 소리가 황급히 계단 아래로 내려갔다. 벽장 안은 그가 앉아 있을 만했다. 하나 환기되지 않은 옷장 안은 금세 바깥의 후덥지근한 온도와 합쳐져 점차 더워졌다.

*"다, 당신들 뭐야!"*

야트막한 신음 소리.

*"여보! 여보 도망……!"*

그리고 짤막한 비명 소리가 들렸다. 더위에 흔들던 손부채질이 멈췄다. 훨씬 무거운 발걸음 소리가 아래층을 헤집었다. 그리고 다시 쿵 무언가 쓰러지는 소리가 연이어 들렸다.

*"여기 하나 처리했어."*

소란과 어울리지 않는 차분한 목소리.
이제는 더위 때문이 아니라 그냥 식은땀이 흘렀다. 무언가 이상한 일이 일어나고 있었다. 방문을 하나씩 열어 보는 소리가 들렸다.

*"1층은 없어."*
*"아들 하나 딸 하나라며. 남자애 하나 부족해."*
*"나가진 않은 거지?"*
*"나온 사람 없대."*

발걸음 소리가 점차 다가왔다. 방문이 열리는 소리가 들렸다. 벽장 바로 앞에서 소리가 멈췄다.

─똑똑

멈춰선 마차 문이 열렸다. 과거를 떠올리던 이가 느리게 눈을 떴다. 금색의 눈동자가 싸늘하게 빛났다.

"비가 와 잠시 발이 묶였다고 합니다. 아가씨의 아헨 주택으로 들어가 비를 피하고 다시 나올 듯합니다."

세니르가 올려 본 하늘은 구름 한 점 보기 힘들 정도로 맑았다.

"너무 늦어지면 사람을 보내세요."

"알겠습니다."

"그리고?"

주어는 없었으나 부관은 바로 알아들었다.

"모두 처리했다고 합니다."

세니르가 설핏 미소 지었다.

"오래 기다린 선물인데 마음에 드셨는지는 모르겠군."

세니르가 고개를 들어 부관을 보았다.

"인장은?"

"확실치는 않지만 소백작님의 유품이 사라진 걸로 보아 아가씨께서 챙기신 것 같습니다."

그런 멍청한 자에게 오래 있어야 했던 인장이 불쌍할 정도였다. 그래도 혹시 모르니 보르도 남작 부인이 숨겨 빼돌린 귀금속이 있는지 밀착해 감시하라 명했다.

"그리고, 아가씨께선 아티시아 보르도가 어떻게 되는지, 고용인들은 어찌 되는지 물어보셨답니다."

"참⋯⋯."

세니르가 엷은 미소를 지었다.

"마음이 여리셔."

서류를 받은 세니르가 물었다.

"도와주라던가요."

"그런 말은 없었습니다."

"전 황궁에 가 봐야 하니 보고는⋯⋯."

"그럴 필요 없네."

마차의 반대편에서 상대가 저벅저벅 걸어왔다.

"저하를 뵙습니다."

부관이 놀란 낯을 감추지 못한 채 고개를 숙였다.

"느려 터져 내가 직접 왔으니."

에스테반은 그대로 세니르의 마차에 올라탔다. 허락이나 동의는 구하지 않았다. 부관이 당황스럽게 마차의 문을 닫았고, 금세 채찍 소리와 함께 마차가 출발했다.

팔짱을 낀 에스테반이 마차 시트에 등을 기대며 세니르를 노려보았다.

"설명하지."

"무엇을 말씀하시는 겁니까?"

"모르는 척할 텐가?"

난데없는 침입에도 세니르는 태연했다. 들고 있던 서류를 한편에 내려놓았다.

"그래서 만나자는 내 전언을 그리 무시했나?"

"지금 가고 있었습니다."

"하."

에스테반이 기막히다는 탄성을 토했다.

"형님을 만나서 그 알량한 세 치 혀로 뭐라 현혹하려고?"

"궁에서 들으실 수 있으셨을 텐데요."

세니르가 매끄럽게 웃었다. 네가 예까지 달려온 탓에 로베르트를 만나러 갈 필요는 없게 되었구나라는 뜻이었다. 에스테반이 얼굴을 일그러트렸다.

"허튼소리 말고, 우리는 동맹 관계 아니었나? 이런 식으로 혼자 발을 빼면 안 되지."

"에스테반 저하."

"노히바덴 대공이 왜 디아나 오흐리드와 함께 영지로 귀환하나!"

"벌써 소문이 났습니까?"

"뭐?"

"입단속을 부탁드려야겠군요."

"세니르!"

오발론 남작은 황후의 비호 아래 빠져나갔다. 짧으면 1년에서 길면 3년까지 아마 지루한 싸움이 지속될 터였다. 그리고 디아나 오흐리드는 그 싸움의 중심이었지만, 가까이 있어선 안 되었다.

"노히바덴 대공님 곁에 있는 것이 더 안전할 것이란 백작님의 판단입니다."

＊　　　＊　　　＊

디아나가 아헨에 나타났다던 이야기는 잠시 떠돌았으나 뜬소문 취급받고 사라졌다. 롬프티 교도소와 보르도 영지는 워낙 구석진 시골이어서인지 이야기가 제대로 흘러나오질 못하는 듯했다.

보르도 남작가의 파산은 신문에서 아주 작게 다뤄졌다. 아티시아나 보르도 남작 부인은 어찌 되었는지에 대해서는 나오지 않았다.

"신경 꺼. 그런 쓰레기들."

헤르만이 포크로 먹지도 않는 케이크를 부스러트렸다.

"케이크 좀 그만 괴롭혀요."

"그 쓰레기들이라고 생각하고 찌르는 거니까 내버려 둬."

디아나가 질린다는 듯 고개를 저었다.

ㅡ똑똑

들어온 건 제인이 아닌 대공가의 하녀들이었다. 낯익은 대공가의 하녀가 손님의 방문을 알려 왔다.

"손님이요?"

헤르만은 하녀의 말에 관심을 두지 않았다. 당연히 자신의 손님일 리가 없다고 여기는 것이었다. 디아나가 물었다.

"누구요?"

"그것이, 아가씨의 손님이 아니라 현자 헤르만 레체프 님의 손님입니다."

"……나?"

곧 미간을 좁힌 헤르만이 갑자기 벌떡 일어났다. 그러고는 어딘가 도망갈 곳을 찾는 것처럼 재빠르게 방 안을 둘러보았다. 그리고 헤르만이 창문을 열었을 때 방문이 열렸다.

"헤르만!"

헤르만이 주춤 물러났다. 그런 모습은 처음이었기에 동그랗게 눈을 뜬 디아나의 눈동자가 흥미에 반짝였다.

"네, 네가 여긴 왜?"

"그건 네가 제일 잘 알겠지."

들어온 사람은 헤르만 또래로 보이는 짧은 단발의 여성이었다. 그녀가 디아나를 보고는 싱긋 웃어 보이며 자신을 소개했다.

"세계탑의 마법사인 나니사 램프입니다."

헤르만의 동료인 그녀는 세계탑 열두 현자 중 한 명인 스승님의 명으로 헤르만을 데리러 왔다고 소개를 덧붙였다.

헤르만이 포기하지 않고 물었다.

"대체 여기, 대공가는 어떻게 들어왔어?"

'대공이 들어오게 해 줄 리가 없을 텐데.'라는 말은 덧붙이지 않아도 알 수 있었다.

'대공님 집이 무슨 도피처나 요새야?'

나니사 또한 디아나와 같은 생각을 한 듯했다. 입매를 씰룩인 나니사가 들고 있던 종이를 헤르만 코에 박을 듯 내밀었다.

"공무로 들어왔다. 자식아."

"……."

그리고 그녀를 보고 실례한다는 듯 웃어 보였다.

"이 자식이 연락을 좀 씹어야죠."

마법사인 나니사는 입이 걸었다.

'그러고 보니 헤르만도 꽤 험한데……. 마법사는 다 그런가?'

나니사가 그녀의 얼굴을 더듬듯, 그러면서도 꿈꾸듯 바라보았다. 처음 그녀를 본 사람들은 저런 반응을 보이는 경우가 많았기에, 디아나가 태연하게 나니사의 눈을 마주 보았다.

"그쪽은…… 진짜 닮았네요."

"제 어머니를 아시는군요."

"알죠. 같이 수학했으니까."

그러곤 디아나를 향해 고개를 기울였다. 그녀의 결 좋은 단발이 흔들거렸다.

"그거……."

나니사가 눈을 가늘게 떴다. 디아나가 나니사의 시선이 닿는 부근을 손으로 짚었다. 옷 안에 펜던트가 있었다. 디아나가 줄을 잡아 당겨 펜던트를 꺼냈다. 품속에 있던 펜던트는 따끈따끈했다.

"이거요?"

"오, 그걸 그쪽이 가지고 있네요. 진짜 친딸인가 보네."

"이게 왜요?"

"음? 그거 테세비츠가 직접 만들어서 필리파한테 선물해 준 건데. 몰랐어요?"

"아……?"

그건 또 무슨 소리야? 헤르만이 만들어 줬다고 들었는데?

디아나가 헤르만을 보았다. 헤르만이 당황스럽다는 듯한 짓고 나니사를 툭툭 쳤다.

"테세비츠가 참 로맨티시스트라니까."

"가자고! 가! 쓸데없는 말 하지 말고."

헤르만이 나니사의 등을 떠밀며 방에서 나갔다.

방 안이 순식간에 조용해졌다. 디아나가 목걸이를 만지작거렸다. 달칵, 소리를 내며 펜던트가 열렸다.

정령에 관해선 알고 있었다. 예전에 헤르만이 말해 줬으니까, 성한 채 값의 목걸이. 그런데 이 목걸이가 대공님이 만들어 준 거라고?

생각에 잠겨 있던 디아나의 위로 그림자가 졌다. 디아나가 뒤늦게 고개를 들었다.

"……대공님?"

"계속 노크했다."

"아, 못 들었어요."

"잠든 줄 알고, 침대로 옮기려고 들어왔을 뿐이다."

대공님이 무단 침입을 변명하듯 덧붙였다. 그리고 그 변명에 디아나가 지레 찔렸다.

아헨에 갔던 날, 비를 피해 잠시 쉬다가 그대로 잠들어 버렸다. 눈을 뜨니 제도의 노히바덴 저택이었다. 옮기는 내내 잠들어 일어나지도 않은 것이었다. 누가 옮겼는지는 묻지 않아도 뻔했다.

대공님의 시선이 그녀가 든 펜던트 목걸이를 향했다.

"헤르만의 손님이 네게 펜던트에 관한 말을 했다지."

"네."

역시 그것 때문에 온 모양이었다.

디아나가 이제는 완전히 식어 버린 차가 든 찻잔을 매만졌다.

"차, 차 드실래요?"

"……괜찮겠나?"

짧게 침묵한 대공이 질문으로 답했다.

"네?"

"네가 나와 차를 마시는 걸 싫어하는 줄 알았는데."

"네에?"

기가 막혀 목소리가 두 옥타브쯤 올라갔다. 대공이 굳어 눈을 깜빡였다.

"제가 언제요?"

"아닌가?"

"아니, 누가 그런 소리를 해요?"

"너는……."

디아나가 다음 말을 기다렸으나 대공이 머뭇거렸다.

"너는 헤르만하고만 마시지 않느냐."

"그야 헤르만은 매일……."

매일 심심하다고 노닥거리는 모습을 볼 수 있고, 대공님은 가문에 관심 없다는 것과는 다르게 최근엔 바쁘게 일을 했다.

물론 그게 아니더라도 그녀가 먼저 대공님에게 차를 마시자고 했을지는 모르는 일이지만.

"네가 헤르만을 보호자로 믿는 걸 안다."

대공은 집중하고 있지 않았다면 전혀 알아채지 못할 정도로 미약하게 힘 빠진 목소리로 말했다.

디아나가 입술을 마주 물었다.

'설마……'

설마? 대공님이 그리 유치하시려고?

디아나가 어색하게 종을 울렸다. 제인이 들어오다 대공님을 보고 깜짝 놀랐다.

"어, 현자님과 드시는 거 아니셨어요?"

제인까지 당연하다는 듯 말하니 왠지 조금 걸렸다.

"으응, 그랬는데. 대공님하고 잠시 할 이야기가 있어서요. 뜨거운 물 좀 부탁드릴게요. 아, 대공님 원하시는 차 종류 있으세요?"

테이블에 놓은 잎은 헤르만과 그녀 취향의 찻잎뿐이었다. 왠지 또 양심이 찔렸다.

"아무거나 괜찮다."

"네. 그럼 뜨거운 물만 부탁할게요."

"네. 아가씨."

제인이 서둘러 방을 나갔다. 디아나가 대공의 눈치를 살살 보며 의자를 손짓했다.

"아, 앉으세요."

대공이 말없이 앉았다.

아헨엔 대체 어떻게 갔었는지. 이렇게 어색한데 단둘이서 말을 타고 달렸다는 게 놀라웠다. 그만큼 그녀가, 배신감에 정신을 놓았던 것도 있었다.

대공이 테이블 위의 펜던트를 쓱 당겼다.

"아, 그 펜던트 대공님이 만드신 거예요?"

"그래."

"헤르만이, 예전에 본인이 만들었다고 했었는데 그럼⋯⋯."

"같이 만들었으니까."

"아하."

대공이 촤르륵 소리와 함께 품에서 뭔가를 꺼내 테이블에 올려놓았다.

"어?"

디아나가 눈을 크게 떴다. 똑같은 모양의 펜던트. 그러고 보니, 헤르만이 대공님을 친부라고 확신하게 된 계기도 펜던트 때문이라고 했었다.

두 개의 펜던트는 쌍둥이처럼 같았으나 약간 달랐다. 대공이 가지고 있는 쪽이 좀 더, 닳아 있었다.

"완전히 잊고 있었다."

"뭘요?"

"이건 내가 헤르만의 도움을 받아 만들어 필리파에게 준 거였다."

"⋯⋯."

그런 사연이 있는지 생각도 못 했다. 그래서 헤르만이 처음 만났을 때 펜던트가 네 것이냐고 그렇게 물어본 걸까?

튀어나온 장식들이 다 마모된 펜던트. 대공이 수없이 매만졌을 모습이 상상되었다. 어머니가 물려준 그녀의 펜던트도 비슷하게 닳아 있었으니까.

오흐리드 백작가에 오고 나서는 함에 넣어 소중히 보관했다. 그리고 대공가에 오기 전, 이 펜던트만큼은 그녀 스스로 챙겼다.

디아나가 펜던트를 익숙하게 열었다.

"여기도……."

그 펜던트 안에도 어머니의 세필화가 들어 있었다. 하지만 그녀가 가지고 있는 것보단 훨씬 어린. 20대 초반의 어머니의 모습.

오흐리드 백작가의 역대 백작 초상화 끝에 있는 어머니 초상화와 비슷했다.

"필리파에게 줄 때 내 초상을 넣었었는데……."

대공은 씁쓸해 보였다.

그녀가 받았을 때는 어머니의 초상화밖에 없었다. 어머니 말고는 펜던트를 건드릴 사람은 없었다.

왜? 그러나 이 의문은 다른 수많은 질문처럼 답을 들을 순 없는 거였다.

문이 열리고 제인이 뜨거운 물과 새로운 찻잔을 하나 더 가지고 왔다. 빈 찻잔을 수거한 제인이 공손히 방을 나갔다. 디아나는 우려낸 차를 대공 앞에 내려놓았다.

디아나의 펜던트를 살피던 대공이 인상을 찡그렸다.

"설마."

무서운 얼굴로 펜던트를 노려보던 대공이 갑자기 검을 뽑아 들었다. 디아나가 찻잔을 든 그대로 굳었다. 대공이 뽑아 든 검에 일렁이는 붉은 기운이 맺혔다.

그 날이 펜던트에 닿는 순간.

"헉!"

심장이 쪼개지는 것 같은 통증에 찻잔을 놓쳤다. 찻잔을 놓친 디아나보다 대공이 먼저 그 사실을 알아챘다. 판단은 빨랐다.

대공이 들고 있던 칼을 휘둘렀다. 그리고 찻잔에 닿기 전 칼날을 틀어 면적이 넓은 부분으로 찻잔을 날렸다.

ㅡ쨍그랑

찻잔이 두 발 정도 먼 곳으로 날아가 뒹굴었다. 카펫에 스며든 물에서 김이 모락모락 올라왔다.

대공이 몸을 숙여 한쪽 무릎을 꿇었다.

"괜찮나?"

통증은 언제 나타났냐는 듯 곧바로 사라졌다. 가슴에 손을 올린 디아나가 뒤늦게 날아간 찻잔을 봤다. 그리고 고개를 돌려 테이블을 보고 눈을 크게 떴다.

"이게 무슨……."

"이미 계약을 했군."

펜던트에서 희미한 빛이 일렁였다. 그건 마치 대공의 검을 둘러싼 붉은 기운과 비슷해 보였다.

"저거 왜, 왜 저래요?"

"너와 계약한 정령이다."

"……네?"

디아나가 뒤늦게 대공의 말을 알아들었다. 아니, 알아들었지만 무슨 의미인지 알 수 없었다. 계약이라니.

"제가 계약을 했다고요? 언제요?"

그때 테이블에 놓인 검에서 갑자기 붉은 형체가 튀어나왔다. 놀란 디아나가 숨을 삼켰다.

"……홍염?"

새가 기지개 켜듯 날갯짓했다.

"놀라게 해서 미안하군. 잠시 물어볼 게 있어 나오라고 했다."

"아하."

대공이 홍염에게 시선을 돌렸다. 홍염은 이미 무슨 상황인지 파악한 모양이었다. 깊게 고개를 숙이자 홍염의 부리가 펜던트를 찍을 듯 가까워졌다.

디아나가 펜던트에게 무슨 문제라도 생길까 봐 좌불안석으로 홍염을 보았다.

"떨어져라."

*[이것 때문에 부른 거 아니냐?]*

"알고 있었나."

*[내가 말했잖아. 쟤는 결국 너한테 올 수밖에 없다고.]*

"파기 방법은?"

*[없어.]*

주먹 쥔 대공의 손등에 핏줄이 바짝 섰다.

정령은 거짓말을 하지 않는다. 없다는 건, 정말로.

*[정령이랑 계약할 수 있는 건 소수고, 인간들은 그 능력을 모두 탐내 잖아? 너는 왜 이렇게 싫어하니?]*

홍염이 의아하다는 듯 말했다.

*[옛날부터 정말 이상하다니까. 내가 사람을 오래 봤는데 너 같은 애는 처음이야.]*

"헛소리 말아라."
둘의 대화를 들을 수 없는 디아나는 궁금한 듯 고개를 갸웃거리 길 반복했다. 그러다 지루해졌는지, 눈을 가늘게 뜨고 홍염을 관찰 했다.
이를 악문 대공이 다시 물었다.
"정말 없나."

*[정령을 깨우는 방법은 알아.]*

"관심 없다."

*[이름을 지어 주면 돼.]*

대공의 눈이 홍염을 쏘아보았다. 그럴 일은 없으니 조용히 하라는 뜻이었다. 홍염은 무시했다.

*[아, 그러고 보니 파기 방법 하나 있네.]*

"뭐?"
홍염이 웃었다.

*[디아나가 나랑 계약하면 저 이름 없는 정령과 계약된 건 파기할 수 있어.]*

"……."
물론 그러려면 또 대공이 홍염과 계약을 파기해야 했다. 하지만 홍염과의 계약은 죽는 것 외에는 파기할 방법이 없었었다.
홍염이 재밌는 농담을 했다는 듯 소리 내어 웃었다. 이 모든 상황을 모른 채 지루하게 시간을 보내던 디아나가 꼼지락거리던 손을 슬그머니 뻗었다. 어디로 가나 지켜보니 자그마한 손이 불티가 계속 떨어지는 홍염의 꼬리를 슬쩍 만졌다.
그 모습을 대공이 보고 있다는 것은 전혀 생각지 못하는 듯했다. 소리 내지 않고 감탄한 표정을 지은 디아나가 이번에는 좀 더 대담하게 날개 끝을 만졌다.
"디아나."
"네?!"

깜짝 놀란 디아나가 고개를 들었다. 조금 전까지 아무 짓도 하지 않았다는 듯 양손은 곱게 모은 채였다.

"영지로 가야겠다."

"네?"

깊게 가라앉은 눈빛의 대공은 말없이 디아나의 머리를 쓰다듬었다.

〈다음 권에 계속〉